Wir bedanken uns für die finanzielle Unterstützung bei der Stadt Wien.

Stadt
Wien

Lektorat: Teresa Profanter
Umschlag und Satz: Jürgen Schütz
Druck und Bindung: Florjančič tisk d.o.o.
Printed in the EU

ISBN: 978-3-99120-022-2
www.septime-verlag.at
www.facebook.com/septimeverlag | www.twitter.com/septimeverlag

Arad Dabiri

DRAMA

Roman

für maman, baba, bardia.
für meine jungs mit dem seccoglas
die leute in meinem herzen
die kinder meiner generation.
für wien.

EINS

Die Angst frisst Sie auf, sagt sie mir beim Check-in, und danach kann ich nur noch rennen. Die Beine bewegen sich wie von selbst. Ich drohe zu ersticken, bekomme keine Luft, die Kehle ist wie ausgetrocknet. Ich laufe voraus, völlig außer Atem. Ich laufe voraus, so wahnsinnig schnell. Und es fällt mir so wahnsinnig schwer, zu atmen. Ich laufe und laufe. Hinter mir eilen die Geister dieser Großstadt. Hin und wieder schaue ich über die Schulter und sehe, dass sie mich noch immer verfolgen. Dunkle, graue Flächen deuten ihre Gesichter an. Sieht man eine Sekunde länger hin, erkennt man die Leere darin. Inhaltslose Flächen verfolgen mich. Ihre langen Arme erstrecken sich meterweit. In einem Moment scheinen sie sogar von fast unendlicher Reichweite. Die Fingerkuppen kann ich schon in meinem Nacken spüren. Ich schaffe es in den stählernen Vogel und schließlich zu meinem Sitzplatz. Hektisch wandern meine Augen durch das ganze Flugzeug. Keine Spur von meinen Verfolgern. Tief durchatmen kann ich erst, wenn ich von Wien-Schwechat abhebe und es schaffe, diese Stadt hinter mir zu lassen. Dann wird man sehen, wie weit die Arme dieser Stadt tatsächlich reichen. Am Ende rennt man ein Leben lang vor ihnen davon. Und ich bekomme wieder Luft, die Speichelproduktion setzt ein, meine Kehle wird angefeuchtet. Ich bekomme wieder Luft. Ich kann atmen. Doch wie lange halte ich durch?

Und so beginnt sie, die Ouvertüre. Aber das hier ist keine Oper, sondern billiges Theater. Ein Drama, welches ich mein

Leben nenne. Ich schlachte mich selber aus. Präsentiere diese Fragmente, Momentaufnahmen meines Lebens. Am Ende ergibt es einen Sinn. Dieses Drama, es wird sich einfügen. In das große Ganze. Und dieses Drama, es ist ein hochspannendes, in der Theorie zumindest. Diese Anfangsszene jedoch. Auf der Bühne unter meiner Schädeldecke, dort wirkt sie so einfallslos, so stumpf. Dort, wo immerzu dieselbe Szene läuft. Dort, wo schon seit ein paar Wochen diese nicht enden wollende Probeaufführung rotiert. Da trübt dieser eingenistete Parasit meine Wahrnehmung. Präsentiert mir diese Vorstellung einer Flucht. Legt mir diese billige Metapher vor die Iris. Kitzelt aus mir eine Angst und ein gleichermaßen intensives Desinteresse. Es bleiben aber doch nur dieselben kreativlosen Abziehbilder meiner Befreiung. Ich kann nichts tun, lediglich dabei zusehen, wie sie sich wiederholt. Meine Emanzipation.

Ich,
der Flughafen,
die Geister dieser Stadt,
so billig.

Es wäre gesund, könnte man seinem eigenen Geist vertrauen. Meine Vorstellung, sie ist anders, sie möchte mich verunsichern. Zwingt mich, diesen Moment wieder nachzuerleben. Zeigt mir, dass es noch nicht vorbei ist. Ich werde wahnsinnig, denke ich, und sollte mich demnächst wohl durchchecken oder direkt in eine Anstalt einliefern lassen. Eine von denen am besten, die schön abgelegen ist. Wo keiner ganz zufällig vorbeifährt. Bei allem Durcheinander in meinem Kopf entspricht eines aber im Kern der Wahrheit:

Diese Flucht vor meiner Stadt habe ich tatsächlich erlebt.
Es war also real,
und ich zeigte der Dame beim Boarding mein Ticket,
wir tauschten diese zwei Satzbruchstücke aus,
Guten Flug,
Vielen Dank,
und dann saß ich im Flieger.
Ich saß damals im Flugzeug und verließ meine Heimatstadt. Ließ Wien hinter mir. Bei dem Gedanken an den damaligen Flug verschwimmt alles. Ich kann kein Bild so richtig fassen, und vor allem wird mir dann wieder ein wenig übel. Einzelheiten gingen in den letzten Jahren verloren, wurden aus meinem System verdrängt. In Wien abgehoben, in Berlin gelandet. Das weiß ich. Die Gurte klappern die Gedanken an alte Zeiten weg.
Es ist also real,
und ich habe gerade eben der Dame beim Boarding mein Ticket gezeigt,
und bevor sie mir einen *Guten Flug* wünschen konnte,
sagte ich bereits *Vielen Dank*.
Ich sehe aus dem Fenster, während wir abheben. Bald, ja bald wird man bestimmt schon die Umrisse von Wien erkennen können. Die Umrisse meiner Vergangenheit, und dabei verspüre ich

diese angst.

Die Wahrheit in dieser Sekunde also. Ich sitze wieder in einem Flugzeug, in unzähligen Metern Höhe, in unzähligen Tonnen von Stahl. Steuere direkt ins Ungewisse. Zurück nach Wien, in die verdrängte Vergangenheit. Vor einem Tag jedoch, da gab es noch eine andere Realität. Da saß ich noch in meinem liebsten Café in Neukölln, das erst vor wenigen Monaten eröffnet worden war. Von einem jungen, hippen Berliner Ehepaar. Mit tätowierten Schriftzügen auf den Handrücken, metertiefhängenden Ohrringen, eingekleidet in Vintageuniformen. Der Gentrifizierungszug macht eben überall Halt. Trotzdem, mein Drama führt mich immer zum Rausch. Also, Tegernseer Bier. Es schmeckt bei schmerzender Kälte anders, es gefriert schon im Halse. Helfen tut es trotzdem. Und die modernen Heizstrahler unter den schmalen Holztischchen wärmten die Füße. Erlaubten es, sich in Neukölln jederzeit in einen gewissen Zustand zu flüchten.

»Fühlst du dich wohl?«, fragte mich die Betreiberin. Während sie die Holztische vor mir umformatierte, komplett neu arrangierte. Für die große Geburtstagsfeier ihrer besten Freundin. Sie werkelte also herum, ich antwortete: »Ich glaube schon.«

»Fühl dich wie zu Hause.«

»Zu Hause, zu Hause«, wiederholte ich. Rauchte dabei meine Zigarette, spielte an dem Etikett der Glasflasche. Versuchte, es langsam abzulösen.

»Ja. Ein zweites Zuhause.«

»Lange nicht mehr über dieses Wort nachgedacht, *Zuhause.*« Sie hörte mit ihrer Arbeit auf und starrte mich an. Einen Putzlappen in der Hand, den sie durch die Luft schwang. Es war ein komisches Bild, dabei klang ihre Stimme so ernst.

»Dann denke nicht darüber nach. Fühle es.« Sie ließ nicht locker. »Du musst es fühlen, bitte. Fühle es. Lass dich darauf ein. Frag dein Herz. Fühle es. Dein Zuhause weiß es. Es weiß. Wo es ist. Du musst es nur fragen. Du musst es nur fühlen.«

»Wie kann man ein Zuhause fühlen?«
»Nicht nachdenken. Fühlen. Nicht nachfragen. Fühlen. Jetzt trink dein Bier«, und ich starrte auf meine Flasche, auf das Etikett, sagte »Danke« und ließ das letzte bisschen aus dem Flaschenhals in meinen Mund fließen. Wieder widmete sie sich ihrer Arbeit, bevor sie zu sprechen begann.
»Das macht vier Euro fünfzig«, sagte sie im nächsten Moment. Als ob unser Gespräch zuvor gar nicht stattgefunden hätte. Als ob wir uns nicht gerade diesen komischen Moment teilten.
»Für die Therapiesitzung?«, fragte ich.
»Hm, was?«
»Nichts, vergiss es«, und das klebrige Etikett war von der Flasche gelöst. Ich spürte es in meiner Hand. Und die letzte Asche meiner Zigarette fiel vor dem Café auf das Holztischchen.
Ich saß also genau dort, gestern, an einem Herbsttag. Zu meiner liebsten Jahreszeit. Ich hatte diesen einen Moment mit ihr, ohne ihn einordnen zu können. Ich denke daran, dass ich funktionierte. Die Zahnräder, überall in meinem Körper verteilt. Sie waren an den richtigen Stellen. Das große Uhrwerk tickte weiter und weiter. Die deutsche Hauptstadt, sie ist eigentlich zu viel, von allem. Aber ich überlebte dort. Gestern, da war ich noch am Leben. Heute, da drohe ich das alles zu zerstören. Nur wegen meines Leichtsinns. Weil ich einer Intuition folge. Und die Konsequenzen erst jetzt, wo es zu spät ist, abwäge. Ein Schweißtropfen bildet sich auf meiner Stirn. Langsam, aber stetig. Bevor er völlig autonom mein Gesicht herunterrinnt, wische ich ihn mit dem Ärmel weg. Wenn ein Schweißtropfen auftaucht, folgen meist noch einige mehr davon. Dann die Hitzewallung

und schließlich die Panikattacke. Ich kenne doch meinen Körper, ich kenne doch meine Angst. Links und rechts, beide Hände krallen sich in die Armlehnen, tiefer und tiefer. *Bitte nicht jetzt, nicht hier*, versuche ich meinen Körper zu überreden. Doch er lässt mich im Stich.

Ein Wimpernschlag.

Ausatmen.

Ein Wimpernschlag.

Einatmen.

Noch ein Wimpernschlag und meine Augen bleiben geschlossen.

Ich drohe zu ersticken. Ein unsichtbares Seil legt sich um meinen Hals. Es wird immer enger, die Luft knapper, und ich sehe schwarz. *Ein Wimpernschlag* und meine Augen öffnen sich wieder. Ich scheine wach zu sein, auf meinem Platz zu sitzen. Weit und breit kein Seil in Sicht. Der Selbstcheck beginnt. Langsam atme ich ein und langsam atme ich aus. Alles gut. Eine Minute lang zähle ich meine Pulsschläge. Alles gut. Ich bin also wach und ich lebe. Blut pumpt durch meine Adern. Keine Seilabdrücke um meinen Hals. Zwischen Wien und Berlin fliegt man nur knapp über eine Stunde. Eigentlich ist keine Zeit für Schlaf. Doch seitdem ich diesen Vogel reite, falle ich in solche kleinen Traumphasen. In diese Albtraumphasen. Ich schlafe nie richtig, doch ich trete weg. Und am Ende ist da immer dieses Seil. Nervös trommele ich mit meinen Fingern auf dem kleinen Klapptisch vor mir. Es ist gar nicht mal so lange her, da konnte man noch im Flugzeug rauchen. Ein Wahnsinn. Beim Gedanken daran bekommt man Kopfschmerzen. Die Schläfen pochen, und ich wünschte, ich könnte jetzt rauchen.

Die Beschreibung dieses Vogels fällt mir schwer. Nichts Be-

sonderes zeichnet ihn aus. Die Sitze kennt man, die Armlehnen kennt man, den engen Gang kennt man. Die Beklemmung, die Bedrücktheit. Die Menschen, die einem viel zu nahe sind, kennt man. Den Geruch, eine grässliche Mischung aus vielen verschiedenen einzelnen Noten. Das Süßholz meines Parfüms, den Schweiß der anderen. Die unbequemen Sitze. Die brüllenden Kinder, die brüllenden Alten kennt man. Die schlafenden Ruhigen und die wachen Hektischen kennt man. Den Druck, wenn man den Vogel besteigt. Die Angst, die große Furcht kennt man. Jene hinterlässt die meisten Spuren an den Leuten. Sie fürchten sich vor einem Absturz. Mich zeichnet jedoch die Angst vor einer möglichen Landung. Also, man kennt das alles, trotzdem tut man sich das an. Wir besteigen den Vogel in der Hoffnung, dass er uns zum Glück führt.
In dem Fach über den Sitzen meine Reisetasche. Das einzige kleine Gepäckstück. Sonst reise ich nur mit dem, was ich am Leibe trage. Ein knittriges weißes Hemd, darüber eine dünne Regenjacke, meine karierte, marineblaue Hose und schmutzige Sportschuhe. An meinem Sitznachbarn drängle ich mich unangenehm vorbei, stoße ihn dabei mehrmals am Knie. *Ist aber nicht weiter von Bedeutung, denn den sehe ich nie wieder,* denke ich mir, und im nächsten Moment spiele ich an der Reisetasche. Werfe dabei einen genaueren Blick auf den Fremden. Und entscheide, dass ich ihn ruhig öfter mit meinem Knie stoßen hätte können. Er trägt ein rosafarbenes Kurzarm-Polo-Hemd, ein bunter, auffallender Fleck inmitten all der Passagiere. Unnatürliche Bräune, verbrauchte Haut, wohlstandsverdeutlichende Breitling um sein Handgelenk. Die Markensonnenbrille in seine kleine, rosafarbene Hemdtasche gezwängt. Zwischen Schickeria

und Proletariat, das eine potenziert das andere. Ein typischer Ex-Wirtschaftsuniversitätsbesucher, denke ich. Von denen ich so einige in Wien kennenlernen durfte oder musste. Solche Leute gibt es in jeder Altersgruppe, und ich finde sie in fast allen Fällen unerträglich. Also entscheide ich, ihn lieber weiter zu ignorieren. Ich greife also einmal tief in meine Reisetasche. Ziehe aus ihr ein kleines, gefaltetes Blatt hervor. Mein Sitznachbar verlagert sein Körpergewicht, um mir Platz zu lassen. Also muss ich ihn nicht stoßen, als ich mich wieder zu meinem Platz zwänge. Ich nicke ihm zum Dank zu. Wieder am Fenster, blicke ich aus dieser kleinen Luke und starre ins tiefe, weite Blau des Himmels. Ein verwunderliches Blau. Eigentlich herrscht den ganzen Morgen schon ziemlich trübes Herbstwetter. Jetzt kündigt sich unerwartet eine mögliche Rückkehr des Sommers an. Der Wein, den ich mir hier auf diesem Flug in den Rachen schütte, wirkt. Er benebelt und lenkt mich ab. Treibt mich in eine Höhe, die noch weiter reicht als jene unseres Fliegers. Und ich möchte unter keinen Umständen je wieder auf dem Boden landen.

Also, das Papier, ich ziehe an den Enden, ganz vorsichtig. Lege den Brief in meinen Schoß, auf meine zittrigen Oberschenkel. Sie leiden unter dem Gewicht des federleichten Blatts. Beim ersten Lesen blockierte der Druck auf meiner Brust alles. Mit jedem Buchstaben, mit jedem Wort kamen Erinnerungen hoch. Gedanken an meine Jugend. Gedanken an mein Leben in Wien. Es war wie ein langsamer Tod. Eine Erfahrung, die ich tatsächlich niemandem empfehlen würde. Also, der Brief und ich. Das harte, raue Papier, ich fahre mit meinen Fingern über die Oberfläche. Ich spüre alles, führe den Brief durch meine Fingerspitzen, durch meine

Gliedmaßen, direkt in mein Herz. Und hier gibt es nur uns beide, meine Augen richten sich darauf, als ob mein Leben davon abhinge. Was es, dramatischerweise, irgendwie auch tut. Ich bin bemüht, eine versteckte Botschaft zu entziffern. Irgendetwas, das mir zu verstehen gibt, was Hubert damit bezweckt. Lohnt sich die Paranoia? Vielleicht ist es wirklich nur eine normale Dinner-Einladung. Die Skepsis siegt. Denn es ist eine bizarre Geste, dass er gerade mich hierherruft. Wir kennen uns so lange, teilen so viele Erfahrungen. Wir waren wirklich einmal Freunde. Unsicherheit schwingt mit, wenn man lange einen Ort meidet. Zu Recht meidet, natürlich. Ich möchte heute nicht in Wien sein, doch diese Stadt will mich. Zieht mich zu sich. Und am Ende ist es wie eine sehr toxische Beziehung. Heute werfe ich mich unbedarft in dieses große offene Raubtiermaul. Und ich habe Angst, schreckliche Angst. Beinahe täglich sucht mich diese Stadt in meinen Träumen heim. Jetzt bin ich gleich wieder da. Da, wo alles angefangen hat. Ich greife an meine Schläfen, der Schmerz ist kaum aushaltbar. Dabei kann ich ihn nicht mal einordnen. Ist es der physiologische Schmerz oder jener, den ich durch die Erinnerung spüre?
Jetzt also von vorne. Ich habe die Gedanken beim Besteigen dieses rostigen Vogels fallen lassen. Ich muss einen Schritt zurück machen und sie wieder aufheben.
Jetzt also von vorne, in Ruhe den Kopf ordnen.
Jetzt also von vorne.
Dieser Brief auf meinen Oberschenkeln ist eine Einladung. Von Hubert, das *u* gesprochen wie *ü*, wie er immer extra betonte. Ein Freund aus einem früheren Kapitel meines Lebens. Diese Einladung, er hat sie vor Kurzem an meine Berliner Adresse geschickt. Ein Dinner in seinem prunk-

vollen Elternhaus. Seine Familie währenddessen in der Heimat in Südfrankreich. Der Knackpunkt: Wieso überhaupt die Einladung, wieso gerade ich? Nach all den Jahren ohne Kontakt. Weshalb sollte ich Teil des Abendmahls sein, frage ich mich. Denn eigentlich sollten mich die Gäste, und ich kann mir schon vorstellen, wer das sein wird, verabscheuen. Ich bin rücksichtslos verschwunden, ohne etwas zu sagen. Hubert, er sollte mich eigentlich nach jeglicher Küchenpsychologie verachten. Die Trennung von diesem Menschenhaufen, sie verlief auf dem herzlosesten Wege. Und es dreht sich mir tatsächlich der Magen um, wenn ich an diesen Dunstkreis denke. Die Panik ist wieder in greifbarer Nähe. Stattdessen greife ich zum Wein. Meine Hand zittert dabei, ich ziehe sie schnell zurück. Damit mir keiner meine Schwäche ansieht. Dieses Dinner wird ein Drahtseilakt. Der Draht wird äußerst dünn sein, und ich sehr tollpatschig. Mit riesigen, klumpigen Füßen. Das war es wohl mit mir, das wird es wohl mit mir gewesen sein.
Die Natur der Dinge, das ist der Schmerz. Und ein neuer solcher findet gerade seinen Weg in meine Physis. Mit meinem Rücken als Ziel. Diese Zustände lieben es, immer dann am schlimmsten zu sein, wenn es am ungelegensten scheint. Wie auf einem Flug beispielsweise. Wie neben einem lufträubenden Ex-Wirtschaftsuniversitätsbesucher beispielsweise. Ich nehme meinen Pappbecher mit Weißwein, umschließe ihn von oben mit meiner Hand. Rühre mit meinem Zeigefinger darin. Die Bewegung suggeriert mir ein Urlaubsgefühl. Eine künstlich herbeigeführte Gelassenheit. Mit feinen Linien zeichnet sich vor meinem inneren Auge ein Bild. Ein Bild von mir am Strand anstatt in diesem Flugzeug. Einen Aperol Spritz statt des billigen Ekelweins. Die andere Hand,

die freie, versinkt im Sand. Ich hebe sie hoch und lasse den goldenen Schnee durch meine Finger hindurchregnen. Eine leichte Brise weht durch meine schwarzen Haare. Die vereinzelten kleinen Tätowierungen auf meiner braunen Haut verblassen in der Sonne. Ich lächle fremden Frauen zu, sie lächeln zurück.
Dann, auf einmal, ausgemalt. Am Ende bleibt es ja doch nur ein Bild in meinem Kopf und ich sitze noch immer hier. Atme diese stickige Luft ein, dazu der ekelhafte Wein. Ein Staffellauf unter meiner Schädeldecke. Manchmal wünschte ich mir, jemand wie Hannibal Lecter würde in unserer Welt wirklich existieren. Den Inhalt meines Schädels auslöffeln. Um den Druck darunter zu lösen. Doch dann denke ich, dass es solche Menschen leider tatsächlich in unserer Welt gibt. Und versinke in großer Weltdepression.
Ich warte und warte auf die Landung, warte auf mein Schicksal. Auf die folgenden vielen Stunden in Wien, vor denen es mir graut. Dabei habe ich einen Satz aus dem französischen Film *La Haine* im Kopf.

Jusqu'ici, tout va bien.

Also,

so weit, so gut,

diese wenigen Wörter, copy und paste auf meine Vita. Denn bis hierher lief es eigentlich ganz gut für mich. Ich habe mich während der letzten Jahre erholt, in einer neuen Stadt, einer neuen Umgebung, mit neuen Menschen. Doch alte Narben bleiben tief unter der Haut. Die guten Erinnerungen scheinen schneller zu verblassen als die schlechten. Es ging mir gut, und heute habe ich Angst, dass im Abspann meiner Filmadaption nur noch *Jusqu'ici, tout va ~~bien~~* stehen wird. Und das letzte Wort würde nicht ersetzt werden. Es würde einfach nur eine leere Stelle im Satz bleiben. Eine leere Stelle in mir.

In dieser Stadt spricht man immer davon, sehnt sich danach, verzweifelt daran, am Appetit.

Das Zerkleinern der Nahrung durch die Zähne. Das Schmatzen, das laute Schlucken. Das penetrante Schlürfen aus den Pappbechern. Das Echo des Konsums, überall und zu jeder Sekunde hallt es auf diesem Flug nach. Und trotzdem scheint der Geschmack verloren zu sein.

ein lebensversuch.

Kurz wird es dunkel, die gesamten Lichter im Flieger gehen aus. Für wenige Sekunden starre ich in die völlige Finsternis. Dann springt die kleine Lampe über meinem Platz an.

Überall in diesem Vogel vermisst man ihn schmerzlich.

An jedem freien Fleck sucht man vergeblich nach ihm.

Hüllen deuten ihn an, doch täuschen final.

Überall ist er verloren,

der Appetit am Leben.

Denn die Menschen sind appetitlos, denke ich. Man hat sich weiterentwickelt, wie es der normale Lauf ist. Doch fatalerweise in die falsche Richtung. Die Lust am Leben, wo ist sie, frage ich mich. Iggy Pop hat es durchgehalten, ist jetzt fünfundsiebzig Jahre alt. Er hat es geschafft. Was ist mit dem Rest?

Das Licht geht überall wieder an. Ich sehe mich im Flugzeug um, scanne die einzelnen Gesichter. Schnell vermischen sie sich zu einer großen, charakterlosen Masse. Appe-

titlose Menschen, ein geschmackloser Brei. Alle bräuchten diese treibende Kraft, die einen am Leben hält. Die einen Schritt für Schritt tätigen lässt, um gegen diese Welt zu gewinnen. Sonst geht man unter. Und es klingt hart, wenn ich diese Worte in mich hineindenke. Sie sind jedoch auch wahr. Es ist ein Trieb, indoktriniert vom Leben selbst. Ich hatte ihn eine Zeit lang aus dem Sinn. Seit ich in Berlin wohne, könnte man meinen, bin ich wieder ich selbst. Man könnte denken, ich hätte den Appetit am Leben wiedergewonnen. Und eigentlich weiß ich es nicht, denn man kann ihn gar nicht definieren. Kein Mensch könnte sagen, wie es sich anfühlt. Ob man ihn in sich trägt.
Und trotzdem ist er es, der diese Welt eigentlich dominiert. Der uns antreibt, die Kugel am Rotieren hält. Ein Paradigma, tief in uns verankert. Verwurzelt mit unseren eigenen schlafenden Geistern. Die sich so viele nicht trauen aufzuwecken. Und viele Fragezeichen kreisen um sie, wie kleine Traumfänger. Etwas Unbeflecktes. Es kommt darauf an, was man mit ihm anstellt. Ob man den Trieb in die richtige Bahn lenkt. Wirst du Hofnarr oder König. Humanist oder Diktator. Alles gleich.

Ich denke an diese Versuche einer möglichen Beschreibung des Phänomens. Doch nichts, rein gar nichts davon, ist eine finale Antwort darauf. Es sind nur Gedanken. Die Wahrheit liegt noch zerstreut in der Luft. Und wenn Appetit also vielleicht die Lust, der Wille zu leben ist. Dann ist es eine komplizierte Angelegenheit. Alles so schrecklich umständlich. Alles so viel komplexer, als es auf der Oberfläche scheint. Gleichzeitig so simpel, wie es zu wünschen ist, wie es logisch ist. Wenn man auch nur für eine Minute richtig darüber nachdenkt, und –

»Darf ich Ihnen noch etwas bringen.«
Ich starre die Stewardess an.
»Entschuldigen Sie.«
Ich sage nichts.
»Entschuldigung.«
Ich bin wieder da.
Die zuvorkommende Stewardess. Ich habe sie nicht bemerkt.
Hier steht sie, bei uns. Und hält mein Kopfkarussell an.
»Also. Darf ich Ihnen etwas Gutes tun.«
»Zwei Fingerbreit Wodka plus einen Revolver, bitte. Danach auch gleich noch ein neues Leben«,

denke ich leise in mich hinein.

Sie sieht mich an, und ich fühle mich schwach.
»Bitte noch ein wenig Wein, vielen Dank«,

sage ich laut.

– und es ist alles so bitter.

Ich reiche ihr über den Sitznachbar hinweg meinen Becher. Sie kippt den billigen Wein hinein, sieht mir dabei tief in die Augen. »Wissen Sie. Alles kostet extra. Auf diesen Flügen«, sagt sie.
»Natürlich.«
Ich bin gereizt, mit den Gedanken noch woanders.
»Sehr gut. Denn manchmal –«
»Ich habe Kopfschmerzen, bitte keine Ausschweifungen. Nur den Wein.«
»Wie Sie wollen. Wie gesagt. Alkohol kostet auf diesem Flug. Ein Becher Wein. Fünf Euro und neunzig Cent. Aber das wissen Sie ja.«
»Natürlich. Wir fliegen nur eine Stunde, jeder Scheiß kos-

tet hier was. Also bitte nur den scheußlichen Wein und ich bin glücklich. Für kurze Zeit zumindest.«

»Ich wollte nur sichergehen.«

»Nur weil ich hier trinke, bin ich nicht gleich geistig verwahrlost.«

»Wie gesagt. Ich wollte nur sichergehen. Sie können sich beruhigen.«

»Beruhigen, beruhigen, beruhigen«, sage ich lauter. Kurz fühle ich mich wie eine von den Personen, die ich beim Fliegen verabscheue. Doch anders weiß ich mir gerade nicht zu helfen. Der Prolet neben mir sieht mich komisch an. Er bestätigt mein Gefühl.

»Sind Sie immer so. Grässlich. Zu den Menschen um Sie?«, bestätigt auch die Stewardess mein Gefühl.

»Wie bitte?«

»Sie sind unhöflich. Arrogant. Die Aufzählung könnte weitergehen.«

»Und Sie sind … direkt.«

Ich beruhige mich, meine Gedanken sind bei ihr. Und mir fällt auf, dass ich noch immer meinen Becher hebe, über meinen Sitznachbar hinweg. Also ziehe ich meine Hand schnell zurück, zu schnell.

»Besser als unhöflich und arrogant«, antwortet sie und zeigt auf meine Hose. »Sie haben ausgeschüttet.«

»Danke für die Ehrlichkeit, sie schmerzt jedoch«, sage ich, während ich mit der Hand über die nasse Stelle fahre. »Und danke, also ein zweites Mal.«

»Zu Recht. Wenn ich das so sagen darf«, sie reicht mir eine Stoffserviette. »Und gerne.«

»Darf ich um einen Neustart bitten?«, frage ich, während ich mich trockne.

»Mit guter Erklärung. Ja.«

»Also, entschuldigen Sie bitte, normalerweise –«

Eine Pause, und sie ist nicht gekünstelt. Ich muss mich tatsächlich selber unterbrechen.

»Ja«, füllt sie die Pause.

»Schlechte Wortwahl. Eine Entschuldigung, die mit *normalerweise* beginnt, ist quasi keine Entschuldigung. Höchstens eine Entschuldigung dafür, dass das Gegenüber falschliegt.«

»Schön. Ich warte aber immer noch«, sagt sie und nimmt meine gebrauchte Stoffserviette entgegen.

»Also, entschuldigen Sie bitte. Ich bin ehrlich, meine Nerven, eine einzige Katastrophe. Dieser Flug tut mir nicht gut. Und das macht mich zu einem schlechteren Menschen. Der grässliche Traubensaft hilft mir. Ich möchte nicht auffallen, nur unentdeckt, ganz für mich allein, dieser schlechte Mensch sein.«

»Keine Sorge«, sagt sie und schenkt mir einen zweiten Becher Wein ein. Ohne, dass ich nach diesem gefragt hätte. »Hier oben ist es hart. Die bloßen Gedanken an die Vergangenheit. Und die Zukunft. Menschen werden unruhig hier. Über den Wolken.«

»Das hat *mich* jetzt aber beruhigt.«

»Unhöflich. Arrogant. Witzig. Ihr Profil erweitert sich.«

»Vielen Dank.«

»Wo wir doch ehrlich sind. Ich muss Ihnen noch was sagen. Nämlich. Dass es äußerst teuer werden könnte. Ich habe die Zwischenrechnung gesehen. Es ist ja nicht unbedingt Ihr erster Becher«, ergänzt sie.

»Ich zahle, um zu vergessen«, antworte ich.

»Was wollen Sie vergessen.«

»Alles.«
»Dann hatte ich wohl recht. Es wird teuer.«
»Zahlen, um zu vergessen.«
»Ich bleibe in Reichweite«, entgegnet sie und berührt meine Schulter, zumindest spüre ich etwas Sanftes an dieser Stelle meines Körpers. Eigentlich ist das gar nicht möglich, so rein logisch. Wir haben doch mindestens den Proleten, meinen Sitznachbar, zwischen uns.
»Ich zahle …«, beginne ich den Satz.
»… um zu vergessen«, beendet sie ihn.
Die Stewardess begibt sich zu der nächsten Reihe, entfernt sich von mir. Und ich sehe ihr nach, verrenke fast meinen Kopf dabei. Ich bin ein schlechter Mann, doch jetzt gerade, da interessiert sie mich am meisten. Sie trägt ihre mittellangen blonden Haare als Bob, strahlt mit ihren weißen Zähnen. Zeigt uns ihre sanften Gesichtszüge. Sie ist also wirklich schön und sicherlich sehr klug. Ganz bestimmt mit außerordentlich gefestigtem Charakter, denke ich. Auf Flügen finden sich allerlei Sorten der menschlichen Gattung. Inklusive verhaltensgestörter Gestalten, der bodenlosen Ursuppe der Menschheit entsprungen. Trotzdem, sie kann sich bestimmt mit allen auf die charmanteste Weise arrangieren. Sie hat diesen riesigen Schutzschild um sich. Hier ist sie die Monarchin, nein, die Göttin der Lüfte. Die Stewardess also, ich nenne sie einfach kurz Diana. Ich mag es, wie mich Diana keineswegs verurteilt. Sie schenkt mir den Wein nach und stellt nichts infrage. Nicht, warum ich vormittags bereits den Pegel nach oben treibe. Nicht, warum ich wahrscheinlich trotzdem noch der normalste Mensch auf diesem Flug bin. Nein, sie tut nichts von alledem, sogar das Gegenteil ist der Fall. Sie versteht mich.

Es wäre interessant, was sie von meinem Sitznachbar hält. Wen fände sie anziehender, ihn oder mich? Ich schaue den Proleten an und muss lachen. Zeige dabei meine Zähne, die Mundwinkel gehen nach oben. Ich sehe Diana an, bedanke mich nochmals laut bei ihr. Sie lächelt zurück, und diesmal gehen ihre Mundwinkel nach oben. Ich denke, sie findet mich anziehender. Trotzdem bleibe ich ein schlechter Mann.

Ich renke meinen Kopf wieder ein, sehe nach vorne. Es ist mir keine Ruhe vergönnt. Der Ex-Wirtschaftsuniversitätsbesucher dreht sich zu mir, lächelt. Unsere Augen treffen aufeinander. Habe ich ihn herausgefordert, muss ich mich fragen. Sein billiges Parfüm betritt meine Nase. Seine Oberfläche, der scheinbare Wohlstand. Aber dann übertüncht mit einem unangenehmen, billigen Duft. Ich starre zu lange, also nicke ich ihm zu. Mit meinen Augen frage ich ihn dabei, was er will. Er antwortet mit seinen, dass er mich nicht in Ruhe lassen will. Schnell wende ich mich von ihm ab, drehe meine Schulter ein wenig weg. Versuche ihm zu verstehen zu geben, dass es jetzt erst einmal reicht. Ich möchte allein sein. Er versteht, zumindest für den Moment. Der Brief, Dinner, heute, 20 Uhr. Hubert. Aus meiner linken Hosentasche hole ich meine Bordkarte heraus. Berlin – Wien. Daneben die Einladung. Diese beiden lächerlichen Stücke abgeholzter Natur sind alles, was mich wieder in dieses lodernde Feuer lockt. In das potenzielle Verderben, in diese verhängnisvolle Stadt. Ich stehe ruckartig auf, drängle mich an meinem Sitznachbarn vorbei. Wieder stoße ich ihn mit meinem Knie. Diesmal entschuldige ich mich, aus welchem Grund auch immer. Links oder rechts, wo ist hier die Toilette. Links, nach hinten. Es ist besetzt, ich gehe vor der

Tür auf und ab, greife mir an die Hemdbrusttasche. Fühle meine Zigarettenpackung durch den Stoff hindurch. Die Tür öffnet sich, und eigentlich wollte ich nach vorne stürmen. Aus der kleinen Kabine kommt eine ältere Dame. Also ruhig stehen bleiben, warten, wie ein zivilisierter Mensch. Sie sieht mich an, und ich muss sie sehr irritieren. So sehr, dass sie etwas sagen muss.

»Sie haben es aber eilig«, wirft sie mir vor.

»Immer.«

»Rennen Sie nicht weiter davon.«

»Wie bitte?«

»Sie sind noch jung. Laufen Sie nicht davon. Sonst werden Sie sehr schnell sehr alt.«

Ich möchte sie mit beiden Händen packen, an die Wand drücken. Fragen, wer sie überhaupt ist. Natürlich nicht wirklich, oder vielleicht doch. Egal, was ich vorhatte, sie ist sowieso bereits an mir vorübergezogen. Geht den schmalen Gang entlang, direkt zu ihrem Sitzplatz. Ich schließe hinter mir die Tür, atme tief durch, setze mich auf den Toilettendeckel. Jetzt also eine Zigarette anzünden. Oder zumindest abwägen, mir eine anzuzünden. Früher hatten sich hier vermutlich Rockstars noch einen Schuss setzen können. Heute kann man nicht einmal rauchen. Die Vernunft siegt, keine Ablenkung. Ich sitze hier auf dem Toilettendeckel und beschäftige mich mit mir selbst, mit meinen Gedanken. Mein Kinn stütze ich auf meiner Handfläche ab. Ich versuche ruhig zu bleiben. Das schaffe ich aber wirklich nur für zwei oder drei Minuten, und schon stehe ich wieder auf. Am Waschbecken versuche ich mir meine Vergangenheit aus dem Gesicht zu waschen. Die Augenringe sprechen für sich. Kaltes Wasser auf die Haut und es geht mir minimal besser. Es hilft doch

nichts Natürliches mehr auf diesem Flug. Nichts könnte mich vor meinem Schicksal bewahren. Türe kräftig aufstoßen, hoffen, dass ich niemanden umbringe. Den Gang entlang und langsam in meinem Platz versinken.
Selbsttherapie tut weh. Der junge, moderne Volksglaube meint, wir alle müssten eigentlich in Therapie gehen. Es stimmt auch. Geh doch mal einen Schritt in einer Großstadt. Sofort traumatisiert. Du kannst dir direkt einen Termin ausmachen. Ausnahmen bestätigen die Regel, also irgendwie. So Kandidaten wie ich. Der es versucht und abgebrochen hat. Dann hilft nur noch die Selbsttherapie, oder eben der Versuch davon. Dabei kann man Geld sparen, während man zu sich selbst findet. Ein Blödsinn eigentlich, aber es stimmt schon, zumindest lernt man sich selber mit der Zeit besser kennen. Selbst ich habe mit den Jahren gemerkt, was ich brauche, um ein funktionierender Mensch zu sein. Kenne mich natürlich trotzdem noch nicht. Wie auch. Jeden Tag ändere ich mein Wesen, reagiere anders. Es hat lange gedauert, ist eine ständige Arbeit an sich selbst. Und das kann sehr anstrengend, vor allem schmerzhaft sein. Bricht man aus gewohnten Mustern, aus gewohnter Umgebung aus, geht man einen Schritt weiter in seiner Entwicklung.
Drei Thesen, drei unabdingbare Grundlagen, drei Dinge, die ich brauche:

> *Erstens*, einen Nährboden, eine pulsierende Stadt, die mich auf Trab hält.
>
> *Zweitens*, Menschen, generell Menschen. Seelen auf der Straße, die ich nicht kenne und die mir egal sind. Seelen, die ich kenne und die keine hasserfüllten Wracks sind. Die einem vielleicht sogar guttun könnten.

Drittens, anderweitige Ablenkung. Alkohol, Körperlichkeit, Zigaretten – das bedürfniserfüllende Triumvirat.

Ich darf mich jetzt nicht verunsichern lassen, nicht noch mehr. Heute Abend werde ich alle Antworten bekommen. Heute Abend, da wird alles anders.
Da war gestern Nacht dieser Traum. An den Inhalt kann ich mich nur undeutlich erinnern. Etwas mit menschlicher Vergletscherung, ich war zu Eis geworden. Also, die Details sind weg. Was bleibt, ist die Silhouette von Haneke, die über dem Traum schwebt. Was bleibt, sind die Empfindungen dabei. Es war lebendig, feucht, salzig, kühl.

körper auf körper ist ungleich liebe.

Der Traum ist aus und Rio Reiser in meinem Kopf. Es ist leblos, trocken, bitter und viel zu warm. Hier drinnen, in diesem Vogel. Die leere Plastikschale auf meinem Klapptisch starrt mich an. Dieser undefinierbare Brei, es sollte wohl ein Salat sein. Das altbekannte herzlose Flugzeugessen. Zumindest wenn man wie ein normaler Mensch nicht Businessclass fliegt. Und ganz allgemein sollten normale Menschen überhaupt nicht fliegen. Es ist doch menschenunwürdig, jeder Aspekt daran. Wenn man bedenkt, wie man dabei jedes Mal ein bisschen mehr an der Gesundheit der Erde kratzt, ist das ganze Thema sowieso völlig unnötig. *Beruhige dich*, sage ich mir, denn ich möchte nicht jammern. Mich nicht über alles aufregen, das habe ich meiner letzten quasi-Freundin versprochen. Und auch meiner teuren Therapeutin. Dieses Versprechen könnte ich jetzt eigentlich gepflegt brechen. Erstens, da wir doch seit zwei Wochen kein Verhältnis mehr zueinander pflegen. Zweitens, da ich, wie bereits erwähnt, nicht mehr zur Therapie gehe. Einen schönen Monat hielt diese kurze Liaison. Eine junge Frau von der Universität, Lisa, ein Jahr jünger als ich. Wir teilten uns diese begrenzte Zeit. Verrauschter Abend in einem Studentenlokal, das mir zuwider war. Dann folgte leerer Sex, auf den dann eine leere, körperliche Beziehung folgte. Bis, na ja, bis alles auch genauso schnell wieder sein Ende fand. Wir lagen also in ihrem Bett nach dem entgiftenden Fick. Und sehr schnell wurde es sehr ernst.

»Ich glaube, ich liebe dich«, gestand sie mir.

»Ich glaube, du lügst«, erwiderte ich.

Sie rollte sich vom Rücken auf den Bauch, neigte ihren Kopf ein wenig. Sah mir direkt in die Augen. Zwischen den Bettlaken hüllten wir uns in die eigentliche Wahrheit unserer Körperlichkeit.

»Aber ich liebe dich«, beteuerte sie ein weiteres Mal.

»Ich glaube, du weißt nicht, was das bedeutet.«

Doch ich sah ihr dabei nicht einmal in die Augen. Ich konnte es nicht, hatte mich abgewandt. Starrte nur an die Decke.

»Weißt du es denn.«

»Ich glaube nicht.«

»Wieso sagst du dann so etwas? Dass ich lüge.«

»Ich versuche ehrlich zu sein.«

»Ich doch auch.«

»Du liebst mich nicht, Lisa.«

»Ich habe es gestanden. Gerade eben. Was brauchst du noch? Was soll ich tun? Ich liebe dich. Das habe ich gesagt.«

»Lass mich bitte ausreden«, sagte ich und zündete mir dabei eine Zigarette an.

»Und du. Bitte. Rauch nicht in meinem Schlafzimmer«, sagte sie, stahl dabei die Zigarette aus meinen Fingern. Und rauchte sie selber.

»Du liebst mich nicht, du denkst es nur, es ist der Gedanke an Liebe, aber nicht die Liebe selbst. Du wünscht es dir, ich wünsche es mir auch, aber es geht nicht so leicht. Es ist einfach sehr schwer, in dieser Stadt so richtig zu lieben«, sagte ich, und unsere Bekanntschaft fand ihr Ende. Sie liebte mich, sagte diesen einen Satz. Diese drei Worte, und zerstörte damit alles. Die Einfachheit unserer gegenseitigen Gesellschaft. Die Ablenkung durch emotionsbefreite, kühle Körperlichkeit. Sie sagte, sie liebe mich, und sofort hatten wir keine Chance mehr. Unsere Beziehung war zum Scheitern verurteilt. Das war es dann nach einem Monat, Lisa. Ich danke dir für deine Zeit. Es war mir ein mittleres Vergnügen. Und ich hoffe, du hasst mich nicht.

Es ist natürlich schade, denn alles geht einmal vorbei. Die Liebe eines Lebens, gibt es so etwas überhaupt? Perfekte Beziehungen sind doch ein Gedankenkonstrukt von kitschproduzierenden Autoren. Billige Märchen, an die ich gerne glauben würde. Romantiker haben es schwer in dieser Welt. Ich verbeuge mich vor den Kalten, vor den Herzlosen, vor den Spontanen. Ich selber mache es mir in jeder Situation meines Lebens schwerer, als es sein muss. Deswegen befinde ich mich seit zwei Wochen nicht mehr in einer Art Beziehung. Und darf guten Gewissens jammern. Natürlich mache ich es mir selber schwerer, immer und immer wieder. In diesem Fall, mit Lisa, da war es wieder nur ich. Sie liebte mich, ich stieß sie weg. Nicht das erste Mal, dass ich so reagiere. Denn Gefühle tun weh, immer mindestens einer beteiligten Person. Wenn nicht sogar beiden. Und an fast all meinem Leid bin ich selber schuld. Das war schon immer so, und es wird wohl immer so bleiben. Ein schlechter Lover – schreibt das auf meinen Grabstein.

Heute muss ich aber wirklich an mich denken. Heute findet mein Heilungsprozess sein Ende. Diese Tortur, der schmerzhafte Tanz mit dieser Stadt, alles findet sein Ende. Und danach setze ich mich wieder in den Vogel nach Berlin. Lasse es hinter mir. Jetzt aber, jetzt aber sitze ich noch immer in diesem Flugzeug. Mein Magen tut weh. Die Schmerzen spüle ich mit einem weiteren Schluck des billigen Weißweins hinunter. Die Leber wird mir bestimmt danken, aber einstweilen kümmert sie mich nicht. Ich merke, dass ich wieder nervöser werde. Gänsehaut schießt über die Oberflächen meines Körpers. Die Zeit bis zur Landung wird knapper, das Ende naht. Es wird ernst und die Realität wird mich einholen. Um mich tut sich nichts. Für einen kurzen Moment sieht sogar mein Sitznachbar friedlich aus. Die Stewardess wirkt stressbefreit. Alles ist ruhig, das Flugzeug ist still. Und laut atme ich in diese Stille hinein. Diese Einladung, ich folge ihr, obwohl ich es nicht will. Ich gehe diesem Ruf nach, weil mich mein Instinkt dazu zu zwingen scheint. Sicher bin ich mir aber eigentlich bei keinem einzigen Schritt, den ich setze. Bei keinem Gedanken. Doch ich muss mich an mir selber festhalten, an mich glauben, mit mir sprechen. Für mich da sein, für diesen Tag. Nur mein Innerstes, ich werde es nach außen tragen. Und jeder Mensch, den ich treffe, tangiert diesen Zustand, jede Kleinigkeit wird zerkaut. Ein dauernder Prozess, eine einzige große Verarbeitung. Vielleicht schreibe ich es alles eines Tages nieder, vielleicht auch nicht. Vielleicht findet dieses

Trauma seinen Weg in die Prosa, vielleicht aber auch nicht. Ich greife an meine Brusttasche, in der sich meine Packung Camels befindet. Wippe zeitgleich mit den Füßen. Ich bin wohl wirklich nervös, denke ich. Bald ist es so weit, bald sind wir da.
Es hilft doch nichts anderes, ich muss etwas tun. Es fehlt etwas mit Glanz. Oder jemand mit Glanz. Jemand wie

bona.

Das letzte Mal Wien, wann war es? Vor etwas mehr als fünf Jahren. Ungefähr zu jener Zeit, in der Bona und ich zerbrachen. Diese traurige Episode meines Lebens. Wien und mein Liebesleben, normalerweise eine trübe Wolke aus verschiedenen Frauengeschichten. Mal kürzer, mal länger. Diese eine Person, diese sogenannte *Liebe*. Die gab es nicht. Und dann – Bona. Das große Wunder, es ging wohl doch. Oder zumindest konnte ich es versuchen. Wir es miteinander versuchen. Wenn ich an sie denke, dann tut es mir leid. Denn ich kann nur im Kitsch versinken. Ich sehe ihre grünen Augen, die so strahlen. Strahlen für so viele gute und schlechte Tage. Ihr langes schwarzes Haar. Und zwischen beidem ihr schimmerndes Gesicht. Sie lachte, und ihr ganzer Körper, ihr ganzes Wesen lachten mit. Ihre strahlendweißen Zähne, ihre natürliche Bräune, ihre langen und ästhetischen Gliedmaßen. Schlägt man ein handelsübliches Physik-Handbuch auf, liest man recht schnell von den vier Grundkräften. Mit unterschiedlichen Reichweiten und Intensitäten. Bona hatte eine fünfte fundamentale Wechselwirkung, eine Naturkraft, in die Welt getragen. Das Allerschönste war aber nicht ihre Oberfläche. Es war ihr Geist, ihre Seele, ihr emotionaler Glanz. Die erste Frau in meinem Leben, bei der ich mich selbst hinterfragt habe. Ob ich es denn wert sei, dass sie ihre kostbare Zeit mit mir teilt. Ob ich denn nicht ein Versager neben ihr sei, eine reine Zeitverschwendung. Doch sie spürte es immer, wenn ich mit solchen Gedanken spielte. Dann warf sie mir diesen einen Blick zu, der mich von innen heraus reinigte. Und alle meine Bedenken fortwusch.

Der Großteil ihrer Familie war in Sizilien geblieben. Bona und ihre Großmutter lebten in Wien. Landstraße. Ein großer Sprung von dem sommerlichen Inselleben in den dritten Bezirk. So ist das eben mit Migration, harte Kontraste sind die Norm. Jedes Jahr besuchte sie den großen Familienrest in Palermo, und manchmal hatte ich sie dabei begleitet. An ein besonderes Mal erinnere ich mich oft. So wahnsinnig oft. Wir waren also bei ihrer Familie zu Besuch. Die sizilianische Prominenz. Im Ort bekannt dafür, die prächtigsten Orangenbäume in ihrem Garten zu beherbergen. Wir besuchten ihr schönes Häuschen in der Nähe von Palermo, und als ich das erste Mal vor dem grünen Gartentor stand, da war ich mir sicher. Hier würde es tatsächlich die prächtigsten Orangenbäume geben. Ich würde sie riechen, schmecken. Die intensiven Farben würden mir ins Auge springen. Ich naschte von einem, und vor mir lag eine fremde Welt. Eine friedliche, schöne Welt. Zwei Wochen lang wohnten wir in dem Häuschen. Rote Ziegel, gelblich-orangenfarbene Zwischentöne und Begrünung, so weit das Auge reichte. Ein Paradies, eine große Ruhe, so ganz anders als Wien. Und jeden Morgen wachte ich bei offener Balkontür an diesem Kurort auf. Neben mir lag diese wahnsinnige *bellezza*. Die Morgenbrise weckte uns auf angenehme Weise. Nicht zu pe-

netrant, aber immer präzise genug, dass wir keinen Wecker brauchten. Bona schlief auf meinem Oberarm, öffnete ihre Augen. Ich sah in ihre grüne, strahlende Offenbarung. Und sah darin eine wohltuende Oper. Gar kein Drama.
»Du bist alles, alles, was ich brauche, alles, was mir schmeckt«, sagte ich zu ihr. »Ich bin nichts«, antwortete sie. Dann die ästhetische Bewegungsabfolge. Sie erhob zuerst ihren Kopf, stützte sich mit der Handfläche am Bett ab. Und saß in der nächsten Sekunde im Schneidersitz da. Während ich noch lag. »Dann brauche ich nichts«, sagte ich, und sie beugte sich zu mir. Sie küsste mich, sprang aus dem Bett. Zog sich ein luftiges Sommerkleid an. Es reichte nur ein kleines Stückchen über ihre Knie. Bot oben einen großzügigen V-Ausschnitt, der fast bis zum Nabel ging. Der mir den Anblick ihrer zurückhaltenden Brust gönnte. Und dann ging sie in den riesigen Garten. Währenddessen stolperte ich mit nacktem Oberkörper auf den Balkon und zündete mir eine Zigarette an. Jeden Morgen beobachtete ich dasselbe bezaubernde einstudierte und doch so natürliche Stück in der Früh. Die intime Oper im großen Garten. Wie sie federleicht durch den Garten schwang. Wie sie auf ihre Eltern traf, ihnen jeweils einen Kuss auf die Wange gab. Wie dabei ihr Kleid in der leichten Brise flatterte. Sie war so voller Leben, und dann pflückte sie für knapp eine Viertelstunde Orangen. In diesem schier unendlich wirkenden Garten voller Orangenbäume. Ich rauchte am Balkon und sah ihr zu. Ich sah nie weg. Konnte nichts anderes machen, als zu rauchen und dieses Bild vor meinen Augen zu genießen. Während ich die passende Musik dazu, das große Orchester, in meinem Kopf hörte. Gelegentlich erwiderte sie meinen Blick und warf mir durch die Luft einen Kuss zu.

Jeden Morgen gab es diese fünfzehn Minuten. Die tägliche Glorie. Archiviert, auf ewig gespeichert. Bona, ich vermisse sie. Woran es lag, warum es vorbeigehen musste, ist schwer in Worte zu fassen. Die Gefühle an sich kann ich nicht einmal fassen. Ständig laufen sie mir davon, aber ich kann es versuchen. Eine Erklärung. Also, Bona war die stärkste Frau, die ich je kennenlernen durfte. Und ich war lange Zeit wahrscheinlich die schwächste Person, die sie kannte. Obwohl sie gerne etwas anderes sagte. Unsere Beziehung hatte nicht gehalten, weil ich sie nicht halten konnte. Vielleicht fehlte mir die Kraft dazu, vielleicht war ich wirklich zu schwach. Vielleicht sah es auch von außen so aus, als ob ich alles im Griff hätte. Die Wahrheit jedoch zeichnet ein anderes Bild. Die eigenen Lasten zu groß, um mich mit denen anderer zu beladen. Gefühle, Traumata, Depressionen. Wie viel kann ein Mensch ertragen? Und da gibt es noch dieses ekelerregende Wort *Bindungsangst*. Dann summiert sich alles. Ich war eben ein Feigling. Suchte den möglichst einfachen Weg. Suchte einen Notausstieg, eine Trennung. Ich liebte sie, dennoch gab es keine Zukunft. Für uns, für mich sowieso nicht. Und damit starb auch das letzte bisschen, das mich noch in Wien gehalten hatte.
Da kam er, dieser eine Tag. Bona arbeitete in so einer Kanzlei am Karlsplatz. Sie war in die kapitalistische Falle getappt. Immer träumte sie davon, Rechtswissenschaften zu studieren, Anwältin zu werden. Während ihrer Jugend, nur mit ihrer Großmutter, da suchte sie ihren Platz in der Stadt. Sie fand ihn, nach der pubertären Tortur. Ihre Großmutter, dieser Engel in italienischem Gewand. Auch sie kam durch diese problembeladene Jugend ihrer Enkelin. Ein allgemeines Phänomen dieser Stadt. Ich frage mich, wie wir

alle ohne nachhaltige Schäden durch solche Zeiten kamen. Also, Bona und ihre Zukunft. Sie fing an zu studieren, mit Erfolg. Sie bewarb sich bei eben erwähnter Kanzlei für ein Praktikum, mit Erfolg. Wenig später, noch während ihres Studiums, wurde sie übernommen. Ich mag kein Gericht, keine Justiz dieser Welt. Doch ihr gönnte und gönne ich das Glück der Traumerfüllung. Zu wissen, was man vom Leben möchte, und es auch in die Tat umzusetzen. Diese Kanzlei am Karlsplatz, im Dachgeschoss eines Altbaus. Eine von denen, zu der man eine Ewigkeit mit dem Aufzug hinauffahren muss. Dann von einer hübschen Dame am Empfang begrüßt wird. Dann händeschüttelnd von einer Anwältin oder einem Anwalt in irgendwelche Konferenzräume gezerrt wird. Nur, um zweihundert Euro pro Stunde zu zahlen. Wobei jede angebrochene Viertelstunde verrechnet wird. Dort, wo sich die reichsten Raubtiere auf einer Etage versammeln, die Menschen ausbeuten. Ein hässliches Geschäft. Doch genau dort hoffte Bona insgeheim, nachhaltig etwas am System zu verändern. Und dann kam er also tatsächlich, dieser Tag.
Ich bekam kaum Luft, war einfach viel zu nervös. Also ging ich im Resselpark auf und ab, rempelte Leute. Mal absichtlich, mal unabsichtlich. Als ob ich es provozieren wollte, als ob ich nur wieder etwas spüren wollte. Dann lief ich in eine Gruppe Studierender. Die mittags schon Bier tranken. Asoziales Pack eben. Dabei störte mich nicht einmal der Alkohol, sondern ihre Studi-Attitüde. Da stand ich vor ihnen. Und sie wollten plötzlich Konversation führen. Weil diese modernen Hochschulgänger doch so weltoffen sind, wollen sie mit jedem Arschloch direkt ins Gespräch kommen. Ich musste was sagen.

»Zigarette, eventuell?«
Einer stand auf. Ein weißer, schlaksiger Typ. Der hart an der Grenze zur *cultural appropriation* war, zwei Sekunden davor, sich Dreadlocks machen zu lassen. Er presste mir zur Zigarette noch eine Dose Stiegl in die Hände.
»Ich spüre eine Aufregung in dir«, sagte er.
»Noch mehr so hohle Phrasen, dann spürst du gleich was anderes.«
»Sag ich doch.«
Und dann rauchten wir unsere Friedenspfeife. Schüttelten uns zum Abschied sogar die Hände. Weil das Gespräch doch eigentlich völlig egal war. Keinen Wert in meiner Geschichte hat. Ein Schwarm bunter Vögel kreiste über uns. Ich sah in die Luft, trank die Dose leer. Und der Bierdunst begleitete mich auf dem Weg zur Kanzlei.
Dann stand ich in dem Gang, eingezwängt zwischen riesigen Büroräumen. Bona war überrascht, als ich plötzlich auftauchte. Was ich nie zuvor getan hatte. Mir nämlich Mühe zu geben, manchmal auch andere Wege zu beschreiten. Zu überraschen. Sie hatte Mittagspause. Bei einer nahe gelegenen Bäckerei holten wir uns einen sündhaft teuren, gleichzeitig ekelerregenden Kaffee.
»Wie wäre es. Sitzen statt Stehen. Die Sonne genießen. Es ist ja so schön«, sagte sie.
Also saßen wir kurze Zeit später auf den Treppen vor der Karlskirche. Ich hatte meine Beine übergeschlagen, Bona machte es mir nach. An diesem heißen Tag in Wien, die Sonne strahlte auf jeden Fleck in dieser Stadt. Nur nicht auf uns, die da auf den Stufen saßen. Für uns gab es nur Schatten. Den dunklen Mantel, der sich über uns, unsere Beziehung und letztlich über die Trennung legen sollte.

Dann musste ich schnell sein. Es durchziehen. Anders hätte ich es nicht überstanden, diese schrecklichen Minuten. Sie doch auch nicht. Ich teilte meinen Wunsch mit, sah dabei auf meine Turnschuhe. Dann auf sie, und Bona war so unfassbar blass geworden. Eine unlesbare Fassade. Sie saß ganz ruhig da.

»Verstehst du das?«

»Bona, alles okay?«

»Bona, bitte.«

»Bona, es tut mir leid.«

»Bona?«

»Bona?«

»Bona?«

Sie stand auf und verschwand wortlos. Kein Umdrehen, kein Zurückschauen, gar nichts. Sie verschwand inmitten des Nichts. Wohin sie wollte, wusste sie wohl selbst nicht. Man kann doch nur ahnen, dass eine Leere kommt. Man kann sie doch nicht vorausfühlen. Sie verschwand, ich blieb. Und dann gab es nur noch den Karlsplatz und mich. Für die nächsten Stunden, während derer ich mit übergeschlagenen Beinen auf den Stufen sitzen geblieben war.

Es donnert in meinem Kopf, und ich überlege, zwischendurch Wasser zu trinken. Der Balance wegen. Die Stewardess gelangt in mein Blickfeld, im letzten Moment entscheide ich mich um. Und bestelle noch einen Wein. Wie gerne würde ich jetzt rauchen, diese hässliche Moderne. Die Zeit holt uns alle ein, denke ich. Der Billigwein steht vor mir. Dann, Geistesblitz. Das Wasserproblem mithilfe des Weins lösen. Schachmatt, ich gewinne. Sie reicht mir eine Vöslauerflasche, ich mische mir einen Spritzer. Es bleibt Wasser übrig, ich biete es meinem Proletennachbarn an. Ich hoffe, die Geste war kein Fehler. Manchmal bin ich vielleicht doch nicht so schlecht, wie ich denke.

Die Vergangenheit lässt mich nicht los. Bona und ich, wir trennten uns also. Und damit trennte ich mich auch von unserer Freundesgruppe. Es würde sowieso nie mehr dasselbe sein, dachte ich damals. Auch von Hubert trennte ich mich, obwohl er einer meiner ältesten Freunde war. Langsam befreite ich mich aus den Fängen dieser Stadt. Dieselbe verschworene Konstellation an Menschen, die sich wahrscheinlich heute Abend beim Dinner wiedersehen werden. Zu allen von ihnen kappte ich damals die Verbindungen. Von einem Tag auf den anderen brach ich den Kontakt vollkommen ab. Ein klarer Schnitt, und das war es. Dann gab es diese Überbrückungszeit, in der ich in Wien blieb. Andererseits aber schon längst fort war. Und ich wartete auf ein Zeichen, was die Zukunft bringen sollte. Ich wohnte nicht mehr bei meiner Familie. Bona und mich gab es auch nicht mehr. Ich hing in der Luft, also zog ich zu

yasin.

Den ich schon seit meiner Kindheit kannte und liebte. Mit kurzer Pause zwischen beiden Gefühlswelten. Er, als Sohn einer syrischen, ich, als Sohn einer persischen Familie, hatten schon früh ein ähnliches Leben. Zwar unterschiedliche Traditionen, doch die Mentalitäten waren ähnlich. Auch nicht ganz, eigentlich waren wir sehr unterschiedlich. Ehrlicherweise verband uns hauptsächlich der Umstand, dass unsere Eltern als Einwanderer nach Wien gekommen waren.

Und das reichte als der große gemeinsame Nenner. Den wir mit so vielen in dieser Stadt teilten. Auch heute noch. Unsere Familien waren Nachbarn, damals in der Turmburggasse. An der Grenze zwischen Margareten und Mariahilf. Unsere Straße, jeden Tag, zwei Kinder mit brauner Haut. Die Wohnungen waren natürlich zu klein für uns.
Wir waren fünf. Gingen noch nicht in die Schule. Wir teilten alles, jede Minute. Bis eine unserer Mütter nach uns rief. Im schlimmsten Fall beide zeitgleich. Da hatten wir Angst. Generell, vor Müttern sollte man Angst haben. Und noch mehr Respekt.
Wir waren zehn. Es ging weiter. Nach der Schule, in unserer Straße. Jeden Tag. Unbescholten, dahinlebend. Alles war so einfach.
Wir waren sechzehn. Dann gab es diese Mädchen. Und wir waren füreinander da. Gaben uns schlechte Tipps, weil wir doch beide keine Erfahrung hatten.
Wir waren gerade achtzehn geworden. Das letzte Schuljahr. Und wir sprachen nicht mehr miteinander. Kindliches Ego. Eitle Dummheit. Es war nichts Tragisches passiert. Aber wir dachten, wir bräuchten neue Freunde. Wir wussten es beide nicht. Den Grund für die Distanz. Aber je länger wir es durchzogen, desto härter wurde es. Nickten uns nur zu, wenn wir uns sahen. An derselben Adresse, unserer Adresse.
Der Moment der Wiedervereinigung kam dennoch. Es war kurz vor der Matura. Die Pilgramterrasse diente Klassenkollegen und mir als Zufluchtsort. Um die Anspannung, das Nichtvorbereitetsein auf den Abschluss zu verdrängen. Wir bereiteten uns ja wirklich gar nicht vor, wir hofften schlichtweg auf Erbarmen der Bildungsgottheit. Also floss das Bier, also wurden die Wieselburger-Dosen zerdrückt.

Die Temperaturen sanken, die Gemüter erhitzten. Trotzdem brauchte ich meine Cordjacke. Die Wohnung meiner Familie war doch ums Eck, also brach ich auf. Torkelte leicht beim Gehen. Die Airpods drückten mir persische Musik in die Ohren, denn ich brauchte etwas Vertrautes. Angetrunken, da brauche ich Sicherheit. Wie beispielsweise die Musik, die mein Vater immer im alten Opel spielte, als ich noch ein Kind war. Dann das Wunder im Bruno-Kreisky-Park. Yasin, er saß da, einfach so. Auf einer Bank, beim Margaretengürtel, da fand es statt. Plötzlich stand ich vor ihm. Er rauchte eine seiner selbstgedrehten Zigaretten. Auch er hörte Musik. Wir sagten nichts, ließen den Moment obsiegen. Die verschwundene Verbindung langsam wieder herbeikommen. Die verlorenen Brüder fanden sich wieder.

»Hallo, *Dadash*.«

Man konnte die kühle Schicht, die wir uns aufgebaut hatten, zerspringen hören.

Und ich konnte nur antworten: »Hallo, *Akhi*.«

Und Yasin hielt mir seinen Beutel mit dem Drehzeug hin. Ich nahm ihn an, wir drehten uns zwei heilende Zigaretten. Rauchten nebeneinander auf der Bank. Teilten uns die Kopfhörer. Hörten meine Musik, hörten seine Musik. Und für die nächste Zeit schwiegen wir nur. Für all unsere gemeinsamen Erfahrungen, unsere gemeinsame Geschichte, unsere Vergangenheit. Wir schwiegen. Meine Cordjacke blieb in der Wohnung. Ich ging auch nicht mehr zu meinen Freunden zurück. Yasin und ich saßen im Bruno-Kreisky-Park, bis der nächste Tag angebrochen war. Am Morgen umarmten wir uns zum Abschied. Die folgenden Wochen hatten wir uns jeden Tag nach der Schule

getroffen. Nur, um im Park zu sitzen. Mal zu reden, mal zu schweigen. Hauptsächlich, um wieder diesen einen Verbündeten in seinem Leben zu haben. Um sich gegenseitig in Sicherheit zu wiegen, dass der andere in der Nähe war. Wir waren also wieder vereint, und dann Jahre später die Misere mit Bona. Ich wusste nicht, wohin. Doch Yasin ließ mich bei sich wohnen, dort in der Webgasse, Ecke Schmalzhofgasse. Er würde diese Gegend um den fünften, sechsten und siebten Bezirk nie verlassen, dachte ich und denke ich noch immer. Hier ging er vor die Tür, auf die Straße, und er fühlte sich in jeder Seitengasse zu Hause. Es war keine große Wohnung, wer konnte sich in diesem Alter auch eine große leisten? In der Küche mit dem langen Tisch, überzogen mit einer schlecht gealterten Tischdecke. In dieser Küche war das Zentrum. Hier war immer ein kleines Fenster geöffnet, aus dem Yasin den Rauch seiner selbstgedrehten Zigaretten pustete.
Yasin und die Musik, eine große Liebesgeschichte. Den Großteil seiner Zeit verbrachte er mit der Musikproduktion. Er saß vor seinem Laptop in seinem Schlafzimmer. Und immer rauchte er. Im Winter zog er sich eine dicke Pufferjacke an, weil die Fenster offenstanden. Er nahm die Kälte in Kauf, um bei seiner Arbeit zu rauchen. Er baute Beats, sang ein, rappte ein. Freunde kamen. Er baute Beats für sie, sie sangen ein, sie rappten ein. Seine Küche war der Treffpunkt, das Szenelokal schlechthin. Die Leute trafen sich dort, zeigten sich ihre neuen Projekte. Denn in dieser Stadt macht jeder Musik. Und jeder zweite rappt. Ich nehme mich da nicht aus, versuchte es ja auch. Scheiterte kläglich. Trotzdem. Kunst mit wahren Freunden zu machen, es gab, es gibt nichts Schöneres. Zumindest hatte

ich erkannt, dass ich eine Sache konnte. Die Texte waren ja doch irgendwie vertretbar. Ich hörte also auf und ließ den Rest der Stadt weiterrappen. Yasin liebte das. Sein neues Zeug herzuzeigen, den anderen zuzuhören. Er liebte es, wenn was los war. Man könnte von Selbstbeweihräucherung sprechen, die da in der Küche stattfand. Irgendwie nervig, könnte man auch sagen. Am Ende war es schön, die Mitglieder der aufkeimenden Szene standen geschlossen hintereinander. Am Ende traf man sich, weil alle denselben Traum hatten. Geld verdienen mit dem, was einem Freude bereitet. Einen Sinn gibt. Die Existenz rechtfertigt. Das war doch auch der Gedanke von Yasin. Bis es so weit war, musste er jedoch Geld reinbekommen. Arbeitete in irgendwelchen Bars. In der Zollergasse, Kirchengasse, Stiftgasse. Das kleine Taschengeld für den Spaß, nannte er es. Er wollte es eben auch nicht zugeben, dass er sein Brot dadurch verdiente. Irgendwie abhängig war davon. Und manchmal legte er auch auf, kleine Clubs. Der Beginn von etwas Größerem. Heute habe ich auch keinen Kontakt zu ihm. Doch wir folgen uns auf Social Media. Ich sehe, dass es aufgeht. Ich weine, wenn er größere Gigs spielt. In Österreich, in Deutschland. Ich liebe ihn eben.
Es war eine besondere Zeit. Die Leute um uns, unsere sogenannten Gleichaltrigen. Alle interessierten sich nur für die eine elende Sache. Die Zukunft. Jobs, Uni, Praktika, Volontariate. Die Zukunft. Diese Generation plagt sich an ihr ab. Es geht nicht einmal darum, glücklich zu sein, sondern schnell und sicher Geld zu verdienen. Welches abgeschlossene Studium man dafür bräuchte. In wie vielen unbezahlten Praktika man sich auf dem Weg versklaven müsse. Alles erfüllt einen größeren Zweck.

»Hast du schon deine Bewerbung losgeschickt?«
»Ich fange diesen Sommer in Mailand an.«
»Ich kann da bei diesem einen Filmprojekt ein Praktikum machen, drüben in München.«
»Ich mache den Bachelor noch an der Universität Wien fertig, und dann mache ich den Master in Kopenhagen.«
Oder, ganz schrecklich:
»Ich studiere jetzt an der Wirtschaftsuniversität«, also an der WU Wien. Da wusste man direkt, was für ein Schlag Mensch das ist. Exemplarisch, mein Sitznachbar.
Wieso Gedanken, wieso Kraft daran verschwenden? Doch es war so, es ist so. Nur daran zu denken, was man in Zukunft machen will. Machen müsste. Das macht uns krank. Das kann doch nicht das Ziel sein. Geld, einfaches, dreckiges Geld. Bevor man in das Burnout springt, muss man doch ein bisschen existieren. Ich füllte meinen Leerlauf nach der Matura damit, den Zivildienst abzuleisten. Danach mehrere kleinere, schlecht bezahlte Jobs. Und viel zu viel Bier. Es gehörte dazu, war irgendwie die Norm. So lange wie möglich vor dem Ernst davonlaufen. Der herbeieilenden Verantwortung. Die Verantwortung wartet aber immer um die Ecke. Ich wusste, ich würde mal studieren. Den akademischen Weg beschreiten. Die Welt stand uns offen, mir offen. Hinter den Türen der Erwartungen wartet etwas anderes. Man kann nicht nur an sich selbst denken. Der Druck verfolgt einen, und irgendwann muss man nachgeben. Yasin und ich, wir hatten eben auch strenge Eltern. Die hierhergekommen waren. Damit wir etwas Größeres werden. Also stand ich da, in Yasins Wohnung, und füllte diesen riesigen Suppentopf mit folgenden Zutaten:
Erwartungen der Familie,

Sinnhaftigkeit des Studiums,
Geld (mit großem Fragezeichen),
und noch einmal
mit den Erwartungen der Familie.

Rührte anschließend mit einem großen Kochlöffel kräftig darin um. Schmeckte einige Male ab. Heraus kam das finanziell sichere und prestigeträchtige Medizinstudium. Eine der drei Standardentscheidungen meiner Kultur. Das war mein Entschluss, also irgendwie nicht direkt meiner. Es lag nicht in meiner Hand, damals. Gleichzeitig jedoch schon, doch wie immer gab es höhere Mächte. Umstände, die einen zu etwas zwingen. Von denen man sich leiten lässt. Und die Entscheidung wurde getroffen. Ich behauptete, es war meine. Es war okay für mich. Ich verschickte Bewerbungen, während ich bei Yasin wohnte. Hatte mich vorbereitet für irgendwelche Aufnahmeverfahren. Nahm die Zügel in die Hand, nur nicht allzu fest.

Ich ging durch diese Krise, Yasin ging durch seine eigene. Er wusste, was er wollte. Vor allem, was er nicht wollte. Nämlich studieren. Akademiker waren ihm zuwider. Und wie gesagt, unsere Familien waren ähnlich. Da war so was ein schwieriges Thema. Die Köpfe seiner Eltern waren verstopft. Sie waren in dieses Land gekommen und taten nur eines: arbeiten, nonstop. Für uns Kinder. Und dann beichtete Yasin ihnen seinen Lebensweg. Den der Kunst, der ständigen Überlebenskunst. Sie weinten. Sie waren gefangen in ihrem Denken. In ihren Werten. Doch Yasin war frei. Es brauchte seine Zeit, doch dann verstanden sie es. Er war glücklich, so, wie er war. Wenn er machen konnte, was er für richtig hielt. Oder auch falsch. Einfach Fehler machen. Das gehörte doch dazu. Sie sahen, wie glücklich

er war, wie frei er war. Und mit der Zeit, da schwappte es auf sie über. Sie konnten ihre Häupter zur Ruhe kommen lassen. Alles säubern. Selber frei sein.
In dieser Zeit bei Yasin, in der kleinen Wohnung in Mariahilf. Da fing ich an, mich seelisch von dieser Stadt zu lösen. Mit jeder neuen ausgestoßenen Rauchwolke verließ mich ein weiterer kleiner Teil meines Gefühlskleides. Mit jedem Tag wurde ich ein wenig nackter. Und es wurde so kalt, als ich eines Tages völlig entblößt am Küchentisch saß. Allmählich befand ich mich in einem kleinen Spalt zwischen dem Jetzt und der Zukunft. Wo ich nichts fühlte, nur ein bisschen Materie in Yasins kleiner Wohnung. Am Fenster rauchend. Logisch wäre gewesen, gegen diesen Verlust jeglicher Gefühle anzukämpfen. Doch ich reagierte niemals logisch. Also arbeitete ich in die falsche Richtung, trank oft und traf Frauen. Mit einigen schlief ich, es war bedeutungslos, ich betrank mich danach erneut. Diese Zeit, ein einziger dicker Brei. Zwischen Vollräuschen und Orgasmen. Diesen Kreislauf muss man einmal durchgemacht haben, um es wirklich zu verstehen. Was es bedeutet, allein zu sein. Eine Stütze hatte ich jedoch. Ich war allein mit Yasin. Ab und zu bekam auch er Besuch. Irgendwelche fremde Männer, die über Nacht blieben. Ich saß dann jedes Mal am Fenster in der Küche, rauchte und begrüßte seine Lover freundlich. Bevor sie mit Yasin in seinem Zimmer verschwanden. Manchmal setzte sich einer dieser Liebhaber mit an den Tisch. Wir tranken ein Glas gemeinsam. Sie sahen eigentlich allesamt gut aus. Mal mit vollem Bart und wenig Haupthaar. Dann umgekehrt. Mal eine dichte balkenhafte Versammlung an Barthaaren über der Oberlippe, dann wieder ein reines Babyface. Yasin hatte wohl per se keinen wirklichen Typ,

den er bevorzugte. Aber ich fand immer, dass diese Männer gut aussahen. Also hatte er wohl doch einen Typ, nämlich den der Schönheit. Einmal saß ich da. Trank Marillenschnaps. Einer dieser Männer, mir ist der Name entfallen, aber er setzte sich zu mir. Ich schenkte ihm auch was ein. Yasin stand noch unter der Dusche. Dann kam das provisorische Interview. Aufgelockert durch zwei, drei Schnäpse. Da hakte er die wichtigsten Pfeiler seiner Vita ab:
Schule abgebrochen.
Schlechtbezahlte Gastro-Jobs.
(Drogen.)
(Drogen.)
(Drogen.)
Kredit aufnehmen (von einer fragwürdigen Bank).
Eröffnung seiner Bar (kenne sie sogar).
Vor einem Monat dann: Kredit abbezahlt (sonst hätten die eh etwas Absurdes gemacht, Beine brechen oder so einen Scheiß).
Erfolg, Erfolg, Erfolg (in jeglicher Hinsicht).
Wir hatten angestoßen. Auf ihn. Auf diesen Kurzfilm, den er in der Küche voller Qualm nacherzählte. Und dann kam Yasin auch schon aus der Dusche. Der selbstgestochene Strich auf seinem Arm, er meinte immer, es sei eine Angelrute. Das Partner-Tattoo mit seiner Schwester darüber. Und der selten kitschige Leuchtturm dazwischen. So sprang er aus der Dusche in die Küche, und der namenlose Mann sprang auf. Sie verschwanden in seinem Zimmer, und ich hörte sie von der Küche aus. Es zauberte mir ein Lächeln aufs Gesicht. Denn wie er es mir gönnte, vergönnte ich ihm jede heiße Nacht. Und freute mich auf den Nachbericht am nächsten Morgen.

Yasin, mein Bruder, wie ich das alles vermisse. Dich vermisse. Und brauche. Du warst immer für mich da. Deine seelische Anwesenheit spüre ich noch heute, in Berlin. Yasin, mein Bruder, du hast dich in mein Herz gebrannt. Du warst kalkulierbar, ich konnte immer mit dir rechnen in meinem Drama. Du, der Secco und ich. Yasin, ich denke an dich. Denkst du auch an mich?

Also.

Knappe drei Wochen lebte ich, überlebte ich bei ihm. Schwerelos, zeitlos. Dann die Nachricht, eine Zusage der Berliner Charité. Wir saßen am Küchentisch, als ich die E-Mail öffnete. Yasin musste weinen, ich nicht.

»Freust du dich?«, fragte er.

»Ich glaube schon«, antwortete ich.

»Freu dich, Bruder!«, schrie er und rüttelte an meinem Oberkörper.

»Okay, okay, ich freue mich.«

»Dann zeig das. Berlin ist schön. Viele schöne Frauen. Schöne Männer. Du wirst es lieben.«

»Darum geht es doch nicht. Es geht um mich, nur um mich.«

»Denk nicht zu viel.«

»Was soll ich sonst tun, ich kann doch nur denken, alles zerdenken.«

»Wir können trinken«, sagte er und stand vom Küchentisch auf, ging zu seinem kleinen Kühlschrank. In dem nichts anderes war als diese eine Flasche Prosecco.

»Ich werde dich vermissen, Yasin«, sagte ich, noch während er mit dem Rücken zu mir dastand und an der Flasche hantierte. Dann drehte er sich zu mir um.

»Ich dich doch auch. Aber sei froh. Dein Plan geht auf. Du

wolltest doch gehen. Jetzt gehst du. Lebe dein Leben. Ich komme dich besuchen.«

»Ich hoffe, ich finde mein Glück, Bruder. Ich hoffe, das alles lohnt sich.«

»Inschallah«, sagte Yasin und öffnete die Flasche Prosecco. Es knallte laut, und er wiederholte es ein weiteres Mal: »Inschallah.«

Es wurde eben plötzlich ernst. Weiß bis heute nicht, ob es das Richtige für mich ist. Und da war es auf einmal in Stein gemeißelt. Zementiert in meiner Vita. Also, am nächsten Tag hatte ich alles, was ich brauchte, in einer kleinen Reisetasche verstaut. Ich war bereit, diese Stadt hinter mir zu lassen. Buchte ein billiges Airbnb, nur für die Universitätszulassung. Eine Wohnung würde ich später schon finden. Mit Anfang zwanzig stand ich an seiner Türschwelle. Yasin und seine Augen. Braune Augen, wie ich. Ich küsste ihn auf den Mund. Und eine Ewigkeit lang konnten wir uns nicht trennen. Mit Ende zwanzig sitze ich hier. Finde meinen Weg zurück. Könnte weinen, könnte kotzen, könnte brüllen. Doch ich denke an Yasin. Höre ihn, flüstere seine Worte vor mich hin. Alles wird gut, denke ich. Ein letztes Dinner. Ein großer Abschied. Mein Ende.

Und alles wird gut, inschallah.

Das Fenster neben mir ist dreckig, das fällt mir erst jetzt auf. Es ist dreckig, geschlossen und auf gar keinen Fall ist es Yasins Küchenfenster. Genau das macht mich für einen kurzen Moment sehr traurig. Erneut schaue ich mich im Flugzeug um, auf der Suche nach Ablenkung. Da gelangt wieder Diana in mein Blickfeld. Ich versuche mit hektischen Gesten darzustellen, dass ich sehr durstig bin. Dass ich anders diesen Flug nicht überstehen würde. Denn ich bräuchte wohl einen dezenten Rausch, heute tatsächlich rein medizinischer Natur. Zur Heilung innerer Wunden. Meine Wünsche gehen in Erfüllung, der nächste billige Wein in einem billigen Pappbecher steht vor mir. Sekt wäre jetzt eigentlich eine Wohltat, denke ich. Vielleicht Prosecco, und ich verrenne mich in dieser Sektspirale. Ich denke an Proseccomarken. An jene Eigenschaft dieses Sprudelgetränks, dass sogar der um zwei Euro aus dem Supermarkt trinkbar ist. Der um fünf Euro sowieso, und der um sechzehn Euro schmeckt meist sogar phänomenal. Also wenn ich jetzt nach einem Gläschen fragen würde, bekäme ich bestimmt einen aus der Zwei-Euro-Kategorie. Was vermutlich wirklich trinkbarer wäre als dieser irritierende Weißwein. Ehrlicherweise sollte ich eingestehen, dass ich schon betrunken bin. Ich wüsste auch nicht mehr, wie viele Becher es waren, zwei oder drei bestimmt. Vier oder fünf wären auch denkbar. Viele Becher, viele Gläser bilden den Grundstein für die Bildung von Vergessensbrücken. Eine Brücke, die von der einen vergessenswerten Erinnerung zur nächsten gebaut wird. Und am Ende hat man genug getrunken, um kurzzeitig an gar nichts mehr zu denken. Ein guter Trick, eigentlich, doch gerade hier sinnlos. Mir bleibt doch nichts anderes übrig, als zu denken. Ich habe keine Ruhe, nicht in mir, nicht um mich. Den Kragen meines Hemdes lockere ich mit einem Handgriff. Obwohl da nicht viel zu machen ist. Mit mehr als drei geöffneten Hemdknöpfen gehe ich sowieso nicht in die Öffentlichkeit. Zumindest nicht, wenn es mir gut geht, ich halbwegs bei Sinnen bin. Ich denke wieder an den heutigen Abend. Yasin wird nicht kommen, er mochte meine

anderen Freunde nie so richtig. Weiß nicht einmal, ob ich sie so richtig mochte. Doch sie waren da. Und jetzt tauchen sie alle langsam wieder auf.
Hubert, der Verlorengegangene, der zum Dinner geladen hat,
Bona, die Reizende, die Sinnliche, die Liebe,
Dion, der Unbändige, der personifizierte Überkonsum, der Rausch,
Flora, die Zurückhaltende, die Vernünftige, die ständige Konstante.

Wieder ein tiefer Schluck von meinem Billigwein. Ich schließe meine Augen, lasse alles in mich einsickern. Versuche dadurch vielleicht sogar ein wenig auszunüchtern. Diese Karikaturen, ich füge sie in eine alte Geschichte ein. In einen prägenden Tag. Das letzte Mal, dass ich sie alle gesehen hatte. Noch ein tiefer Schluck und ich werde ihr wieder bewusst, der

wanderung.

Es war ein drecksheißer Tag im Juli vor einigen Jahren. Alle paar Wochen, vor allem im Sommer, da war es so weit. Ausflüge, Natur, besondere Aktivitäten. Alle wollten etwas Aufregendes erleben. Als Stadtkind sträubte sich jede Faser meines Körpers dagegen. Alles, was ich brauchte, alles, was ich brauche, sind Kaffeehäuser, Gastgärten. Das ist Koffein, Nikotin, Bier, Schnaps, alles. Das ist aufregend genug. Trotzdem, sie wollten es, ich fügte mich. Und genau so war es auch an diesem Tag. Bona und ich waren noch ein Paar, deshalb konnte ich das durchstehen. Mit ihr überstand ich

auch diesen Tag. Mit ihr war es nur halb so schlimm. Aber da war doch noch die andere Hälfte.
Eine Wanderung. Eine Stunde von Wien entfernt. Irgendein Pfad. Bona und ich reisten gemeinsam mit dem Zug an, nur wenige Euro und schon waren wir in der Natur. Wo noch kein Beton die Erde ersetzte. Wie immer war es von Anfang an stressig, im Zug hatte ich schon keine Lust mehr. Was nimmt man mit, was braucht man. Und dann, Mödling. Weiter zum Pfad, zu spät, aber trotzdem nach Hubert die ersten. An der Gabelung stand er, am Anfang des Wanderwegs. Gegen einen Holzpfeiler gelehnt, umgeben von Zigarettenrauch. Bona schlich sich an, er stand mit dem Rücken zu uns. Immer näher, und dann, als er schon den Atem in seinem Nacken spüren sollte, schrie sie: »Rauchen verboten!«
Ich sah auf den Boden. Ich liebte sie, alles an ihr, oft aber nicht ihren Sinn für Humor. Auch Hubert hatte kaum reagiert, drehte sich um, lächelte
»Nur die Ruhe. Madame. Die letzte erlaubte Zigarette. Vor der Natur«, sagte er und zeigte in Richtung des Wanderwegs. Seine Wahl fiel auf seinen spießigen Ton. Dann schalte ich meist ab, auch in diesem Moment, und es sprach nur Bona: »Ich mache nur Spaß«, sagte sie und war enttäuscht.
»Gut hergefunden?«, fragte Hubert.
Ich antwortete dann doch wieder. Erzählte, dass es tatsächlich gar nicht so schwer gewesen sei, diesen Punkt zu finden. Wo doch jeder Weg in diesem kleinen Städtchen hierherführte. Wo doch das ganze Dasein dieses Ortes auf Natur und Wanderwegen basiert. Dann meinte Hubert, als ob er meine Antwort gar nicht richtig angehört hätte, wie schön er es doch finde, dass wir hier sind. Er lachte und

warf die Zigarette auf den Boden, dann zertrat er sie. Ich dachte dabei an die Umwelt, er nicht. Wir warteten noch weitere zehn Minuten, bis auch Dion und Flora kamen. Kollektives Umarmen. Flora roch wohltuend nach einer gewissen Aloe-Vera-Note, Dion roch bereits nach Alkohol. Ich habe es noch genau im Gedächtnis, wie die beiden vor uns standen. Am Beginn des Weges, neben dem Schild mit der Route. Wie sie dastanden und noch miteinander funktionierten. Zwischen dem Laub und den Ästen, zwischen der schwülen Luft. Da funktionierten sie noch. Ich sehe Flora, so harmlos, mit ihrem *niedlichen Pony*, wie Bona die Frisur immer nannte. Mit ihren kleinen Grübchen, kein bisschen Extravaganz, zurückhaltend elegant. Ihr jugendliches Gesicht, aber erwachsenes Gemüt. Ihre ehrlichen Augen. Ein wenig wie das Klischee von dem Mädchen nebenan, eigentlich eine verborgene Schönheit. Ich sehe vor mir, wie sie sich einzelne Härchen, die ihr in ihr Auge gefallen waren, mühsam chirurgisch entfernte. Und dabei sah sie so zart aus. Daneben Dion, so gefährlich, mit seinen streng zurückgeklebten Haaren, die mal fettig und dreckig aussahen, und mal irgendwie erträglich und kitschig elegant. Ich sehe, wie er mit der Hand durch sie fuhr. Und dabei sah er so hart aus. Drei goldene Ringe an seinen dicken Fingern, und er fuhr sich durch die Haare. Eine dünne goldene Kette, mal über seiner Kleidung, mal darunter. Wo sie sich durch sein dichtes Brusthaar pflügte. Das mit dem Brusthaar wusste ich, weil wir so oft am Kaiserwasser waren. Dion war mir da ein Verbündeter, mit dem dichten Haarwuchs. Insgesamt versuchte er sich zwanghaft als Künstler zu inszenieren, als einen schlechten noch dazu. Auf eine komische Art hatte er immer diese gewisse Anziehungskraft, vielleicht war es nur der Alkohol. Trotzdem war sie da. Doch jeder, der ihm zu nahe kam, merkte sehr schnell, dass es sich nicht lohnte. Dass es besser war, die Distanz zu ihm zu wahren.

Dion stammte aus einer österreichischen Künstlerfamilie. Über mehrere Generationen machten sich Teile seiner Blutlinie mit Bildhauerei, Malerei, sogar in der Musik einen Namen. Das Talent schaffte es nicht bis zu Dion. Er schrieb, und zwar Schund. Krimischund, die schlechteste Sorte. Dieser Dreck entstand immer dann, wenn er für eine Sekunde nicht mit Trinken beschäftigt war. Er diente als Heimat für niederschmetternde Resonanzräume. Eine Brutstätte der Negativität. Immer nur Alkohol, und trotzdem hielt Flora es erstaunlich lange mit ihm aus. Sein leidenschaftlicher Drang nach Selbstdestruktion, sie überstand ihn mehrere Jahre. Obwohl randvolle Gläser zwischen ihnen standen. Während der Wanderung, da waren sie also noch ein Paar. Ich weiß nicht, ob er noch schreibt. Ich hoffe es nicht. Ich weiß auch nicht, ob sie noch zusammen sind. Ich hoffe es nicht.

Am Tag der Wanderung jedoch, da waren Dion und Flora noch ein Liebespaar. Sie schafften es, Konversation zu führen. Kämpften sich durch den Wahnsinn, die Probleme, die so eine Beziehung zwischen zwei erwachsenen Menschen mit sich bringt. Und fanden sich anziehend. Hin und wieder lächelten sie sich sogar zu. Flora konnte noch über seine Sprüche lachen. Mit einem weinenden und einem lachenden Auge. Es glich sich noch aus. Flora war in einer Ausbildung zur Kindergartenpädagogin. Lebte ein völlig anderes Leben. Ein ganz normales. Geburt, Kindergarten, Volksschule, Gymnasium, Hochschule. Keine aufregenden Zwischenstationen. Keine schrecklichen Eskapaden, kei-

ne großartigen Ausrutscher. Diese Konstellation wirkte so bizarr, diese zwei Menschen nebeneinander, miteinander. Sie lebten diese Kontraste, doch nachts lagen sie im selben Bett. Damals zumindest, da funktionierte es.
Die Sonne stresste weiter. Gab an diesem Tag keine Ruhe. Ständig waren wir der erdrückenden Hitze ausgeliefert. Und es war die Schuld von Hubert. Er warf uns in dieses Szenario, als ob er das Drama herbeisehnte. Bis zur Hälfte der Wanderung war aber alles ruhig. Langweilig. Substanzlos. Gespräche über Jobs, Uni, Pläne. Inhaltsloser Scheiß eben. Satzhülsen, um die Stille zu überbrücken. Dann war ich an der Reihe, alle sahen mich an. Ich drückte Bonas Hand. Ich hatte ja nichts zu sagen. Ich wusste schon da, in diesem Moment, nichts mit mir anzufangen. Also lenkte Bona die Runde auf andere Themen. Dann, Pause. Zwei hölzerne Bänke und ein Tisch. Schattenlagig. Brot und Feigen. Wasser und Wein. Dion kippte sich gleich einen warmen Spritzer rein. Er konnte nicht verzichten, nicht einmal bei stechender Sonne und Dehydration. Irgendwie ekelhaft, irgendwie traurig. Kleine Stärkungen, ein friedliches Beisammensein, dann ging es weiter. Und dann ging es eigentlich erst so richtig los.
Ich genehmigte mir einen gewissen Abstand. Ging ganz hinten. Bona und Flora vor mir. Hubert und Dion gingen an der Spitze voraus. Dabei diente Dions roter Kopf vorne als Orientierungspunkt. Es war also unaufgeregt, fast schon routiniert unspektakulär. Dann, die Wende. Ich blieb stehen. Am Rand des Wegs, da war doch etwas. Etwas, das nichts mit Fauna und Flora zu tun hatte. Die Spitze, nur ich konnte sie sehen. Zwischen den Blättern. Die Eingebung, während ich den naturgegebenen Deckmantel entfernte.

Die Offenbarung. Es war ein Flügel. Ein kleiner Vogel, der sich kaum regte. Aber noch ein minimales Lebenszeichen von sich gab. Bei Gott, ich bin kein Zoologe oder anderweitig mit Expertise in Sachen Vogelgattungen gesegnet. Ich brauchte aber auch keinen Namen. Ich brauchte doch nur Empathie. Kurz schoss er mir in den Kopf. Der Gedanke, dass dies eben der Lauf der Dinge sei. Alle Lebewesen kommen, um irgendwann zu gehen. Und dann zuckten die Flügel.

»Bona!«

»BONA!«

»B O N A!«

Verwundert über mich selbst. So laut hatte ich ihren Namen nie geschrien. Doch es war eine Ausnahmesituation. Mein Finger zeigte auf den Vogel, meine Augen blieben an dem letzten Restpuls hängen. Plötzlich standen sie alle um mich.

»Oh. Der Arme«, bemerkte Flora als Erste. Bona stieg in ihre Sorge mit ein. »Er bewegt sich. Glaubt ihr, dass er tot ist? Aber der Flügel zuckt noch.«

Sie sprach es aus. Fragte in die Runde. Wusste nicht, wie sonst zu reagieren sei. Dion wartete nicht. Einen Schritt nach vorne, seiner Sache absolut sicher. Ohne Absprache. Er bückte sich. Ich sah nur seine Hand. Und hörte das Geräusch.

Er brach dem unschuldigen Vogel das Genick.

Bis heute frage ich mich, wie er es tun konnte. Mit welcher Kälte er sein Todesurteil sprach. Mit nur einem Handgriff. Im nächsten Moment landete er im Laub, wohin Flora ihn mit einem kräftigen Stoß verfrachtet hatte. Der kollektive Blick wanderte von Täter zu Opfer, Opfer zu Täter, Täter

zu Opfer. Dann stand er auf. Nicht der Vogel, sondern Dion. Der noch lebte.
»Besser so. Hab ihn erlöst. Von seinem Leid.«
Dabei roch sein Atem nach Wein und nach Tod. Er neigte seinen Kopf ein wenig zur Seite, flüsterte Hubert ein paar Worte zu.
»Es klingt hart. Es war hart. Ich bin Dions Meinung. Dem Tode geweiht. Wieso nicht erlösen. Warum den Leidensweg erschweren. Warum nicht alles verkürzen«, sprach dieser. Ich achtete auf seine Hände. Sie machten anmaßende Bewegungen, die intellektuell und philosophisch wirken sollten. Doch in dieser Situation war es nur erbärmlich. Trotzdem sprach er weiter.
»Ich könnte wetten. Mein Leben darauf verwetten. Dieser Vogel wäre uns dankbar. Ist uns dankbar.«
Wir standen also urplötzlich vor Gericht. Eine anstrengende Diskussion stand uns bevor. Dion und Hubert auf der einen Seite. Vertraten die Sterbehilfe für den Vogel. Der Rest auf der anderen Seite, der Seite des Lebens. Gelassenheit und Trauer nebeneinander. Dazwischen ich, die Wut. Der Schock war trotzdem gleichermaßen verteilt. Dann musste ich was sagen. Der sein, der zu einer Lösung führte. Es stand doch zwei Stimmen gegen zwei Stimmen. Und meine fünfte fehlte. Ich fing an zu erklären. Tiere seien wie wir. Atmen, essen, reinigen, ficken, ausscheiden. Alles. Ich unterstellte Dion, einen Mord begangen zu haben. So einfach, so hart.
Dann brachte ich ein Beispiel,
geriet in die Rolle des Verteidigers
und Richters zugleich.
»Ich stelle es mal für euch bildlich dar. Also, stellt euch vor,

ihr würdet die Straße entlanggehen. Ihr telefoniert gerade, plant den Abend, lebt seelenruhig in den Tag. Und neben euch fände plötzlich ein schrecklicher Autounfall statt. Was würdet ihr machen? Natürlich würdet ihr, gemeinsam mit anderen Passanten, sofort zu Hilfe eilen. Das ist menschlich, normal, sollte zumindest hoffentlich die Norm sein. So weit, so gut, ihr wählt den Notruf, holt weitere Unterstützung. Leistet Erste Hilfe. Der letzte Punkt ist wichtig. Denn was macht ihr, wenn ihr merkt, wohlgemerkt ohne irgendeine medizinische Ausbildung, wenn ihr also merkt, dass die Person so aussieht, als ob nur eine geringe Überlebenschance bestünde? Würdet ihr dann auch einfach nicht helfen, nichts versuchen, die Erste Hilfe unterlassen? Oder gar selbst Hand anlegen und diese Person ermorden? Mit derselben Begründung, dass ihr diesen hilfsbedürftigen Menschen von seinem Leid erlöst habt?«, fragte ich und wurde müde, während ich sprach. Also sagte ich nur noch diesen einen Satz.

»In meinen Augen ist das hier ein Tatort, ein Mord, die Vernichtung dieses Vogels.«

Ein gutes Schlussplädoyer für das Existenzrecht des Tieres, fand ich. Doch in diesem Wald, auf diesem Wanderweg. Hier bewegten wir uns im rechtsfreien Raum. Jede Diskussion war eigentlich unnötig, und jeder hier kam unbescholten davon. Alle, bis auf den unschuldigen Vogel.

Also gab es auch keine weitere Diskussion, denn was geschehen war, war geschehen.

Den toten Vogel mit Laub bedeckt. Der Versuch einer akzeptablen Todesstätte. Danach drehte ich mich um und ging voraus. Bona und Flora folgten mir. Nach einer kurzen Pause kamen auch die letzten beiden. Den Rest der Wanderung verbrachten wir schweigend. Was hätten wir sonst machen sollen? Die Stimmung war am Ende, wir waren am Ende, und der Vogel weilte nicht mehr unter uns. Mittlerweile trank Dion seinen Wein pur aus der Flasche. Der Alkoholzenit war erreicht. Wir hätten den schrecklichen Tag wenigstens still auslaufen lassen können. Doch Hubert und er entschieden sich für eine weitere Störung.

»Ich bleibe dabei. Das war menschlich. Das war logisch. Das war rein«, sagte Hubert.

Und da war es wieder. Wir wollten kein Wort, keinen Ton mehr daran verschwenden. Wir seufzten, doch Hubert konnte nicht aufhören. »Der Vogel. Wir haben Gutes getan. Die Erlösung. In des Schöpfers Rolle geschlüpft. Das ist edel.«

Und dann Dion. Er nahm noch einen Schluck, fuhr sich mit der Hand durch die Haare, die nach hinten gekämmt waren. »Vollkommen richtig. Wir sind Heilige«, sagte er. Er hatte Hubert auf seine Seite gezogen, wie er es immer getan hatte. Von seinen Idealen überzeugt. Das konnte Dion gut. Auf Hubert einreden, bis dieser dachte, es war sein eigener geistiger Wille. »Ein friedlicher Tod. Den hat jeder verdient«, beendete Hubert das leidige Thema.

Wir traten weiter auf den Ästen, auf den kleinen Steinen. Bona kniff mir in die Hand. Sie ahnte, wie es in mir gebrodelt hatte. Versuchte, mich zu beruhigen. Die letzten Meter waren unangenehm, doch niemand ließ es sich anmerken. Also gingen wir schweigend weiter. Sahen bereits das Ende der Route, und dann kam es auch schon. Das Ende, endlich. Beim Parkplatz am Anfang des Wanderweges inhalierten alle ihre ersten Zigaretten seit mehreren Stunden. Schweigend frönten wir unserer Sucht. Außer Flora, sie

hatte aufgehört. War in diesen Belangen stärker als wir alle. Der Alkohol sprach aus Dion. »War ein guter Weg.« Keiner ging darauf ein. Lieber schnippten wir unsere Zigaretten weg. Und diesmal achtete ich selber nicht auf die Umwelt. Es folgte ein kühler Abschied, ohne Umarmungen. Bona und ich waren wieder unter uns, im Zug. Wir fassten das Erlebte zusammen. Wie wir es immer taten nach einem gemeinsamen Tag mit dieser Gruppe. Nach jedem Ausflug, jedem Abend. Da saßen wir in ihrer kleinen Küche und rekapitulierten. Es endete immer im Drama, so waren wir nun mal. Nur kostete es dieses Mal ein Leben.
Wenige Wochen später der Schnitt. Bona und ich trennten uns. Kurz schiebt sich das Bild des Karlsplatz dazwischen. Doch ich schiebe es genauso schnell wieder weg. Einige Zeit nach der Wanderung war die Flamme zwischen uns erloschen. Irgendwie unabhängig von den Ereignissen der Wanderung, und irgendwie hatten sie doch einen Beigeschmack. Das war es also gewesen, das letzte Mal mit diesen Leuten. Bis heute.

Ein dumpfer Knall, und mein Kopf schlägt gegen den Vordersitz. Während das Flugzeug ins Stocken gerät, wiegt man uns in Sicherheit. Kleine Turbulenzen gehören dazu, sagt man. Bringt uns doch um, wäre besser als alles andere. Kommt schon. Flügel abreißen, im Meer versinken. Tut mir den Gefallen. Eine Durchsage kündigt die Landung an, es dauert nicht mehr lange. In mir passieren komische Dinge. Die Euphorie des Alkohols vermischt sich mit der Furcht vor dieser Stadt. Zwei gefährliche Komponenten fechten ihren Kampf in meinem Innern aus. Keiner meiner Mitreisenden bekommt das mit. Dieses Buch von Bret Easton

Ellis, es ist noch in meiner Reisetasche verstaut. Eigentlich hatte ich vor, den Flug über zu lesen und mich zum fünften Mal darin zu verlieren. Denn Literatur ist alles, Literatur heißt leben. Aber manchmal läuft es eben anders. Und es ist klar, dass ich auf dieser Reise gar keine Zeit haben werde zu leben.

Diese letzten Minuten genieße ich,
(ich versuche es),
eine innere Ruhe lässt mich locker werden,
(ich versuche es),
und optimistisch sein,
(ich versuche es).

Der Aufenthalt in Wien bedarf eines krankhaften, fast wahnhaften Optimismus. Diese angetrunkene Überheblichkeit. Ich könnte wetten, sie wird mich beim Betreten der Ankunftshalle verlassen. Wenn ich diesen Boden spüren sollte, dann knicke ich ein. Wenigstens kann ich dann draußen wieder rauchen, denke ich.

Die Augen sind geschlossen. Ich spüre, wie mein Körper schwächer wird, sich beruhigt. Eventuell schaffe ich es sogar, ein wenig zu dösen die letzten Minuten. Doch irgendetwas durchbricht diesen Bann. Ich spüre etwas, einen Blick. Also öffne ich wieder meine Augen, und da ist er,

der störfaktor.

Der Sitznachbar, der Ex-Wirtschaftsuniversitätsbesucher. Er sieht so verdächtig oft zu mir herüber, aber ich schaffe es, ihn zu ignorieren. Immer weiter, doch sein rosafarbenes Polo-Hemd zieht mich an, und das hartnäckig. Ich wehre mich, doch erliege der Strahlkraft. In einem schwachen

Moment schaue ich kurz zu ihm. Unsere Blicke treffen sich, ich gebe auf.

»Danke für das Wasser«, sagt er, und ich bin enttäuscht von mir selber. Ich wusste es, ich weiß es. Mein Fehler. Die vorgespielte Freundlichkeit war für ihn die Einladung, zu mir durchzudringen. Leise schenke ich ihm ein Lächeln, laut schäme ich mich dahin.

»Aufregend immer. Diese Flüge.«

Keine Faser in meinem Gesicht bewegt sich.

»Sehen Sie aus dem Fenster. Von hier oben. Da sieht alles so klein aus. So schön. So handlich. So harmlos«, und noch immer sage ich nichts. Starre nur auf den Vordersitz, auf die Informationsblätter in dem Fach vor mir. Auf meinen Klapptisch mit dem abgegriffenen Becher.

»Zu Besuch. Oder. Heimkehrer«, fragt er.

»Wiener, nur zu Besuch. Bald wieder fort, hoffentlich«, gebe ich nach.

»Der verlorene Sohn. Mama Wien heißt Sie willkommen. Sie sehen traurig aus. Wieso denn so ein Gesicht? Seien Sie froh. Sind Sie es nicht? Froh? Dass Sie wieder herfinden?«

»Papa Österreich hat mich verraten«, hauche ich. Er überhört es, nagt weiter an meinem dünnen Nervenkleid. Er ist mir so nahe, wie schon lange niemand. Meine Augen wandern über seine hässliche Oberfläche. Von der Sonnenbrille in seiner Brusttasche über den rosafarbenen Kurzhemdkragen. Bis zu seinen, natürlich, blauen Augen.

Ich gebe ihm also eine Antwort. Es wird nicht die sein, die er sich wünscht, und ich werde auch nicht an Worten sparen. Ich verstaue viele große Schlagwörter in einem prägnanten Satz. Werfe ihm etwas zu, was er gar nicht erst fangen kann.

»Wären Sie denn froh, wenn Sie Ihr gerade erst gefundenes Paradies, Ihr persönliches Exil, das nicht schöner sein könnte, das Sie mit so vielen Wunden versehen vor einigen Jahren gesucht und gefunden hatten, wenn Sie diesen Ort des Friedens verlassen würden, um per Direktflug ins Chaos, in die Verdammnis, in das endlose Verderben zu steuern?« Dabei schaue ich ihm noch tiefer in die Augen. Diesmal lasse ich nicht los, setze ihn schachmatt. Gebe ihm zu verstehen, dass es vorbei ist. Er ist irritiert, aber nicht irritiert genug. Nein, er ist nicht irritiert, er ist motiviert. Der Fremde, er klappt auch seinen kleinen Tisch herunter, wischt mit der Hand über die unsaubere Oberfläche. Und ich, ich bin nervös.

»Das verstehe ich nicht. Sie kommen doch nach Hause. Das ist etwas Schönes. Die Heimat. Alte Freunde. Die Familie. Das ist doch etwas Schönes. Sie kommen nach Hause«, sagt er und winkt beiläufig mit seiner linken Hand eine Stewardess her. Versucht es zumindest. Dabei sieht er auch nicht weg, er bleibt bei mir.

»Nach Hause, nach Hause«, wiederhole ich.

»In Ihre Heimat.«

»Nach Hause«, wiederhole ich noch einmal.

»Geht es Ihnen gut.«

»Mir geht es schlecht, danke, nach Hause, zu Hause. Ich denke viel über diese Begriffe nach.«

»Nicht nachdenken.«

»Sondern fühlen?«, frage ich.

»Was fühlen?«, fragt er.

»Ach, nichts, ich dachte, ich wüsste, was Sie sagen.«

»Sehen Sie. Wieder zu viel gedacht. Nicht nachdenken. Es sind nur Wörter. Sie sind Begriffe für etwas. Das ist nicht wichtig.«

Stille.
»Also?«, fragt er.
»Also, was?«, frage ich.
»Freuen Sie sich?«
»Habe ich Ihnen nicht bereits eine Antwort darauf gegeben? Wissen Sie noch, der lange Satz mit den vielen Wörtern?«
»Und ich sagte: Es ist doch etwas Schönes. Etwas Erfüllendes. Wieder heimkehren.«
»Vielleicht für die meisten, doch …«, und schon unterbricht er mich.
»Also, wenn Sie mich fragen …«, diesmal unterbreche ich ihn, und sage: »Das habe ich nicht.«
»Wie bitte?«, fragt er.
»Schon gut, sprechen Sie weiter«, erwidere ich, und während ich diese Worte ausspreche, winkt er ein weiteres Mal hektisch mit seiner Hand. Die Hoffnung, eine der Stewardessen herzulotsen. Langsam ist es armselig, trotzdem wirkt er erhaben, so selbstsicher dabei.
»Ich freue mich. Jedes einzelne Mal. Wenn ich fort bin. Wieder nach Wien komme. Dann freue ich mich. Auch nach zwei Tagen. Auch nach vierundzwanzig Stunden. Jedes Mal. Ich brauche diese Stadt.« Und ich frage mich, ob der Fremde mich für dieses Gespräch denn überhaupt bräuchte. Meine Worte sind ihm doch gleich. Er erklärt mir seine Liebe, doch sie ist für mich nicht interessant. Er redet von ökonomischen Aspekten, erzählt mir etwas von Politik. Weiht mich in wilde, historische Offenbarungen ein. Der fremde Mann, er spricht von seiner perfekten Stadt, die eigentlich nicht perfekt ist. Dann weiter, die wirtschaftliche Entwicklung in Österreich, der generelle Wirtschaftsstandort Wien. Langweilig, langweilig, lang-

weilig. Das Niveau seiner hässlichen Oberfläche gleicht dem Inhalt seiner Worte. Plötzlich, der Erfolg. Eine Stewardess kommt in unsere Richtung. Und natürlich, es war doch klar, natürlich steht da nun Diana vor uns. Er bestellt zwei völlig überteuerte Whiskey. Die Situation ist mir sehr unangenehm. Versuche, ihr mit meinen Augen zu verstehen zu geben, dass ich eigentlich nichts mit diesem Mann neben mir zu tun habe.

»Ich trinke keinen Whiskey«, sage ich trotzdem.

»Wein?«, fragt Diana.

»Wodka«, sage ich.

»Völlig überteuert«, bemerkt sie.

»Ich zahle«, stört er uns.

Einen Moment später. Alkohol vor uns, er trinkt, er stöhnt. Wischt wieder mit der Hand über seinen Klapptisch und spricht weiter.

»Wien. Wir sprachen über Wien. Eine Liebe. Ich verspürte sie sonst nie. Dieses Gefühl kenne ich sonst nicht. Es klingt vielleicht merkwürdig. Ich liebe diese Stadt. Mehr als meine Frau. Mehr als meine Kinder.«

Kurze Whiskey-Verkostungs-Pause.

»Seien Sie ehrlich. Sie finden mich herzlos.«

Ich weiß nicht, was ich empfinden soll. Er stellt seinen Becher auf den Klapptisch, hält sich an den Rändern dieses grauen Kunststoffs fest. Als ob er eine Stütze bräuchte. Ich probiere den Wodka, schütte ihn in meinen Schädel. Als ob ich eine Stütze bräuchte. Er schmeckt scheiße, aber was soll ich schon machen.

»Nicht herzlos, sprechen Sie weiter«, sage ich.

Zwei Fremde, zwei Sitznachbarn. Wie im Film, wie in einem kitschigen Film. Es fehlte noch eine dramatische Note, einer von uns muss sterben. Wenn es so weitergeht, melde ich mich freiwillig. Ganz gleich, welchen Part ich übernehmen soll.

»Ich würde es verstehen. Ich bin wahnsinnig. Ich bin verrückt. Ich bin herzlos. Alles. Ich würde es verstehen. Doch lassen Sie mich erklären. Erläutern. Vielleicht verstehen Sie mich dann. Vielleicht auch nicht. Ich sagte also. Mehr als meine Frau. Mehr als meine Kinder. Ich wünsche es mir nicht. Doch sie alle können mich verlassen. Wenn sie es wollen. Von heute auf morgen. Sie wären weg. Und ich allein. Materielles. Dasselbe. Wenn alles weg ist. Da bleibt nur Wien. Mein Monopol im Herzen. Verlässt mich nie, ignoriert mich nie. Verletzt jedoch auch mich. Das gehört dazu. Ich rede mit dieser Stadt. Sie ist weise. Sie unterrichtet mich. Ich bin ein Student dieser Metropole. Und gleichzeitig der Liebhaber. Komisches Verhältnis. Aber es funktioniert. Wissen Sie. Ich habe alles erlebt. Ein ereignisreiches Leben. Wilde Geschichten. Traurige Eskapaden. Ganz oben. Ganz unten. In der Mitte jedoch. Das war ich nur in Wien.« Und er kann sich wieder von seinem Klapptisch lösen. Er nimmt seinen Becher, ergibt sich dem Whiskey. Vielleicht ist er im Kern doch genau wie ich. Verdrängt, vergisst und säuft. Ein trauriger Junge im Körper eines alten Proleten. Also er, nicht ich. Er suhlt sich hier in diesem bloßen Kitsch, tränkt seine Lippen darin. Beschmiert mich damit. Und noch trauriger ist, dass er mich in seinen Bann zieht. Diesmal bestelle ich eine nächste Runde überteuerten Whiskey und Wodka. Diana lächelt mir zu. Auch sie weiß, dass sich ihr Gefühl bestätigt. Diese Rechnung wird wehtun.

»Eine realistische Einschätzung, bitte. Es kann doch nicht

jeder Schmerz ein guter sein, und wenn man sich eine Sache hier zufügt, immer, dann ist das eine klaffende Wunde. Also sagen Sie mir, dieser Schmerz, er kann doch nicht gesund sein, auch nicht für Sie«, und ich trommle auf meinen Klapptisch, während ich ihn darauf anspreche. Den Schmerz dieser Stadt, den kann man doch nicht so einfach vergessen.

»Natürlich. Es gibt nicht nur Gutes. Das gehört zu einer Beziehung. Wenn diese Stadt Hunger hat. Dann frisst sie. Ohne Filter. Was ihr vor ihr Maul gerät. Die Raubtierfänge ausstrecken. Einen packen. In den Mund stopfen. Genüsslich zerkauen.«

»Und was dann, diese Zähne, sie schmerzen doch. Verstehen Sie mich, vielleicht möchte man nicht gefressen werden, es gäbe doch auch andere Wege. Diese Stadt, man ist ihr doch nichts schuldig, man müsste sich doch nicht einfach so fressen lassen, nur weil sie Hunger hat«, und ich trommle weiter.

»Zwei Szenarien. Einmal im Maul. Dann gibt es zwei Szenarien. Erstens. Sie spuckt mich wieder aus. Ich lebe mit der Erfahrung weiter. Sie hinterlässt Spuren. Ein Trauma. Doch ich lebe weiter. Bedanke mich nach der Verjährung. Für diese Lehre. Wie gesagt. Ein Studierender dieser Stadt. Zweitens. Sie kaut weiter. Zermahlt mit ihren Zähnen. Durch meine Knochen. Sie schluckt mich runter. Spuckt mich nicht aus. Ich sinke langsam. In den Magen dieser Stadt. Ich werde ein Teil der Erde. Jener. Die über dem Boden verstreut ist. Wissen Sie. Das Ergebnis. Ich bin dem Kern näher denn je.«

Er belädt sich zu sehr, mit Emotionen, mit Whiskey. Er verträgt beides nicht. Also, kurz das Gespräch weiterführen. Ich sage ihm, dass ich andere Erfahrungen gemacht habe. Die Stadt aus guten Gründen verlassen hatte. Geistiges Wohl, körperliches Wohl. Dass es auch einen Punkt geben kann, an dem es einem zu viel ist. Man sich nicht den knirschenden Zähnen ergeben möchte. Ich sehe es eben nicht so romantisch, erkläre ich ihm. Das mit dem Gefressenwerden. Das ist seine romantisierte Version einer erbarmungslosen Tragödie.

»Ich habe eine Frage. Was ist denn der Grund? Dass Sie hier sind?«

»Ich treffe Freunde«, bringe ich es auf den Punkt.

»Das ist doch schön.«

»Ansichtssache.«

»Es geht mich nichts an.«

»Richtig.«

»Wenn es Ihnen recht ist. Dann führe ich meinen Monolog fort«, sagt er. Diese komische Wendung bleibt sicher die einzige. Also wieder zurückhalten, denn es ist seine Aufführung.

»Ich maße mir nichts an. Ich urteile nicht. Ich werde Ihnen nichts eintrichtern. Ich weiß gar nichts. Was Sie erlebt haben. Ihre Erfahrungen. Nichts. Es ist nicht mein Recht. Ihr Lehrer zu sein. Das ist doch schon die Stadt. Aber eine Sache noch. Kennen Sie diese Redewendung. Man vermisse Sachen. Erst wenn sie fort sind. Das ist es. Ich war an der Wall Street. Habe Halt in Tokio gemacht. Ein paar Monate in Südamerika verbracht. Alles gesehen. Aber alles ohne Wert. Am Ende wollte ich doch nur eine Sache. Die Heimat. Deswegen die Liebe zu Flügen. Sie geben mir Hoffnung. Dafür lebe ich«, und da, eine Träne. Da ist tatsächlich eine Träne, die seinem Auge entflieht. *Sie geben mir*

Hoffnung, dieser Satz haftet sich an meinen Gehörgang. Hoffnung ist ein großes Wort und heute wichtiger denn je. Ich kippe meinen Wodka runter, er brennt. Fühlt sich an, als ob er auch mir eine Träne auszupressen versucht. Doch vergeblich, und ich beschließe, es erstmal ein bisschen ruhiger anzugehen. Oberflächlichkeit. Ich hatte einen Eindruck von dem Fremden. In einigen Punkten bleibt er wahr, in anderen zeigt er sich wie ein Mensch. Ambivalent und undurchsichtig.
»Interessant«, sage ich, doch denke mir, *danke für dieses Gespräch, danke für Ihre Gedanken*. Irgendwie hat er mich tatsächlich berührt. Auf der Oberfläche bleibe ich reserviert und kühl, aber der Fremde weiß, was ich fühle. Wir beide sagen nichts. Wir nicken uns gewichtig zu. Schauen wieder auf den jeweiligen Vordersitz. Auf unsere Klapptische. Wenige Sekunden, noch ein paar Sekunden, und dann spricht er. »Genießen Sie es. Werfen Sie einen Blick auf die Stadt. Auf die Menschen. Saugen Sie diesen Ort auf. Ein letztes Mal. Tun Sie das. Bitte.«
»Ein letztes Mal?«
»Sie fliegen doch danach. Wieder hinfort. Au revoir.«
»Ach, ja.«

//

ein intermezzo im ersten drittel

oder

der riesige, stählerne vogel landet.

Ein Wimpernschlag.

Wieder diese Art Traumzustand, diesmal aber kein Seil. Es wird auch nicht schwarz, ich bleibe hellwach. Trotzdem versunken in diesem Strudel aus Erinnerungen. Verschwommene Bilder, ist das der Rausch oder die Seelenunruhe? Ich denke an meine Kindheit, an meine Eltern. An meinen Vater, der, seit er vierzehn Jahre alt ist, in Wien lebt. An meine Mutter, die mit achtzehn Jahren ihren Weg aus Teheran hierher, in die österreichische Hauptstadt gefunden hatte. Ich denke an diese beiden Menschen, die meinem älteren Bruder und mir alles gegeben haben. Unbefleckt, ruhig war es nur für uns Kinder, sehr anstrengend für sie selber. Eine schöne Kindheit, eine Mixtur aus zwei Kulturen. Schwarze Haare in Österreich, ein eigenes, schmerzhaftes Kapitel. Einst galt Wien als Tor zum Orient, doch heute werden wir komisch beäugt. Müssen uns beweisen, mehr leisten, schöner sprechen. Wie gesagt, es schmerzt. Ich möchte nicht daran denken. Zu sehr erinnert man sich an die Haiders und Straches, zu sehr haben sie sich in das kollektive Gedächtnis der Kinder dieser Stadt gebrannt. Die Aushängeschilder der Bosheit. Zu wenig denkt man an die Guten, an die Sozialen. Wo ist das Rote Wien, wo war es, wenn man es brauchte? Doch als Kind, irgendwie war da trotzdem noch alles gut. Unsere ersten Lebensjahre waren schön. Wir, mein Bruder und ich, hatten alles, was wir brauchten. Wir wurden groß, ich wurde groß, und irgendwann überkam mich dieses Gefühl, dass es da draußen ein *Mehr* gibt. Das denken viele, wünschen sich die meisten, dass da draußen noch mehr auf sie wartet. Niemand könnte erklären, was dies wäre, genauso wenig wie ich. Dieses Mehr ist ein Verwandter des Appetits. Und die Suche hört nie auf.

Ein Wimpernschlag.
Ich sehe mich, mit dem frischen Maturazeugnis in der einen Hand. Euphorie in der anderen. Gespannt, neugierig, was das Leben nun bringen mag. Aus Donaustadt mit Zwischenstopp in 1030 Landstraße. Auf dem Weg in Richtung des großen Lebens.
Doch nach der Schule kam das Loch, das Tief, in das so viele Seelen dieser Großstadt gefallen sind.
Ein Wimpernschlag.
Ich sehe mich beim Versuch, die 6er-Straßenbahn anzuhalten. Doch sie fährt weg. Ich laufe, versuche die U2 am Schottentor zu erwischen. Doch ich verpasse sie. Ich laufe von Station zu Station. Und verpasse jeden Wagen, jede U-Bahn, jeden Bus. Ein junger Mann, schwarze Haare, braune Augen, dreisprachig. Ein junger Mann, der Angst hat, eigene Schritte zu machen. Der Angst hat, ständig zu stolpern.
Ein Wimpernschlag.
Ich sehe mich, der sich in dieser Großstadt umsieht. Der am Stephansplatz, am Yppenplatz, im Burggarten, am Rochusmarkt, steht. Sich um die eigene Achse dreht, sich ständig im Kreis dreht und so viele gleiche Schicksale erkennt. So viele, die sich in den Rausch flüchten, in langen Nächten, in schmerzhaften Nächten. Ich sehe mich mit fremden Frauen, mit fremden, wechselnden Frauen. Gefühle gingen verloren. Jeden Fehler schob man darauf, dass es nur eine Phase sei, die vorbeigehen würde. Traurig war man nicht an der Oberfläche, an der Oberfläche gab es nur einen aufsehenerregenden Glanz. Emotionen wurden in ein Korsett gezwängt, das sich immer enger schnürte. Man war taub und nichts berührte einen.

Ein Wimpernschlag.
Ich sehe mich in mal kleine, mal größere Fallen tappen, doch irgendwie immer in der Mitte landen. In der Mitte des Dramas, meines Lebens. Doch es sah so aus, als ob ich nach miserabler Tiefphase langsam wieder zu mir käme.
Ein Wimpernschlag.
Ich sehe mich, wenige Jahre später, ein Gefühl von Freiheit erhaschen. Getrennt von den negativen Vibrationen, ein neues Leben beginnend. Der Freiheit so nahe.
Ein Wimpernschlag.
Ich sehe mich, der den Kampf kurzzeitig gewonnen hat. Der es geschafft hat, aus dem Trott zu entkommen. Der es gewagt und gesiegt hat.
Ein Wimpernschlag.
Ich sehe mich, der nun wieder an diesen verrotteten Ort seines Herzens zurückkehrt. Der droht, zu scheitern. Der alles auf eine Karte setzt.
Ein Wimpernschlag.
Ich hoffe, man denkt an mich, während ich hier sitze.
Ein Wimpernschlag.
Ich bin müde.
Ein Wimpernschlag.
Ich bin hellwach.
Ein Wimpernschlag.
Schweiß läuft mir in die Augen,
oder sind es Tränen?
Mein Herz schlägt schnell,
schneller,
dann langsam.
Ein halber Wimpernschlag, meine Augen bleiben geschlossen, gleich sind wir da.

Und ich öffne sie wieder. Meine Augen tun weh, die Realität ist bitter, die Landung ist da. In den nächsten Minuten betrete ich österreichischen Boden. Und ich möchte weinen, doch kann es nicht. Die Stadt geht jetzt schon in Führung.

ZWEI

Die Landung ist unspektakulär, ein richtiges Trauerspiel. Ein kleiner Ruck, und schon ist es vorbei. So schnell, und vor allem nach dieser Tortur so gar nicht belohnend. Darauf folgt nur mehr das Rollen auf der Landebahn, während langsam das Tempo gedrosselt wird. Das alles natürlich in Zeitlupe, bei einer Landung dauert jede Kleinigkeit mindestens dreimal so lange. Ich sehe gestresste Menschen, Gurte, die geöffnet werden, und der Wettlauf beginnt. Handgepäck wird schnellstmöglich aufgesammelt. Ein großes Gedrängel, bis man sich den Weg aus dem Flieger bahnt. Wofür man sich diesen Stress eigentlich antut, frage ich mich. Nur damit der erneute Alltagstrott beginnt. Passagiere kommen in der Realität an, frisch aus dem Urlaub, und schieben sich direkt wieder in das normale Leben. Sie kehren heim von der Dienstreise und zerren sich sofort, ohne Pause, zurück in die Arbeit. Es ist wie ein Direktflug ins Büro. Für mich steht etwas anderes auf dem Plan. Seelische Arbeit, denn ich bin dort angekommen, wo alles angefangen hat. Wien, die kleinste Großstadt. Und vor mir liegt der größte Kampf, David gegen Goliath. Das spüre ich in all meinen Gliedmaßen. Und eigentlich habe ich so gut wie keine Chancen, ich habe einen kleinen Dolch, die Stadt einen riesigen Speer. Ruhe kehrt im Flieger ein, ich greife zu meiner Reisetasche, und schon geht es los. Ich wage den Fluchtversuch, schaffe es von meinem Sitzplatz, durch die Schleuse und schließlich bis in den Ankunftsbereich. Auf dem Weg achte ich auf nichts, nur auf mich, auf jeden meiner Schritte. Kurz vor dem Ausgang aus der Halle bleibe ich am internationalen Flughafenkiosk stehen. Schaue mich um, lese leise die Überschriften der unzumutbarsten Boulevardblätter vor mich hin.

»NIEDERLÄNDISCHER KRONPRINZ
SCHWÄNGERT KINDERMÄDCHEN!«

oder

»10 TIPPS UM IN 10 TAGEN
10 KILO ABZUNEHMEN.«

Ich muss gähnen, aber stöbere weiter. Da, aus dem Augenwinkel sehe ich ihn. Der Verkäufer, dieser Typ an der Kassa, beobachtet mich. Blickt mir tief in meinen seelischen Hohlraum. Was glaubt er da zu finden? Er starrt mich weiter an. Okay, nicht aus der Fassung bringen lassen. Beide Hände bleiben in meinen Hosentaschen stecken. Ich habe lange gebraucht und es war harte Arbeit, die Wut in den Griff zu bekommen. Die Wut auf alles, was so in der Stadt passiert. Aber eben auch die Wut, wenn mich jemand dreißig Sekunden zu lange anstarrt. Diese mühselige Arbeit der Aggressionsbewältigung werfe ich auch nicht für einen Flughafenmitarbeiter über Bord. Zurückhalten, abwarten. Wenn er aufhört, dann mache ich nichts. Sehe mir weiter diese Drecksmagazine an und kaufe keines davon. Und dann kommt er mir tatsächlich damit. Mit dieser Der-Kunde-Ist-König-Scheiße.
»Melden Sie sich. Falls Sie Hilfe brauchen«, sagt er.

Und das provoziert mich, ich möchte es nicht einmal in Worte, in Gedanken fassen. Die Fäuste in meiner Hosentasche glühen und drohen, durch den Stoff zu brennen. Aber es hat keinen Sinn. Also grinse ich, drehe mich um und gehe einfach. Ich habe gewonnen, gegen meinen Körper, gegen meinen Geist eigentlich auch. Und vor allem gegen ihn. Ich bin mit der Zeit wohl doch vernünftig geworden.
Siegessicher gehe ich also ein paar Schritte.
Dann noch ein paar Schritte.
Dann drehe ich mich wieder um.
»Weißt du was?«, spucke ich aus der Ferne in sein Gesicht.
»Entschuldigen Sie.«
»Irgendwann wirst du von jemandem deine Zähne ausgeschlagen bekommen. Ich bin es heute nicht, wegen meiner Therapie, aber das geht dich nichts an. Aber es gibt andere, die nicht zögern. Irgendwann also wird dich jemand für diesen Blick bestrafen«, sage ich, drehe mich elegant um und lasse ihn mitsamt Flughafenkiosk endgültig hinter mir. Ich fühle diese Wärme in meinem Körper. Wie sich das Blut überallhin verteilt, aber nirgends austreten kann. Sich lediglich aufstaut. Gerne hätte ich provoziert, damit die Situation eskaliert. Dann hätte ich zumindest allem, den Ventilen, freien Lauf lassen können. Dann hätte man auf nichterwachsene und problematische Art diesen Konflikt lösen können. Einer von uns beiden wäre als Ergebnis am Boden gelegen. Aber wenigstens gäbe es dann einen klaren Schlussstrich für dieses Drama. Doch keine Chance, das ausgegebene Geld für die Therapie wäre ja sonst weggeschmissen. Und ich bin ja auch ein gänzlich neuer Mensch, ein neues Ich, im Wandel.
Erst mal muss ich schnell aus diesem Flughafen raus.

Zähne.
Spitze Zähne.
Scharfe, spitze Zähne.

Der Anblick überrascht mich. Zwingt mich, ruckartig stehen zu bleiben. Ich reibe meine Augen und sehe wieder hin. Dann reibe ich sie noch einmal und sehe wieder hin. Und dann ein drittes Mal, nur um sicherzugehen.

Scharfe, spitze Zähne

umranden den Flughafenausgang. Die halb-ovale Form nimmt die Gestalt eines Mundes an. Raubtierhaft bewegen sich die Zähne, sie knirschen. Das Geräusch betäubt meine Ohren. Kann ich glauben, was ich sehe, was ich höre? Sie bewegen sich und knirschen, diese scharfen, spitzen Zähne. Ich drehe mich um meine eigene Achse und schaue um mich. Sieht sonst noch jemand dasselbe wie ich? Es scheint nicht so, vielleicht bin ich also doch schon zu betrunken. Der Mund zieht mich an, er spricht zu mir. Sagt mir, dass ich eine Entscheidung zu treffen habe.

Rückzug oder Konfrontation
zischt es aus der Richtung des Ausgangs.

Der Mund, er sagt es in einem komischen Ton, dem man nicht entfliehen kann. Drei oder achtzehn Oktaven tiefer, als ich es kenne.

Rückzug oder Konfrontation.

Ich möchte laut antworten, doch lieber zögere ich. Bevor wirklich jemand denkt, ich sei verrückt.

Rückzug oder Konfrontation.

Ich entscheide mich also. Es geht in Richtung Flughafenausgang. Ich meine zu erkennen, dass der Mund ein Lächeln formt, während ich auf ihn zugehe. Ein schmieriges Grinsen.
Die automatischen Türen weisen mich nach außen. Ich bin jetzt wohl offiziell zurück, Schwechat. Und ich könnte zusammenbrechen. Auf der Brusttasche meines faltigen Hemds zeigen sich noch immer die Umrisse einer Zigarettenpackung ab. Also ziehe ich schnell eine Camel heraus. Es regnet, das schmale, durchsichtige Dach über mir bietet Schutz. Ich bleibe stehen, wo ich in Sicherheit bin. Lasse die dicken Tropfen über meinen Ohren laut aufklatschen, auf der durchsichtigen Scheibe über mir. Dieses Bild kommt mir so vertraut vor. Ich denke nach. Es ist mir so vertraut, weil es mein Innerstes widerspiegelt. In dem es gerade trist ist, in dem gerade schlechtes Wetter angesagt ist. In dem es regnet. In dem lautstark diese Tropfen, einer für jede schlechte Erfahrung, über mir aufschlagen. Ich zünde die Zigarette an. Der Rauch wandert durch meinen Rachen, teilt sich in die Lungen auf. Vermischt sich schließlich mit den Tropfen in mir.
Vor mir der Taxistand, hinter mir der Flughafen.
Vor mir Wien, hinter mir Berlin.
Vor mir die beklemmende Gefängniszelle, hinter mir die ganze Welt.
Nur wenige Meter von der riesigen Flughafenhalle entfernt.

Die ersten Schritte auf Wiener Boden seit so langer Zeit. Die Wirkung ist nicht besonders nachhallend. Vielleicht folgt der große Einschlag erst später. Man weiß es eben nicht. Wieder der Brief, ich denke an ihn. Die Reisetasche auf dem trockenen Betonboden. Brief raus. Rauch steigt mir in die Augen. Der Versuch, mich zu Tränen zu zwingen.

Salut!
Dies ist keine formelle Einladung. Keine unpersönliche Großveranstaltung. Zu der ihr nur vielleicht kommt. Weil ihr denkt. Dreißig Leute wären eingeladen. Weil ihr denkt. Euer Erscheinen mache keinen Unterschied.
Dies ist auch kein Amtsbrief. Der ungelesen im Papiermüll landet. Der ungeöffnet tagelang auf dem Küchentisch liegt. Neben Briefen vom Finanzamt. Wir kennen doch solche Briefe. So einer ist dies nicht.
Dies ist eine persönliche Einladung. An meine ausgewählten Freunde. An euch wenige.
Der Schampus eingekühlt. Die feinsten Speisen in Vorbereitung. Der achtzehnte November ist es. Der große Tag. Ich lade euch zu einem Dinner in mein Elternhaus ein. Wir haben das Haus für uns. Die Familie in der Heimat. Südfrankreich. Und wir? Ein großes Dinner. Oberstes Gebot. Reichlich Konsum. Edle Speisen. Edle Tropfen. Das Zelebrieren unserer schönen Leben. Mit euch. Meinen Liebsten.
Ich bitte euch. Nehmt dies wahr. Es ist wichtig. Euer Erscheinen ist wichtig. Eine intime Veranstaltung. Ein großer Anlass. Ich möchte nicht zu viel verraten. Ich würde mich sehr freuen. Ihr müsst es schaffen. Unverzeihlich wäre es. Wenn ihr nicht kommt. Wenn ihr meine Freunde seid. Dann kommt. Aber ohne Druck. Vertraut mir einfach. Kommt. Ändert eure Pläne.

Verschiebt elendige Meetings. Unnötige Kaffeehaustreffen. Kommt. Am achtzehnten November. Nach Hietzing.
Ihr kennt meinen Hang zur Dramatik. Nehmt mich nicht zu ernst. Andererseits. Tut es doch. Ich meine es schon ernst. Ihr müsst kommen. Ihr seid erforderlich. Kleidet euch gut. Kommt adrett. Kommt. Wie ihr seid. Lebendig.
Eine Bitte noch. Eine Bedingung. Keine Begleitung. Nur Personen mit Einladung. Mit diesem Brief. Der enge Kreis. Der wichtige Kreis.
Auf einen Abend, den wir nicht vergessen werden.
Auf einen Abend, der unsere Leben verändern wird.
Auf uns.

Hubert.

Der Brief, direkt in die Fresse und gleichzeitig zurückhaltend. Ich verstehe ihn nicht. Da ist noch etwas, mehr als eine einfache Essenseinladung. Wie ein Knoten, den es zu lösen gilt. Der nötige Handgriff steht noch in den Sternen. Ein letztes Mal Wien also. So viel Druck, so wenig Freiheit. Der in Stadtgewand gepresste Leichtsinn, den ich mir hier antue. Ich möchte endgültig verschwinden, nach heute. Berlin ist natürlich nicht die beste Wahl. Nicht der beste Ortswechsel, um mit sich selbst ins Reine zu kommen. Um klarzukommen. Wo so viele Leute nach ihrer Identität suchen und dabei so austauschbar sind. Du bist niemand in Berlin. Du gehst unter. Und deswegen war es die richtige Entscheidung für mich.
Der Flughafenaschenbecher schluckt meine Zigarette. Ich winke ein Taxi her. Rein ins Stadtzentrum. Über die Autobahn, immer weiter, und währenddessen diese emotionale Arbeit.

Eine Irrfahrt durch jede mögliche Gefühlslage. An die Vergangenheit zu denken hilft oft, wenn die Gegenwart trostlos scheint. Wenn jedoch die Vergangenheit schon trostlos war, dann stimmt die Rechnung nicht mehr. Und ein Leben gerät aus dem Gleichgewicht.
Ich sehe aus dem Fenster und da ist

hubert.

Dieser schmale, lange Junge. Mit Eltern irgendwo aus Südfrankreich. Eltern, die reich, wirklich sehr, sehr reich waren. Hubert sprach immer mit leichtem Akzent, obwohl er in Wien geboren war. Aber er brauchte diese Identität. Er wollte anders sein. Ich hätte oft gerne auf diese andere Identität verzichtet. Ausländersein unterscheidet sich eben in den Farben. Es geht aber nicht um mich, es geht um ihn. Seine finanziell abgesicherte Kindheit. Eltern, die ihn liebten, in den hintersten Ecken ihrer Herzen. Es aber nicht zeigen konnten. Solche oberflächliche Liebe reicht für Seelen wie seine oft nicht. Er brauchte keine Streicheleinheiten auf polierter Haut, er brauchte großzügige Umarmungen um den Herzbeutel. Es gab da dieses eine Gespräch, an das ich mich heute so genau erinnere.
Dieser Fast-Food-Laden am Schwedenplatz. Ein geschmackloses Auffangbecken für die Verlorengegangenen. Die alkoholgezeichneten Verwesten. Die Verlierer der Nahrungskette. Wir waren jung, wesentlich jünger. Unter sechzehn sicher. Und wir waren eben auch dort.
»Wann musst du nach Hause?«, fragte er mich.
»Wieso fragst du, Hubert, wenn du die Antwort schon kennst?«, antwortete ich.

»Sag mal. Bitte.«
»Um zehn.«
»So früh.«
»Du kennst doch meine Familie, ausländische Eltern sind da strenger. Da gibt es gar keine Diskussion zu Hause, sondern nur eine Zeit, und zu der tauche ich auf. Das ist es. In österreichischen Familien ist das Ganze ja kein Thema. Denen ist es egal, wo die Kinder sind und wann sie nach Hause kommen.«
»Mhm.«
»Du bist da ja so ein Mittelding, Hubert.«
»Nein.«
»Doch, du bist ja aus einer ausländischen Familie, aber aus so einer, die noch im Mittelfeld spielt. Die guten Ausländer, die europäischen Ausländer. Und deswegen kannst du so lange wegbleiben, wie du willst, und hast auch sonst weniger Probleme, sei doch ehrlich.«
»Nein.«
»Was Nein?«
»Einfach Nein.«
»Deinen Eltern ist es doch egal, wann du kommst und wo du bist, oder nicht?«
»Ja. Es ist ihnen egal. Nicht, wann ich nach Hause komme. Oder wo ich bin.«
Er atmete aus, stöhnte leicht. Eine einzelne krumme Pommes in der Luft. »Denen bin ich egal.«
Und das frittierte, fettige Exemplar flog auf den Nachbartisch.
Wir schwiegen, bis wir den Heimweg antraten. Wir waren doch noch Kinder. Trotzdem, den psychologischen Wert des Moments hätte ich abwägen können oder müssen. Das

Schlürfen aus den billigen Pappbechern durchbrach die Stille. Dann ging es wieder um Kinderkram. Und heute schäme ich mich für dieses Gespräch. Dafür, dass ich kein guter Freund war. Dass ich nicht da war, als er sich kurz öffnete. Er lebte weiter in sich hinein, fütterte den dunklen Kern. Und alle sahen nur zu. Wir wurden dabei älter, und er flüchtete. In andere Momente. Das Ende der Schulzeit, und Hubert nahm lange Anlauf. Er stürzte sich in das tiefe, weiße Meer. Die Sucht, die nur er sich leisten konnte, wegen seiner reichen Eltern. Der regelmäßige Kokskonsum, er zeichnet diese Stadt aus. Kokain, die Volksdroge. Eine eigene Verbindung, ein kulturelles Gut. Wien liebt das Zeug, hat es schon immer getan. Ganz Wien. Ob alt oder jung, das weiße Gift macht es schnell. Am schnellsten geraten aber die Jungen in die staubige Spirale. Es wird gezogen, überall. Von Körperteilen. Auf Toiletten. Keramik. Glas. Die Unterlage ist egal, in dieser Stadt schneit es überall. Und alle lieben es. Der soziale Aspekt. Hier lernt man Leute auf den schmutzigen Toiletten kennen. Schließt leere Bekanntschaften beim gemeinsamen Ziehen. Ich konnte es mir natürlich nie selber leisten, konnte aber überall mitmachen. Das ist der Vorteil meiner Freunde und mir. Das Minus am Konto rettet uns vor der Sucht, auch heute noch. Mit Hubert war ich auch drauf, öfter. Auf lange Frist konnte ich zumindest noch differenzieren. Wann es notwendig war, wann nicht. Es gab da diesen einen Abend, der sich in meine Rezeptoren gebrannt hat. Hubert schleppte mich zu seinen Koksfreunden mit. Ich dachte, es wäre eine kleine Feier. Bisschen Techno, bisschen Spaß. Um zehn Uhr morgens noch Lines legen und neue Sektflaschen aufreißen. Na ja, falsch gedacht. Eine reinste Drogenorgie. Abstoßend

und unzumutbar. Sogar für mich, der doch für den Rausch lebte und lebt. Im Aufzug schon dieser Gestank, Luft anhalten. Ich glaube, da war eine geknickte Nadel am Boden. Ich sah nur auf die Anzeige, zählte die Stockwerke. Und rausstürmen auf den Gang. Die flackernden Deckenlichter. Dann in die schmutzige Wohnung, Bierflaschen in den Ecken, in jeder verdammten Ecke. Der Rauch stand natürlich bis an die Decke. Alles Menschliche war betäubt. Nach wenigen Schritten war Hubert weg, ich hatte ihn verloren. Der menschgebildete Tausendfüßler zwang mich in die Küche. Der schlimmste Ort auf solchen Feiern. Auf Studentenpartys reiht sich dort Erbärmlichkeit an Erbärmlichkeit, und garantiert findet dort ein solches Gespräch statt:
»Dafür müsste ich *Das Kapital* von Marx zitieren.«
»Genau. Der hat es auf den Punkt gebracht.« (Zieht an Sportzigarette)
»Genau.« (Zieht an Sportzigarette)
»Genau.« (Zieht an Sportzigarette)
»Genau. Wenn du fertig bist. Lass mich dann bitte *Das Kommunistische Manifest* zitieren.«
»Genau.« (Hustet)

Und dabei hätten sie alle keine Ahnung von dem, worüber sie gerade sprachen.
An diesem Abend mit Hubert. Das war keine solche Party. Keine harmlosen Studenten, die ein bisschen Gras rauchten, vielleicht mal im Badezimmer zum Koksen verschwanden. In solchen Fällen war stets die Grenze, dass sie sich alle zwei Wochen in irgendwelchen Technobunkern noch was Chemisches gönnten. Nach außen hin Rebellen, innendrin aber doch eben brave Bürschchen. Die etwas wie Soziologie, Po-

litikwissenschaften oder andere Arbeitslosenstudiengänge studierten. In dieser versifften Wohnung waren solche Leute nicht zu finden. Und zum ersten Mal vermisste ich sie sogar. Denn dort sah ich andere Dinge. Hier wurde anders gerauscht. Alle gottlosen Drogen, die es auf dieser kaputten Welt so gibt. Aber ich wollte nur eines. Und musste tatsächlich aktiv danach suchen, damit ich nicht unabsichtlich in härterem Scheiß verschwunden wäre. Dann sah ich wen, der kokste, und tat es ihm gleich. Von der Herdplatte sah ich auf, in die Gesichter dieser Leute. Telleraugen, die aussahen, als ob die Augäpfel jeden Moment nach hinten rollen und sich nie wieder vorne blicken lassen würden. Dann fiel es mir ein. Hätte genauso gut Ketamin sein können, was ich da gerade gezogen hatte. Egal, nur noch nach vorne sehen. Das stand auf der Agenda. Die sogenannten Gespräche liefen hier auch ganz anders ab. Keine Inhalte, nur Überbrückung bis zum nächsten Zug, der nächsten Line, dem nächsten Schuss.

»Das ist gut.« (Person 1)

»Mhm. Ja, voll.« (Person 2)

»Ja, voll.« (Person 1)

»Gib mal noch ein bisschen.« (Person 3)

»Das ist wirklich gut. Hatte ich auch letztens schon.« (Person 4)

»Ja, man.« (Person 1)

»Willst du noch bisschen?« (Person 4)

»Ja, man.« (Person 1)

»Und du?« (Person 4)

»Ja, man.« (Person X)

Und dabei hatten sie alle keine Ahnung von dem, was sie gerade taten.

Ich war ein Ausgestoßener in diesem Drogenbunker. Also musste ich weg, aber nicht ohne Hubert. Es war neblig in dieser kleinen Küche, und noch nebliger in der restlichen Wohnung. So sehr, dass einem schlecht wurde, oder nur mir. Der nicht hierher passte. Aber Hubert passte doch auch nicht hierher, redete ich mir ein. Ich versuchte ihn zu finden. Immer, wenn ich glaubte, er stehe vor mir, packte ich die Schultern vor mir, drehte sie um. Und sah in fremde, glasige Augen. Oder, noch mehr, in leere Augenhöhlen. Dann noch einmal. Der Nächste, die Nächste, meine Suche wurde immer hektischer. Ich musste ihn doch finden, das durften doch nicht seine Freunde sein. Ich durfte ihn doch nicht zurücklassen. Heute erinnere ich mich nicht mehr daran, wie ich nach Hause kam. Ich wachte in Sicherheit auf und hoffte, er tat es auch.

Was er auch tat,
doch er war ein anderer geworden,
mit der Zeit.

Hubert hatte keine Chance, und das verstehen die meisten Leute nicht. Sie denken, man hat immer eine Wahl, doch er hatte keine. Es musste so sein, er musste sich verlieren. Im Konsum, und an diesen Menschen. Die ihn nicht mochten, sondern seine Drogen. Sein Geld. Die ihn aussaugten. Doch sollte er am Boden liegen, einfach nur wegsehen. Solche gibt es zu viele in Wien. Alle achten auf sich selbst, bis es auch sie erwischt. Und es erwischt uns alle, immer.

Ich kurble schnell das Fenster im Taxi runter und atme frische Novemberluft ein. Da ist eine Gestalt im Rückspiegel. Die langen blonden Haare, die er sich hinter die Ohren steckt, ein goldener Ohrring, die blauen Augen, die zarte

Ansammlung an Haaren zwischen Oberlippe und Nase.
»Wie geht es dir, mein alter Freund?«
Er antwortet nicht.
»Bist du in dieser Stadt noch am Leben?«
Er antwortet nicht.
»So richtig am Leben?«
Er antwortet nicht,
und ich höre auch auf zu fragen,
also schaue ich wieder aus dem Fenster.
Irgendwie vermisse ich ihn wirklich, denke ich.
Heute Abend sehen wir uns.
Heute Abend, Hubert.
Neben dem Taxifahrer liegt eine Schachtel Marlboro, also wage ich einen Versuch. Frage, ob es ihn stört, wenn ich rauche. Ich könnte genauso gut Lotto spielen. Heute, da hat doch jeder Angst vor der Polizei, vor Strafen. Beim Rauchen ist mir jedoch die Justitia egal. Und heute habe ich Glück, zumindest in diesem Moment. Er sagt *Nein, mach ruhig*, und bietet mir Streichhölzer an. Ich habe zwar Feuer, aber als Zeichen der Dankbarkeit nehme ich an. Während ich sie ihm zurückgebe, sehe ich seinen Namen auf dem Taxiausweis. Er zündet sich auch eine Zigarette an. »Teşekkürler«, sage ich nach einer Pause. Er dreht sich zu mir, lächelt, sagt *Gerne*, und das Gespräch endet hier auch schon, zum Glück. Also schaue ich wieder aus dem Fenster, rauche hinaus und denke weiter an Hubert.
Also, nach dieser intensiven Phase, nennen wir sie Phase, wir nennen doch alles eine Phase, konnte sich Hubert am Ende jedoch irgendwie retten. Keiner wusste wie genau, aber wir tippten auf etwas in die esoterische Richtung. Oder kalter Entzug. Oder vielleicht eine teure Therapie.

Eigentlich kam er so still und allein, wie er in die Sucht geraten ist, auch still und allein wieder aus ihr raus. Er schwamm von einem Sumpf in den nächsten. Drogenfrei, aber ohne Job, ohne Ausbildung, ohne Hochschule. Da war die nächste Station der verrottete Nährboden des Arbeitsmarktservice. Der finanzielle Rücken seiner Familie kam ihm jedoch zugute. Er war ja irgendwie unabhängig, musste sich nur um ein bisschen Bürokratie kümmern. Ein paar Verpflichtungen. Hauptsache, er ist heute gesund, den Rest regelt er schon.

Tut er das?

Durch die Scheiben des Taxis blicke ich auf die vorbeziehenden Häuser und versuche, mich nicht erneut in Wien zu verlieben. Wir fahren den Ring entlang, und für einen kurzen Moment gibt es nur die Stadt und mich im Diskurs.

»Ich lasse dich nicht noch einmal in mein Herz!«, rufe ich,
und ich rufe:
»Nicht noch einmal!«,
und ich rufe:
»Nicht noch einmal!«,
und dann rufe ich:
»Nicht noch einmal!«,
und nach kurzer Stille erwidert die Stadt selbstbewusst:
»Wir werden sehen.«

Wir fahren und wir fahren. Ich teile dem Taxifahrer mit, dass ich am Burggarten aussteigen möchte. Beim Verlassen des Taxis merke ich es. Kein Regen mehr. Also gehe ich tatsächlich in den Burggarten, setze mich auf eine Bank, denke, dass es so funktionieren würde. Ich könnte die restliche Überbrückungszeit bis zum Dinner, oder diesen Tag, einfach aussitzen. Aber es ist unmöglich, ich stehe wieder auf, folge dem Burgring, dann dem Opernring, durch den Resselpark. So wie früher, ich gehe einfach drauflos. Und auf einmal sitze ich wieder vor den Stufen der Karlskirche. Und dann gibt es nur noch den Karlsplatz und mich. Für die nächste Stunde, während derer ich mit übergeschlagenen Beinen auf den Stufen sitzen bleibe.

Ich sehe mich um, sehe all die Dinge, die diese Stadt ausmachen und zugleich von innen heraus verrotten lassen. Wo Schönheit neben der Hässlichkeit verweilt. Ich fühle alles und auch nichts. Ich sehe mich um, all diese Leute, die Jungen, die Alten, die dazwischen, hier am Karlsplatz. Am Ende bin ich doch wie sie, am Ende bin ich doch genau wie diese Leute. Und diese Stadt, die ich glaube so sehr zu verabscheuen. Am Ende bin ich doch unweigerlich auch sie. Also verabscheue ich mich selbst gleichermaßen. Und ich muss mich fragen, wie ich diesen Teil in mir, diesen Fußabdruck in meinen Zellen wieder verwischen kann. Wie ich diesen Ort aus mir herausoperieren kann, möglichst schmerzfrei.

Ich sehe mich um, fühle dabei alles und auch nichts.

Ein Junge um die vierzehn oder fünfzehn, vielleicht auch sechzehn Jahre. Er fährt mit seinem Skateboard an den Stufen vorbei. Kleine Lautsprecher hängen hinten an seinem Rucksack. Ein Song von A Tribe Called Quest. Und dabei sieht er so entspannt aus. Sicher fährt er schon seit zwanzig, dreißig Minuten auf und ab, übt seine Tricks, lebt sein Leben. Und dann stürzt er. So dermaßen voller Wucht stürzt der Junge da vor meinen Augen. Er blutet aus dem Mund. Rotgefärbte Zähne. Jemand kommt ihm zu Hilfe, jemand

anders trinkt nur still sein Bier. Leute ziehen vorbei, Leute bleiben stehen. Der Junge blutet, und das Herz der Stadt, es pumpt einfach weiter.
Ich sehe mich um, und wenn ich also der Stadt so sehr gleiche. Ich ihr in all ihren Facetten nachempfunden wurde. Wenn ich also Wien bin, dieses Elend. Wenn ich es bin, der diese Stadt verarbeitet. Dann arbeite ich mich doch nur selber ab. Verdaue diese einzelnen Fragmente meiner selbst. Immer ein Stückchen mehr. Und ich kann nur hoffen, mich selber fragen, ob ich am Ende der Zersetzung denn noch ein funktionierender Organismus sein werde. Oder ob meine Einzelteile großzügig verteilt werden. Meine kleinsten Partikel zerstreut, von den Kindern dieser Stadt in einigen Jahren eingeatmet. Irgendwie ein tröstlicher Gedanke. Und ich hatte ja bereits mit dem anderen Gedanken gespielt, alles niederzuschreiben. Meine Verarbeitung. Vielleicht tue ich das, doch gerade jetzt habe ich weder Stift noch Papier. Also, vielleicht werde ich das wirklich tun, bevor ich mich auflöse. Alles dokumentieren, bis ins kleinste Detail. Dann gäbe es zumindest den passenden Beipackzettel zu meiner Zerstreuung.
Weiter in die innere Stadt. Und ich frage mich,

wie das leben so schmeckt.

Es riecht intensiv nach, nach, nach – wonach eigentlich?
Es riecht so intensiv, dass ich kurz vergesse. Einfach alles, den ganzen Tag und den bevorstehenden Abend.
Es riecht so intensiv, und da erregt dieses kleine Geschäft meine Aufmerksamkeit. Er wirkt wie eine Pop-up-Installation, nicht wirklich wie ein Restaurant. Nur zweckmäßig

aufgebaut für heute. Ein Schaufenster. Kein Betteln um Prestige. Es geht um eine große Feier. Die Kunst des Essens, des Kochens zu zelebrieren. Diese Vorführung zeigt mir, dass es eine Kunst ist, die mir wohl bis heute verwehrt blieb. Ich fühle mich wie von vielen Fäden fixiert, rühre mich keinen Zentimeter. Es trifft präzise einen Nerv, ich spüre ein Kribbeln, eine kindliche Ganzkörpereuphorie. Die ich jedoch für mich behalte, nicht nach außen trage.

Also, an diesen verschiedenen kleinen Keramiktischen. Ein kochendes Pärchen in typischem weißem Kochdress. Hinter einer Glasscheibe, im Schaufenster. Es trennt uns nur so wenig Raum. Trotzdem rieche ich die Gewürze, die Zubereitung spüre ich in meinen Knochen. Das Zischen der öligen Pfannen fühlt sich wie Stiche einer Akupunkturnadel an. Die mein Gesicht immer mehr entspannen. Mich immer mehr in die Mitte führen. Diese paar Zentimeter Stahl. Zuerst elegant durch die Luft, danach das Gemüse. In einem Tempo, dem die Augen nicht folgen können. Ihre schnellen Bewegungen vermischen sich zu einem großen Ganzen. Rauch steigt auf, immer woanders. Immer schneller hacken sie auf Zwiebeln, Auberginen, Zucchini, Paprika, Knoblauch, dann Rind, Huhn, Lamm ein. Ich weiß nicht, was sie zubereiten, denn es scheint alles, was es so gibt, darin enthalten zu sein. Plötzlich ist da etwas Lebendiges, es bewegt sich in ihren Händen, es zappelt. Sie werfen einen lebendigen Vogel in eine der Pfannen. Ich blinzle und merke, dass es nur Einbildung ist. Schätze ich, hoffe ich. Direkt vor meinen Augen dieser eigentlich einfache Prozess. Es gleicht einem himmlischen Gemälde. Sie sind eine Einheit, eine große Mischung aus Bewegungen, und alles macht Appetit. Manche um mich herum weinen, meine Augen minimalst glasig. Das Wasser

läuft mir im Mund zusammen. Das ist es also. Dieses faszinierende Ballett des Kochens. Es gibt mir Hoffnung für die Stadt. Hoffnung auf ein Leben in dieser Stadt. Nein, nein, nein. Wien hat damit nichts zu tun. Aber der Appetit, vielleicht gibt er mir die Chance. Das alles hier zu überstehen.
Das Restpublikum ausgeblendet, es gibt nur mich. Und diesen Mann neben mir. Er summt vor sich hin. Dann murmelt er etwas Unverständliches. Ich verstehe nichts.
»Wahnsinn. Wahnsinn. Wahnsinn«, murmelt er hörbarer und dreht sich zu mir: »Die beiden. Sie sind doch der Wahnsinn. Nicht wahr.«
Wie sehr ich diese Darbietung, diese zufällige Offenbarung genieße, verrate ich nicht. Distanz wahren. Zum ersten Mal heute fühle ich mich am Leben. Auch das verrate ich nicht.
»Wahnsinn trifft es gut«, antworte ich.
»Das Leben. Es verläuft manchmal komisch. Vor einem halben Jahr. Da war ich in den Staaten. Ein großer Anhänger der globalen Kochszene. Ich war also in den Staaten. Wollte die beiden unbedingt einmal in Aktion sehen. Ich habe sie nie erwischt. Jetzt bin ich wieder in Wien. Zurück in der Heimat. Gehe spazieren. Auf dem Weg zu meiner Frau. In ein Restaurant. Seit Langem wieder Zeit nur für uns. Ohne die Kinder. Nur zu zweit. Ich gehe also spazieren. Und da stehen sie unscheinbar. In einer Seitengasse. Meine Frau. Sie wartet noch im Restaurant. Ich kann hier doch nicht weg. Nicht jetzt. Schon komisch. Nicht wahr«, sagt er und muss herzhaft lachen. Ich habe keine Idee, wer diese beiden Menschen sind.
»Das sind die Großen. Legenden. Die Leiter des *Culinary Institute of America*. Sagt Ihnen das was?«, fragt er. Als würde er meine Gedanken lesen.

»Nein, ich bin kein Freund der amerikanischen Küche.«
»Seien Sie nicht so naiv. So arrogant. Küche ist Küche. Essen ist Essen. Diese Leute. Sie waren an vielen Orten dieser Welt. Deren Namen sagen mir nichts. Ihnen bestimmt auch nicht. Doch sie waren dort. Haben gelernt. Tragen dieses Wissen mit sich. Teilen es mit uns. Sie haben Dinge gesehen. Davon können wir nur träumen. Sie verschließen sich. Das merke ich. Das sagen Sie sogar selbst. So funktioniert das nicht. Mit dem Leben. So werden Sie nicht vollkommen. Sie müssen sich öffnen. Auf die Gefahr zulaufen. Nicht feige sein. Nicht davonrennen. Darauf zurennen. Und dabei lernen.« Doch das ist unfair, denke ich. Ich laufe doch direkt auf die Gefahr zu, die ganze Zeit. Im Flieger schon, hier auch, überall.
»Appetit ist etwas Universelles. Und wir alle brauchen ihn.« Und wieder geht es um diesen Appetit. Ich verstehe nichts. Er dreht sich um, summt weiter, lässt mich allein dastehen. Er geht vermutlich in irgendein Restaurant, zu seiner entnervten Frau. Davor musste er sich noch in mein Leben einmischen. Aber es war doch alles echt, dieser Moment, das Essen, der Duft. Dieser Typ ändert nichts daran. Ich fühle mich weiterhin kurz lebendig. Es hält nicht lange an, also muss ich fort. So wie immer. Alles ist vergänglich, und dann muss man weiterziehen.
Die Sonne kommt hervor, schiebt sich unscheinbar durch die grauen Wolken. Ist das ein Zeichen, möchte man mir Hoffnung geben? Später geht die Welt doch ohnehin vor die Hunde. Der kleine sentimentale Teil in mir führt mich weiter. Auf einem kleinen Umweg, zu dem Kiosk beim Apollo Kino. Die Wiener Variante eines Spätis, oder zumindest das Einzige, was dem nahe kommt. Kurz wie zu Hause fühlen,

und dann wieder alles abschütteln. Brauche ich Zigaretten? Brauche ich mehr, als ich besitze? Komme ich mit dem angerissenen Softpack aus? Überstehe ich das? Ich verzichte, kaufe nur eine Vöslauerflasche und ein Dosenbier und suche nach einer Bank. Ich setze mich, öffne das Bier, es zischt laut, sticht in meinen Ohren. Aber schmeckt eben im Hals. Hier auf dieser Bank fühle ich mich sicher, wie auf einem kleinen Stützpunkt. Bevor die erste heftige Welle auf mich zurollt.

Für einen Tag im November ist es heute erstaunlich schön. Also zumindest jetzt, wenn es nicht mehr regnet. Plötzlich habe ich einen Sitznachbar auf der Bank, einen kleinen Vogel, eine Taube. Ich grüße und drehe mich wieder weg. Mein Bauch ist strapaziert, ich habe nur den Ekelsalat im Flugzeug gegessen. Danach und währenddessen nur getrunken. Noch ein Schluck aus der Bierdose. Ich spüre, wie er direkt in meine Blutbahn schießt. Aber wenn nicht heute, wann dann? Also, weitertrinken, bis das abendliche Drama beginnt. Gegenüber, auf der anderen Straßenseite ist eine kleine, aus der Zeit gefallene Trafik. Nicht renoviert, voller Herz. Sollte es zur Prohibition kommen, der Zigarettenkonsum auf der Welt verboten werden. Dann würde Wien die Flagge hochhalten. Zigarettenschachteln würden in jeder Ecke versteckt werden. Die Stadt würde zur absoluten Rauchmetropole werden. Das qualmende Zentrum Europas. In stillgelegten Tabakfabriken würden Raves gefeiert werden. Alle würden über die Gerüchte reden, über die Stadt tuscheln, die noch immer raucht. Ich schiebe eine Camel aus dem Softpack und genieße sie. Jemand stolpert aus der kleinen Trafik. Jemand mit schulterlangen Haaren, die sich unter einer Baseballkappe verstecken, und einem zweieuromünzengroßen, silbernen Ohrring am linken Ohr. Hier kommt sie also, die Welle, und sie kommt in Form von

yves.

Ein Freund von Hubert. Ich glaube, beide waren gemeinsam auf dem Lycée, zumindest für ein Jahr. Also auch so einer mit reichen Eltern, also auch furchtbar arrogant, also auch zu früh angefangen zu koksen.
Ich hoffe inständig, dass er mich nicht sieht. Wirklich, das wäre das Letzte, was ich jetzt bräuchte. Bitte, ich hoffe, er sieht mich nicht, bitte, bitte.
Natürlich, ja natürlich, natürlich,
sieht er mich,
zeigt mit dem Finger auf mich und stolpert in meine Richtung. Wir umarmen uns. Er riecht ein wenig nach Schweiß und ein wenig mehr nach Alkohol. Yves setzt sich neben mich auf die Bank. Großartige Bemühungen um Smalltalk lassen wir aus, er kommt gleich auf den Punkt. Er erzählt mir von einer Vernissage, die gerade im WUK stattfindet. Zu der ich unbedingt mitkommen soll. Er würde gleich wieder zurückfahren. Ich habe keine Lust, schaue auf die Uhr. Zeit habe ich nämlich schon noch zur Genüge. Ich bin dabei, er bestellt ein Taxi. Die leere Dose zerdrücke ich, werfe sie in den Müll. Wir fahren durch die Stadt, während die volle Vöslauerflasche auf der Bank darauf wartet, eine andere arme Seele zu retten. Es ist mittags. Im Wagen zündet Yves sich ohne zu fragen eine Zigarette an. Also mache ich es ihm nach, und auf einmal raucht auch der Taxifahrer. Es geht wohl doch so unkompliziert. Yves bezahlt das Taxi und richtet sich beim Aussteigen sein Hemd. Er steckt es

noch tiefer in seine hellblauen Jeans. Jetzt sehe ich seine weißen Sportschuhe, die so abartig dreckig sind, dass meine im Vergleich dazu einen gewissen Heiligenschein tragen. Den beiden Frauen am Eingang gibt er jeweils zwei Küsse auf die Wangen. Ich kenne sie nicht, also nicke ich ihnen nur zu. Er schmiegt sich an eine der beiden, er flirtet. Aber ich fand schon immer, dass Yves anders flirtet. Nämlich viel aufdringlicher. Irgendwie fand das aber wohl immer Anklang. Hat er doch die halbe Stadt gefickt. Männer inklusive. Trotzdem, eine Gefahr für die Frauenwelt.
Ich mag das WUK üblicherweise, doch heute ist es grässlich, wirkt sehr irritierend. Dieser Versuch einer Vernissage ist kein guter. Eine hoffnungslose Veranstaltung, überall sind unansehnliche Installationen. Aber die Besucher verhalten sich, als würde ihnen die größte künstlerische Offenbarung vor Augen liegen. Ich jedoch sehe die Wahrheit, nicht die schimmernde Lüge. Ich sehe irgendwelche Fahrräder, die in der Mitte des Raumes stehen. Seidene Vorhänge, die völlig deplatziert von der Decke hängen. Neon-Leuchtröhren über der Bar, die über den schlecht gelaunten Barkeeper hinwegtäuschen. An einer Stelle des Raumes ist sogar ein handelsüblicher Bleistift auf einem kleinen weißen Tischchen platziert. Auf dem Schild darunter steht tatsächlich: *»Stift des Lebens«* von Oliver Rakovski. Und ich muss mir mein Lachen verkneifen. Denn diese jungen Künstler sind sehr sensibel. Bezogen auf alles in ihren Leben, aber vor allem auf ihre hässlichen Werke. Alle paar Minuten kommt ein neuer Typ mit dicken Brillengläsern auf mich zu und fragt, wie ich es hier finde. Und immer lüge ich, dass es fabelhaft sei. Die Decken sind hoch, das Niveau so schrecklich tief. Billigere Vergleiche fallen mir nicht ein. Am Ende passe ich

mich doch nur an. Also gehe ich schnell an die Bar und kaufe ein überteuertes Bier, fünf Euro, am liebsten würde ich es dem Typen ins Gesicht schütten. Was ist das denn für eine Vernissage, wo es keinen Gratisalkohol gibt, frage ich mich. *Times they are a-changin',* ich höre Bob Dylan, den ich so lange nicht mehr gehört habe. Also trinke ich schnell zwei Schlucke und leere das Bier zur Hälfte, während diese dumpfe Technomusik läuft. So eine, die sich im Hintergrund hält. Sie ist nicht zu penetrant, also kann ich damit leben. Außerdem schenkt die Musik jedem Weizenschluck auch ein kleines bisschen Ravegefühl und drängt Dylan aus meinen Ohren.

Wieso bin ich nur mitgekommen. Ich hätte auch einfach auf der Bank sitzen bleiben und auf den Abend warten können. Eigentlich mag ich Yves auch nicht wirklich, ich denke, niemand mag ihn so wirklich. Ich fand ihn immer anstrengend, immer war er auf irgendwelchen Drogen und redete zu viel. Vor allem aber provozierte er so unheimlich gerne, dass ihn fast jeder in Wien schon einmal zusammentreten wollte. Aber seine andere Seite, wenn er halbwegs nüchtern ist, ist erträglich, finde ich. Sogar Ansätze von guter Konversation sind möglich. Aber leider ist er eben gar nicht so oft nüchtern. Trotzdem bleibe ich, habe doch nichts Besseres zu tun. Ich wünschte mir aber, Yasin wäre hier. Wir würden uns betrinken. Er würde den hübschen Barmännern schöne Augen machen. Ich den *Angewandte*-Studentinnen, die meistens schöne Frauen sind. Und wenn nicht, sind sie zumindest trotzdem noch anders als alle anderen. Leider bin ich aber allein hier, also bestelle ich ein neues Bier. Kultur suche ich vergeblich hier drinnen, also gehe ich in den Hof. Draußen rauche ich, an die Stein-

mauer gelehnt. Neben dem Eingang, und ich überhöre Gespräche über Musik. An diesen Unterhaltungen merkt man, dass sich die Zeiten verändert haben. Ich sehe diese Leute da im Hof des WUK. Sie nuckeln an ihren Bierflaschen und sagen solche Sätze:
»Was unterscheidet heute denn noch Hip-Hop und Pop voneinander?« (Arschloch 1)
»Du hast Recht, Hip-Hop ist doch die populärste Musik gerade. Die Popmusik unserer Zeit.« (Arschloch 2)
»Haftbefehl zum Beispiel.« (Arschloch 3)
»Der Maßstab deutschsprachiger Musik.« (Arschloch 2)
»Und des Kulturgefühls.« (Arschloch 4)
Ich höre diese Worte, gleiche sie mit dem Bild vor mir ab und muss lachen. Dabei verschlucke ich mich am Bier und huste noch lauter, als ich lache. Die Aufmerksamkeit auf mich gezogen, natürlich. Also steige ich ein. Ich sage ihnen, dass es grundsätzlich stimmt. Und Haftbefehl vereint alles, was diese Kunst bräuchte. Sprachen werden vermischt. Wörter werden verbogen. Man zerstückelt Bekanntes und macht etwas Neues daraus. Man scheißt auf die Regeln der deutschen Sprache. Aber trotzdem ist es witzig, dass diese Leute hier wagen, so etwas auszusprechen.
Ihr, die ihn heute im Feuilleton besprecht. Ihn als Avantgarde bezeichnet. Seine Sprache feiert. Ihr, dieselben Leute, die sich noch vor wenigen Jahren darüber lustig gemacht haben. Über die Kunstform und auch explizit über den Künstler. Denn ihr, ihr habt gar kein Interesse an der Kernschicht, um die es in der Musik geht. Aus der sie kommt. Ihr feiert das Abkulten. Nicht den soziologischen, gar politischen Aspekt. Ihr, ihr ekelt mich mehr an als die Kunsttypen da drinnen. Das elitäre Denken. Sachen, die nicht

aus der eigenen Schicht kommen, nur auf ironische Art zu zelebrieren. Das ist arrogant.
Nach diesen Sätzen sehe ich in leere Gesichter. Als ob sie noch nie kritisch hinterfragt worden wären. Wahrscheinlich ist das bei diesen verwöhnten Versagern tatsächlich der Fall. Also, ich bin berauscht und muss hier weg. Der finale Schlag muss her.
Ihr, ihr seid eine ekelerregende Fassade. Ein großes Problem dieser Stadt. Zerstört das Schöne an dem Gedanken künstlerischer Szenen. Seid gefangen in einer Bubble. Seid nicht inklusiv. Immer nur ausschließen, immer nur unter Seinesgleichen bleiben. Ein Inzestverein schlechthin. Nutzlose Primaten noch dazu. Aber wenigstens passt ihr hierher. Viel Spaß.
Und dann, mein Abgang. Der Zigarettenstummel landet im Bierflaschenhals. Vor dem Eingang laufe ich wieder in Yves, mit großen Augen sieht er mich an. Er wirft seinen Arm um mich, schiebt mich hinein. Sein Arm bleibt um meine Schulter geschlungen, mit der freien Hand nimmt er meine Flasche und wirft sie in den Müll. Dabei redet er irgendwas von Wertschätzung junger Künstler, Subventionierungen, emotionale Abhängigkeiten. Er springt von einem Thema zum nächsten, komplett wahllos. Dazwischen lästert er über irgendwelche Gäste auf der Vernissage. Was mich amüsiert, aber ich kenne die meisten nicht. Also halte ich mich zurück, denke weiter, anstatt es auszusprechen. Während er so redet und redet, schiebt er mich weiter in eine Richtung. Ich sehe auf die Uhr, früher Nachmittag. Ich frage Yves, warum es hier eigentlich so früh losging. Er meint, die Vernissage laufe schon seit zwanzig Stunden. Er sei nur zwischendurch in die Stadt gefahren, um Zigaretten

zu kaufen. Er brauchte kurz Abwechslung. Ich frage ihn, ob er das ernst meine, dass er seit zwanzig Stunden auf dieser Drecksvernissage sei. Und er sagt, ja, er meine es ernst, er sei seit zwanzig Stunden auf dieser Drecksvernissage.
Wir betreten die Männertoilette, und einen Moment später stehen wir in einer ein Quadratmeter kleinen Kabine. Hinter uns ist abgeschlossen, zwei, drei schnelle Handgriffe. Yves holt ein kleines Plastikteil aus seiner Jeanstasche. Dann eine Karte. Verteilt alles ein bisschen auf dem Toilettenspülkasten. Formt einen Fünfeuroschein zu einem Röhrchen. Bietet es mir an. Es riecht nicht gut, es stinkt hier. Ich denke, irgendjemand hat sich wohl am WC neben uns übergeben. Man kann die Überreste noch riechen. Yves' Gesicht ist nass, sein Hemd klebt an seinem durchaus trainierten Oberkörper. Seine Hand zittert leicht. Sein Anblick, seine Verfassung hier und jetzt sagen mir, dass es Zeit ist, zu gehen. Er ist immer noch derselbe. Ich hoffe nur, Hubert wurde von ihm verschont. Ich lehne dankend ab, *Ich nehme kein Zeug mehr*, sage ich zu ihm. Eigentlich ist ihm meine Antwort egal, merke ich. Denn im nächsten Moment zieht er eine Line, die von hier bis nach Berlin reicht. Ich muss jetzt schnell hier weg, ganz schnell, zu meinem eigenen Wohl. Denn sollte ich hier an Ort und Stelle in den Fluss dieses Trotts einsteigen. Würde ich hier von einer schmutzigen Toilette etwas ziehen. Dann komme ich aus dieser Stadt sicher nicht mehr raus.
»Hast du eigentlich Hubert gesehen, weißt du, wie es ihm geht?«, frage ich ihn.
Und bevor er sich die Reste unter der Nase wegwischen kann, formt er ganz hektisch eine neue Bahn. Für einen kurzen, ja wirklich sehr kurzen Moment sieht er mich an.

Ich sehe in seinen Augen nichts, nichts außer Konsum, Verdrängung. Nichts außer dieser schmutzigen Toilette auf einer wertlosen Vernissage. Nichts außer in sich hineingefressene Melancholie, verwelkte Bäume im trostlosen Seelengarten. Im Grunde sehe ich einfach nur diese Stadt in ihm. Ich sehe Wien, und das ist äußerst beunruhigend. Er beugt sich ein weiteres Mal nach vorne, drückt seine Nase auf den Spülkasten und atmet einmal tief ein. Als ob es irgendetwas ändern würde.

»Das ist echt gut. Bist du sicher. Dass du nicht willst?«, fragt er.

»Sicher, sehr sicher, absolut sicher.«

»Wirklich. Ist echt gut. Mann.«

»Sicher.«

»Vielleicht später. Stört es dich? Wenn ich noch was ziehe?«

»Nein, ich will halt nicht, du kannst machen, was du willst.«

»Okay«, und er holt aus seiner Hosentasche eine knittrige Zigarette. »Feuer?«, fragt er und macht dabei eine komische Handbewegung. Die entweder unbedarft und vorauseilend dankend oder unhöflich fordernd wirkt. Wortlos gebe ich ihm mein Feuer.

»Das ist gutes Zeug. Wirklich. Kennst du Dennis? Legt manchmal im *Café Donau* auf. Oder *Donautechno*. Keine Ahnung. Wie es wirklich heißt. Jeder nennt es anders. Irgendwas mit Donau. Dennis. Du weißt schon. Der hat immer das gute Zeug. Irgendwo hier sollte er auch sein. Oder vielleicht kommt er später. Wir suchen ihn gleich.«

»Nein, danke.«

»Letztens ist einer gestorben. Der hatte so einen gestreckten Scheiß. Ich glaube aus Amerika. Überdosis. Oder falsch dosiert. Auf jeden Fall. Das Zeug. Es hat ihn zerstört. Kann man echt nichts machen. Aber Mann. Keine Sorge. Das Zeug. Es war nicht von Dennis«, sagt er und ich sage nichts, nur er spricht. »Das war sogar hier. Auf dieser Toilette. Da war aber was. Eine andere Veranstaltung. Irgendeine Band. Die Leute sterben. Mann. Nicht erst seit gestern. Sie sterben. Es sind die Drogen. Aber die gestreckte Scheiße. Kein gutes Zeug. Kann man eben nichts machen. Großes Pech.« Yves knöpft seine Jeans auf, zieht sie und seine Unterhose minimalst hinunter. Greift sich zwischen die Beine und fängt an, in die Schüssel zu zielen. Ich drehe mich um, schaue die Tür der Kabine an. Doch was ich höre, das ist der laute Strahl des giftigen Urins. Dann zieht er auch schon wieder Unterhose und Jeans hoch und spricht weiter. »Also. Hubert«, ich habe mich wieder zu ihm gedreht, »Hubert«, Yves merkt, dass der Hosenschlitz offen ist, »Hubert«, er zieht den Reißverschluss langsam hoch, »Hubert«, wiederholt er, und dabei starrt er auf den Spülkasten, mehrere Sekunden lang, bevor er wieder zu mir blickt. »Keine Ahnung. Sicher ein paar Jahre her. Lange nicht gesehen. Wie geht es ihm?«

So was nennt man also Freunde, denke ich.

Yves richtet sich sein Hemd und seine Hose. Krempelt die Ärmel ein Stückchen weiter auf. Zieht die Baseballkappe ein wenig tiefer in sein Gesicht. Er fängt an, eine dritte Line zu legen. Jede dieser staubigen Bahnen treibt ihn ein wenig mehr weg von dem, womit er sich eigentlich beschäftigen sollte. Wie wir alle. Er sollte sich um sich selbst kümmern. Mit sich selbst beschäftigen, mit dem eigenen Leben, den eigenen Problemen. Aber ich meine, wem sage ich das. Ich renne vor meinen Problemen ja selber davon und trinke, seitdem ich mich ins Flugzeug gesetzt habe, den ganzen Tag.

»The power of coke«, sagt er, während ich die schwarze Kreditkarte auf dem Spülkasten aufschlagen höre.
»Was?«
»The power of coke. Mann. Das klingt doch gut.«
»Wofür?«
»Für einen Song.«
»Wieso beschäftigt dich so was?«
»Wegen meiner Band. Die neue. Seit Kurzem. So eine Indieband. Paar von denen sind sogar hier. Die sind echt gut. Sieht man immer wieder am Klo. Vielleicht kommt ja gleich einer.«
»Jeder macht wohl mittlerweile Musik«, flüstere ich.
»Was sagst du?«
»Nicht so wichtig, und der Name ist übrigens ganz okay.«
»Schreibst du noch?«, fragt er.
»Nein, schon länger nicht mehr.«
»Schade. Ja. Der Name ist mehr als okay.«
Yves steht kurz ruhig da. So unaufgeregt habe ich ihn noch nie gesehen. Er beobachtet das Pulver, wie es einfach nur da verweilt. »Er wird eine Energie ausstrahlen. Wahnhaft. Exzessiv. Die Energie. Der Song. Wie das *coke* einen auf ein Podest erhebt. Auf die Spitze treibt. Ja, Mann. Genau das«, sagt er.
»Ist das nicht ein wenig ein, wie soll ich es sagen, falsches Bild, das ihr nach außen tragt?«
»Nein. Mann. Das ist unsere Realität. Ich werde in unserer Musik nicht lügen. Das ist die reinste Form«, sagt er, und ich höre seine Nase. Den Transport der nächsten Line. Von der Nase ins Gehirn.
»The power of coke. Mann. The power of coke«, sagt er, hebt seinen Kopf von dem Spülkasten und grinst mich an.

Das war es. Aus der Kabine raus. Schließe sie hinter mir. Mit dem Rücken an der Wand. Und vor meinen Augen wieder nur Exzess. So ein Typ, so ein Mädchen. Trockensex am Waschbecken. In der Spiegelung sieht sie mich an. Und lässt nicht locker. Ich drehe mich schnell zur Seite, gehe in Richtung Ausgang. An der Bar frage ich nach einem Glas Wasser, kippe es in einem Zug runter. Und trinke gleich noch eines. Wenigstens ist das noch gratis. Draußen kommt die frische Luft gerade recht. Ich atme sie tief ein und wieder aus. Gesunde Luft in die Lunge. Und dann zünde ich mir eine Zigarette an. Wohin gehe ich jetzt, frage ich mich. Muss nicht lange überlegen. Heute führt mich eine magische Hand durch die Stadt. Handy raus, ich wähle Bonas Nummer. Sie hebt ab, ich sage, ich bin in Wien.

In zwei Stunden?

In zwei Stunden.

Ich lege auf, und kurz bin ich glücklich, ja fast zufrieden. Und eigentlich bin ich schon fast weg, als Yves mich wieder von hinten packt, mit beiden Händen. Auf einmal steht er vor mir.

»Spürst du deine Zähne?«, fragt er und ich sage: »Ich würde meinen, ja.«

»So richtig. Ich meine so richtig fühlen. Fühlst du deine Zähne?«

»Wie kommst du darauf?«

»Die Zähne. Mann. Ich fühle sie so sehr«, und er macht eine Pause, bevor er seine vorige Frage wiederholt »Spürst du deine Zähne?«, und dabei fährt er mit seinem Finger über den Mund, bevor er hinzufügt: »Also. Durch das Koks.«

»Ich weiß es nicht, ist lange her, ich und das Zeug, also ich weiß es echt nicht.«
»Dann war es kein gutes Koks.«
»Und was ist das Besondere, wieso sollte ich so dringend meine Zähne fühlen wollen, Yves? Ich spüre sie jeden Tag, wenn ich esse, wenn ich trinke. Also, was ist so besonders daran?«
»Ist doch nicht wichtig. Mann. Hauptsache ist. Du fühlst was. Irgendwas«, flüstert er beinahe. Er lässt seine Hände von mir ab und zeigt auf ein Taxi, das mit laufendem Motor vor uns wartet. »Das habe ich für dich gerufen«, sagt er.
Ich gehe auf das Taxi zu, drehe mich noch einmal um. Obwohl es mich nicht so sehr interessiert, frage ich Yves, wie lange die Vernissage eigentlich noch andauern würde. Er antwortet, er glaube, dass es keine fixe Zeit gebe. Wahrscheinlich noch ein paar Tage, solange eben Menschen kommen. Dabei steckt er mir einen Zwanzig-Euro-Schein in die Brusttasche. Schiebt mich in das Taxi. Gibt mir einen Kuss auf die Wange. Langsam fahren wir los, und ich sehe diesen beschämenden Ort nur noch im Rückspiegel. Ich bin erleichtert.

die topografie des leids.

Also wieder in die Innenstadt. Diesmal rauche ich nicht, mein Mund ist zu trocken. Alles zu sehr angestaubt. Ich denke an Wohlstand. In Wien, da spricht man dann von denselben wenigen Bezirken.
Innere Stadt, der erste Bezirk.
Hietzing, der dreizehnte Bezirk.
Döbling, der neunzehnte Bezirk.

Unnahbar. Aber ich fahre darauf zu. Der erste Bezirk, er schimmert. Ein glänzender Film um ihn herum. Auf den ersten Blick: Die schöne Fassade. Die prächtigen Altbauten. Die engen Seitengassen. Ein historischer Kern mit dekadenter Aura. Touristen aus aller Welt denken, er repräsentiere ganz Wien. Wohlhabende Familien, schöne Eltern mit schönen Kindern. Alle Sehenswürdigkeiten. Die grotesken Fiaker. Die überteuerten Kaffeehäuser. Die Ballsaison generell. Aus der Zeit gefallen. Junger Geist in altem Gewand. Oder vielleicht ist beides alt. Jemand anders müsste dieses Gefühl in Worte fassen. Was sie nicht verstehen: Er bleibt unantastbar. Für die, die nicht so privilegiert sind. Die nicht so viel Glück hatten wie andere. Die arme Jugend trinkt sich in reichen Straßen zu Tode. Und die Behüteten schauen aus den Fenstern zu. Was macht man in einer Stadt, die auf einen scheißt? Man übertreibt, man macht kaputt. Man scheißt zurück. Die Kinder kotzen vor das Burgtheater. Spucken vor die Staatsoper. Ziehen Lines vor den größten Museen. Ich spürte es immer, und spüre es heute. Das Blut der Jungen fließt nachts in die Asphaltritzen. Und wenn es am nächsten Morgen wieder regnet, ist das Schuldbewusstsein ganz weggewaschen.

Das Blut dieses Landes.
Das Blut dieser Menschen.
Das Blut dieser

Kinder.

Es fließt im Rhythmus dieser Stadt.

Ich steige aus. Und dieser Boden, hier am Stephansplatz. Er ist eine einzige große, offene Wunde. Jeder Schritt auf ihr schmerzt so sehr, und es hört nie auf. Es wird immer weiter darauf herumgetreten. Auf uns.

Und eigentlich ist der Bezirk auch egal. Es kann woanders genauso zugehen. Hietzing, der dreizehnte Bezirk. Döbling, der neunzehnte Bezirk. Noch ungefähr so unerreichbar, denke ich. Da riecht es zwar nicht auf jedem Quadratmeter nach Geld. Da gibt es schon noch dreckige Ecken, in diesen Bezirken. Der Wohlstand jedoch, den man dort finden kann, ist noch isolierter. Große Häuser mit schönen Gärten, von edlen Architekten gestaltet. Alles ist so weltfremd, denn kein normaler Mensch verirrt sich aus der Innenstadt auf einmal in den verwöhnten dreizehnten oder neunzehnten Bezirk. Vor allem nicht jemand wie ich. Fahr doch mal eine halbe Stunde mit derselben Straßenbahn. Am Schloss Schönbrunn vorbei. Immer weiter, immer schöner, immer ruhiger. Du fährst förmlich durch deine nicht vorhandene finanzielle Sicherheit.

Oh.

Oh.

Oh.

Ein winziges Detail. Ich habe es ignoriert. Tausendmal den Brief gelesen, aber dieses winzige Detail ständig ignoriert. Ich krame den Brief heraus, lese die Zeilen. Huberts Familienhaus. Das Trauerspiel am Abend. In Hietzing also. Ich erinnere mich. Hietzing. Ich. Hietzing. Dort. Das Drama. Es kann doch nicht so schlimm sein, immer gut zureden. Es kann doch nicht so schlimm sein. Denn wenigstens trage ich ein Hemd.

Jetzt stehe ich also da, mitten am Stephansplatz. Ich weiß nicht, wohin ich will. Ich treibe umher. Dieser Fluss, ich weiß nicht, wohin er führt. Ich will es eigentlich auch nicht

wissen. Unterwegs kaufe ich eine Flasche Prosecco. So einen, der im Supermarkt sechzehn Euro kostet. Denn ich lasse es mir nach dem Flugzeugdebakel gut gehen. Dieser Fluss führt mich aus irgendeinem Grund, durch irgendeine Anziehungskraft, nach Mariahilf. Immer tiefer hinein führt mich dieser Fluss. Er führt mich in eine Straße, an die ich mich nur zu gut erinnere.
Die Straße von

marie.

Ob Marie wirklich noch an dieser Adresse wohnt, weiß ich nicht. Kurz zögere ich, dann drücke ich auf die Klingel mit der Nummer neun. Und ich warte, vielleicht ist sie ja gar nicht da. Vielleicht wohnt hier mittlerweile eine andere Person, eine kleine hippe Bobo-Familie. Ich weiß es nicht. Doch da unterbricht mich bereits eine Stimme, die mir nur zu gut bekannt ist.
»Hallo?«, fragt sie.
»Marie?«, frage ich.
»Wer ist da?«
Ich zögere, denn der Gedanke wurde schnell zur Realität. Jetzt ist sie also da, am anderen Ende dieser Gegensprechanlage. Sie, die ich nie aus meinem Leben wünschte und trotzdem genauso in Wien zurückgelassen hatte. Marie, mein rostiger Anker, mein liebster Mensch in Wien. Diese platonische Liebe. Nicht messbar, aber spürbar. Sie war mein weibliches Pendant, ich ihr männliches. Wir waren dieselbe Person. Wenn wir nebeneinander hergingen, da starrten alle. Weil wir ein gutes Duo abgaben. Sie, eine kleine, zierliche Frau. Ihre Außenwirkung jedoch imposant, eine unfassbare Strahlkraft. Das Gegenteil von unschein-

bar. Graue Augen, der dünne, goldene Nasenring, die zu einem Knoten gebundenen dunklen Haare. Ihre Kleidung aus vergangener Zeit. Secondhand geshoppt. Ihr Faible für spezielle Haarklammern oder Haargummis. Irgendetwas, das ihre Pracht zusammenhielt. Extravagant mussten sie sein, ihre Farbe, ihre Form. Und dann ging ich stets neben ihr, komplett überstrahlt von meiner starken besten Freundin. Dieselbe Seele also. Wir erlaubten uns gemeinsame emotionale Ausreißer. So oft nach oben in die Ekstase, viel häufiger nach unten in die Misere. Es war jedoch erträglich, da wir Glück und Leid teilten. Wir ergänzten uns. Es gab nie ein romantisches Verhältnis, es stand auch nie zur Debatte. Gefühle gingen über Körperlichkeit hinaus. Diese Innigkeit. Sie war da, als ich auf die Bordsteinkanten fiel. Ich war da, als sie nicht mehr zu Hause wohnen konnte. Ich wäre auf ihrer Hochzeit Trauzeuge gewesen. Sie wäre bei meiner hinter mir gestanden. Ich hätte ihren Atem gespürt, und dann hätten wir füreinander geweint. Geteiltes Glück eben. Wir brauchten uns. Ich brauche sie. Und dann bin ich verschwunden. Ohne ein Wort. Ich weiß nicht, warum ich nicht einmal ihr etwas dagelassen hatte. Eine Nachricht oder irgendwas. Warum war ich so ein Arschloch? Warum bin ich es wahrscheinlich heute noch? Marie, es tut mir alles so leid. Ich hoffe, du kannst mir verzeihen. Komm doch mit nach Berlin, verlasse diesen Ort. Verlasse ihn mit mir. Doch sie kann nicht. Ihr ganzes Leben findet doch noch hier statt. An der Medizinischen Universität Wien zum Beispiel. Sie müsste so weit sein wie ich. Ich hoffe, sie ist glücklich, gleich finde ich es ja heraus. Glücklicher als bei ihrem vorherigen akademischen Versuch wird sie schon sein. Irgendetwas mit Medien auf irgendeiner FH in St. Pölten. In

dieser stadtgewordenen Tristesse. Sie machte es richtig und exmatrikulierte. Dann kam die Medizin. Obwohl natürlich diese Fakultät genauso aus daueralkoholisierten Proleten besteht, zumindest zur Hälfte. Trotzdem bleibt die Hoffnung, dass sie mal wem hilft. Sie wäre in diesem destillierten Studentenmeer der ansehnliche, grelle Leuchtturm.
»Willst du einen Kaffee trinken?«, frage ich durch die Gegensprechanlage. Ich sage nicht, wer da spricht. Erkläre gar nichts. Stelle nur diese Frage. Und lasse sie meine Stimme erkennen.
»Ich brauche fünf Minuten«, ruft sie mir entgegen.
Ich warte geduldig, rauche meine Zigarette und schaue regelmäßig auf die Uhr. Auf die, die im Geschäft quer gegenüber auf der Straße hängt. Neben dem Schaufenster beobachte ich einen Mann. Er könnte mein Spiegelbild sein. Aussehen, Statur. Er lehnt gegen die Wand, genau wie ich. Er raucht. Er sieht mich an, wie ich ihn ansehe. Die nächsten Minuten können wir die Augen nicht voneinander lassen. Hebe ich meinen Arm, um einen Zug zu nehmen, tut er es auch. Greife ich in meine schwarzen Haare, tut er es auch. Meine fleischgewordene Kopie atmet sogar im selben Rhythmus. Hebt sich mein Brustkorb, tut es seiner auch. Einen Unterschied gibt es. Er wirkt friedlich. In Freiheit. Er strahlt etwas aus. Ruhe, Gleichgewicht, wovon man eben so träumt. Ein Vogel setzt sich auf die hängende Uhr, langsam, elegant. Der Mann, meine Kopie, ändert etwas an dem Szenario. Er bewegt sich. Durchbricht das Muster, ändert die Matrix. Er wirft die Zigarette auf den Boden, bewegt sich schnell auf mich zu. Achtet nicht auf herannahende Autos. Überquert die Straße. Überall hupt es. Ein Stimmengewitter der umgebenden Menschen. Der Lärm dieser Stadt be-

täubt mich. Und er wird von einem Auto erfasst. Doch es fährt einfach weiter. Er verschwindet aus meinem Leben, und niemanden kümmert es. Nur ich muss mit diesem Bild leben. Beim Filter angelangt, werfe ich den Stummel in den Müll. Meine Augen bleiben an dem Fleck hängen, wo die Kopie stand. Wo meine Freiheit stand.

Marie lässt sich Zeit. Aus fünf werden schnell fünfzehn Minuten. Aber sie soll sich alle Zeit nehmen, die sie möchte. Ich bin hier der Schuldige und bitte sie um Vergebung. In der Zwischenzeit könnte ich ja den Prosecco öffnen, denke ich. Setze es auch direkt in die Tat um. Da er schon offen ist, genehmige ich mir auch gleich zwei, drei Schlucke.

Ich gehe auf und ab,
unten vor dem Hauseingang.

Ihr Auftritt gleicht dem aus einem kitschigen Fernsehfilm. Ich höre sie die Eingangstür auf der anderen Seite aufschließen. Adrenalin schießt in mir hoch, alles pumpt, mein Brustkorb scheint zu platzen. Sie stößt die Tür auf, sieht mich und springt auf mich zu. Wir liegen uns in den Armen, und ich könnte weinen. Könnte. Geht aber eben nicht, heute zumindest. Sie gleitet an mir hinunter. Steht vor mir. Ich greife an ihre Schultern, sehe sie an. *Hallo, Marie, lange nicht gesehen, ich hoffe, du hasst mich nicht*, sage ich mit meinen braunen Augen. Sie legt ihre Hand auf meine, erwidert meinen Blick. *Hallo*, sagt sie mit ihren grauen Augen, *Hallo, nein, ich hasse dich nicht.*

»Worauf hast du Lust?«, fragt sie mich.

»Keine Ahnung, ich habe Lust auf das, was du willst.«

»Keine Ahnung. Keine Ahnung. Keine Ahnung. Du bist genauso wie früher. Zu faul für Entscheidungen.«

»Alles gut, Marie?«, frage ich.

»Was meinst du?«
»Ob alles gut ist?«
»Was soll das heißen?«
Ihre Stimme wird ein wenig lauter, meine ein wenig leiser.
»Marie, ist alles gut?«
Ich lasse mir Zeit zwischen den Wörtern. Und sie sich mit ihrer Antwort.
Und dann bricht sie in Tränen aus,
ich nehme sie in den Arm,
und ihr Gesicht vergräbt sie in meiner Schulter,
unten vor dem Hauseingang.
Ihre glasigen Augen richten sich zu mir auf. Ihr Körperduft fährt in meine Nasenlöcher. Ich nehme ihn auf.
»Was glaubst du? Mir hat etwas gefehlt. In den letzten Jahren. Ich war nur die Hälfte meiner selbst«, und sie streift mit ihrem Ärmel über die Augen.
»Ich doch auch«, sage ich.
»Ein Wort hätte gereicht. Eine Erklärung hätte gereicht.«
»Ich weiß.«
»Du weißt gar nichts. Ich habe dich nie ganz verstanden. Trotzdem immer geliebt. Ein dummer Junge. Der sich intelligent stellt. Aber du denkst, du seist ein intelligenter Junge. Der sich dumm stellt. Und es ist eine Mischung aus beidem. Du bist neunundzwanzig. Manchmal redest du wie ein Vierzigjähriger. Du sagst so viel. Deine Sätze. Du reihst so viele Worte aneinander. Doch ich werde nicht schlau daraus. Du sagst *Ich doch auch* und *Ich weiß*. Aber es stimmt nicht. Ich glaube dir nicht. Trotzdem liebe ich dich.«
»Aber ich bin an manchen Tagen dumm und an manchen intelligent.«

»Ist das dein Ernst. Das. Das war der einzige Punkt, der hängengeblieben ist?«
»Nein, Marie, du hast recht, mit allem, ich will doch nur, dass du mir verzeihst, das ist mir das Wichtigste.«
»Jetzt gerade bist du dumm. Also. Du warst für viele Personen nicht greifbar. Verstehst du. Ich konnte dich greifen. Ich kenne dich. Dadurch bist du ein Teil von mir geworden. Ich habe dich in beide Hände genommen. Dadurch habe ich mich selber begriffen. Und dann warst du plötzlich weg.«
Ich möchte ihr die Flasche Prosecco reichen, hebe meine Hand, doch sie zögert. Und bevor ich meine Hand wieder senken kann, greift sie zu, übergießt ihren Gaumen.
»Weißt du, das Komischste an dem ist: Ich möchte es gar nicht wissen. Was war. Was ist. Wo du warst. Wo du hinwillst. Mir ist es egal. Es gibt keine zufriedenstellende Erklärung. Deswegen brauche ich auch keine. Ich möchte keine. Es reicht mir einfach. Dass du gerade vor mir stehst. So real. Ich kann dich anfassen. Mehr brauche ich jetzt nicht. Komm. Gehen wir spazieren.«
Diese Frau ist ein Traum, ein Fiebertraum. Mein personalisierter Trip, den ich gerne erlebe, immer und immer wieder. Sie zeigt mir die Wahrheit, hält mir den Spiegel vor, und ich kann mich nur hinknien. Ich weiß, dass sie keine Antwort erwartet. Sie sagte es doch gerade. Und auch wenn, ich hätte keine. Wir heben die Arme, verwachsen miteinander. Ein Akt der Friedensschließung, der Ignoranz gegenüber dem Vergangenen. Wir sind eben Seelenverwandte.
Wir gönnen uns einen Kaffee, der nach einem Eimer voll Regenwasser schmeckt. Bäckereien sollten bei ihrem eigentlichen Handwerk bleiben. Die Straßen des sechsten Bezirks

finden uns sympathisch. Sie gönnen uns die Zweisamkeit, die Ruhe miteinander. Wir sprechen auch nicht mehr über die Vergangenheit. Jeder Moment stellt einen neuen Punkt null dar. Und für die nächste Zeit gibt es nur uns auf den Straßen, die uns die Stadt so schenkt. Abwechselnd trinken wir aus der Proseccoflasche, bis sie leer ist. Und auf einmal stehen wir also vor diesem schicken Hotel. Das Erste, was man sieht: die riesige, einladende Bar gleich im Eingangsbereich. Und dieses Hotel erinnert mich an eines, das ich in Margareten gesehen hatte. In der Nähe des *Werkzeug*. So genau kann ich mich nicht mehr daran erinnern, die Sektflaschen hatten es wohl weggegossen. Also stehen wir da, und wir lachen. Der Funke ist wieder da, mit unseren Schultern stoßen wir kindlich aneinander.
Und Marie fragt: »Lust auf ein Abenteuer?«, worauf ich antworte: »Mit dir immer.«
Bei den letzten Zügen meiner Zigarette greift sie mir zwischen die Finger. Nimmt sie an sich, raucht sie fertig, bevor wir hineingehen. Und während wir so dieses Hotel betreten, betritt mit uns eine riesige Rauchwolke diese Bar.
Es ist viel los, reges Treiben, die Leute tragen bunte Aufkleber. Wie man uns erklärt, steht blau für *single*, rot für *vergeben*. Marie wollte ein Abenteuer, also kriegt sie dieses. Wir lassen uns die blauen Aufkleber auf die Kleidung heften und stellen uns an die Bar.
Marie verschwindet mit einem Typen am anderen Ende der Bar. Also, der Rausch und ich. So sehen wir uns wieder. Ich bestelle ein grotesk teures Bier. Da steht sie neben mir, reicht mir die Hand. Diese Frau beginnt zu sprechen. Die ersten Sekunden sehe ich nur ihre Lippen, doch höre keinen Ton. Auch ihr restliches Erscheinungsbild kann ich nicht fassen.

Keine Details wollen in meinen Augapfel überspringen. Ihr fällt es auf, meine Abwesenheit. Wie ich nur am Bier nippe, mich sonst kein bisschen rege. Sie schnippt mit ihrem Finger auf meine Stirn und zieht mich schmerzhaft in den Moment zurück.

»Ich verstehe schon. Du bist auch so ein Arschloch«, sagt sie.

Und plötzlich bin ich da. Meine Augen so groß wie die eines aufgescheuchten Tiers.

»Vielleicht.«

»Was habe ich gerade erzählt?«

Nichts.

»Weißt du, wie ich heiße?«

Nichts.

»Okay. Arschloch. Hör mal zu. Du siehst vielleicht gut aus. Das bedeutet nichts. Es bedeutet nicht, dass du dir alles erlauben kannst. Ich schaue auch hervorragend aus. Falls es dir nicht aufgefallen ist.«

»Wieso sind alle heute so direkt zu mir?«, flüstere ich, während ich mich nach vorne lehne.

»Antworte«, fordert sie mich auf. Dabei wird sie lauter. Und stößt mich weg.

Sie steht noch, während ich so dasitze.

»Natürlich, ja, du bist wunderschön, das war das Erste, was mir aufgefallen ist«, lüge ich natürlich.

Denn mir war in den letzten Minuten rein gar nichts aufgefallen.

»Bullshit. Aber ich verzeihe dir. So wurde ich erzogen. Ich bin eben kein Arschloch. Also. Spendierst du mir ein Bier? Wir gehen dem nach. Dem Grund. Wieso du so bist. Wieso du ein Arschloch bist.«

Oh nein, bitte nicht. Sei bitte keine dieser jungen Psychologie-Studentinnen. Bei denen reicht der geringste zwischenmenschliche Kontakt mit einer fremden Person, um alles direkt analysieren zu wollen.
»Viertes Semester«, sagt sie.
Als ob sie in meinen Kopf geblickt hätte. Dann hätte sie ja ihren künftigen Beruf wahrlich nicht verfehlt. Ich leere mein Bier, bestelle für uns beide zwei neue. Also lasse ich mich darauf ein. Davor suche ich mit meinen Augen nach Marie. Finde sie in ein Gespräch mit einem blauäugigen Anzugträger verwickelt. Weiter geht es. Die Dame an der Bar. Und irgendwie schaffe ich es noch immer nicht, ihr optisches Auftreten zu greifen. Ihre Züge in meinen Zellen zu Bildern reifen zu lassen. Sie bleibt für mich ein weißer Fleck, auf den ich mich hier einlasse. Wird sie mich ausnutzen, frage ich mich. Bin ich nur ein bunter Farbtopf, mit dem sie malen kann, was sie möchte, frage ich mich.
»Ich würde wetten, du bist ein guter Typ. Nur diese arrogante Fassade. Die musst du loswerden. Hilft dir nicht«, fängt sie mit ihrer Analyse an und setzt sich neben mich an die Bar.
»Arrogant?«, frage ich.
»Klar. Du bräuchtest wohl einen Spiegel. Du müsstest dich sehen. Bei jedem Schritt. Du müsstest dich sehen. Wie du durch die Welt stolzierst. Ich habe dich schon beobachtet. Gleich zu Beginn. Als du hier reingekommen bist. Mit deiner süßen Freundin. Ich sage dir. Du hast so eine Ausstrahlung«, sagt sie und spielt an ihrem Aufkleber auf der Bluse herum.
»Und was für eine Ausstrahlung?«
»Ein Arschloch halt.«

»Ich dachte, du bist Psychologin, ich dachte, es wird ein bisschen tiefgründiger, ein bisschen mehr, als mich ständig nur als *Arschloch* zu bezeichnen.«

»Da. Arrogant. Aber ich tue dir den Gefallen. Also. Deine Oberfläche ist schön. Keine Frage. Ich sehe aber genau hin. Ich sehe es genau. Was sich dahinter verbirgt. Du bist stolz. Du hältst dich für was Besseres. Als alle in diesem Raum. Aber das bist du nicht. Das weißt du auch insgeheim. Du bist so arrogant. Aus einem Grund. Um dich selber zu schützen. Niemand darf dir zu nahe kommen. Du armes Kind. Du hast viele Probleme. Das sieht man aus kilometerweiter Entfernung. Du hast Probleme. Mit dir selber. Mit den anderen. Bestimmt willst du die Probleme lösen. Aber du tust nichts dagegen. Du gibst dir keine Mühe. Du trägst sie nur mit dir. Überall, wo du hingehst. Heute. Hierher. Zum Beispiel. Das spürt man. Direkt am Eingang. Als du reingekommen bist. Ich habe das gespürt. Dein Gesicht. Es strahlt vielleicht Sicherheit aus. Aber eigentlich. Eigentlich ist es traurig. Ich habe Mitleid mit dir. Du kämpfst. Jede Stunde. Jede Minute. Jede Sekunde. Jetzt gerade. In diesem Moment. Da kämpfst du. Und das tut mir leid«, sagt sie und reißt sich ihren Aufkleber von der Bluse. Klatscht ihn auf mein Bein. Ich frage sie: »Aus welchem Buch hast du das?«, dabei entferne ich den Aufkleber von meiner Hose. Klatsche ihn wiederum auf den Tisch. Löse auch meinen Kleber. Hefte ihn direkt daneben.

»Aus deinem. Aus deinem Buch. Ich habe dich gelesen. Es ist einfach.« Ich sehe in ihr weißes Gesicht, frage mich, was ich darauf projizieren soll. Es hat keine Form, keine Konturen, es dient lediglich als Projektionsfläche für meinen Weltschmerz. Und irgendwo tut es weh, dass sie mich nach

wenigen Minuten so gut lesen konnte. Aber ich lasse es mir nicht anmerken. Wodurch ich sie irgendwie bestätige.
Plötzlich hält sie ihre kleine Pradatasche in Brusthöhe. Klopft dreimal heftig darauf. Und schüttelt sie. Dabei zwinkert sie mir zu.
»Willst du was ziehen?«, fragt sie.
»Die Frau Akademikerin, eine Kokserin?«
»Das Leben. Es ist eine einzige Qual. Für alle. Auch für mich. Betäubung hilft. Selbst den klügsten Menschen. In diesen Zeiten. Da brauchen wir alle etwas.«
»Die halbe Stadt kokst«, sage ich.
»Die halbe Stadt ist tot.«
»Was ist besser?«, frage ich.
»Weiß ich nicht. Was ich weiß. Ich verschwinde jetzt auf die Toilette. Das weiß ich. Kommst du mit. Willst du?«
»Nicht wirklich.«
»Ich doch auch nicht«, sagt sie und beugt sich nach vorne. Sie gibt mir einen Kuss auf die Wange, ihr Duft beschert mir eine Gänsehaut. Bevor sie sich wegdrehen kann, greife ich nach ihrem Handgelenk. »Darf ich dich jetzt fragen, wie du heißt?« Und sie sagt nur eins, sie sagt *Nein* und lässt mich dann allein auf dem Barhocker sitzen.
Und dann ist sie weg. Ich trinke mein Bier aus, gehe in Richtung Ausgang. Ich gelange in das Sichtfeld von Marie. Also zeigt sie auf mich, umarmt den Anzugträger, kommt auf mich zugejoggt.
»Genug Abenteuer?«, frage ich.
»Schnell raus hier«, ruft sie.
Ich erzähle ihr von meiner Therapiestunde. Sie erzählt mir von dem Anzugträger, der in ihrem Gespräch eine so absurde Bandbreite bedient hat. Von sexuellen Kinks über

politischen Irrwitz bis hin zu seiner verstorbenen Frau. Er hat ihr alles geboten, und sie fand ihn auf höchster Ebene abstoßend. Abgesehen von dem Punkt, dass er Witwer ist. Da tat er ihr natürlich leid.

Der leichte, herbstliche Wind trägt uns weiter durch die Straßen. Er lockert mich auf, für einen kurzen Moment. Also entscheide ich mich spontan dazu, ihr diese eine Frage zu stellen.

»Marie«, und dabei greife ich nach ihrer Hand. »Ja?«, fragt sie, und ich sehe ihr Gesicht. Frage mich, ob das der Moment ist. In dem ich mich endlich meinen Gefühlen hingeben kann. Ich möchte weinen, vor Freude, doch es geht noch immer nicht. Also frage ich: »Heute Abend schon was vor?« Ist es die Euphorie des Wiedersehens oder vielleicht Schuldbewusstsein? Jedenfalls habe ich es getan. Ein Gefühl sagt mir, ich bräuchte sie heute Abend. Sie zögert, aber wir beide wissen, wie die Antwort lauten wird. Wir stoßen an, und ich habe Zweifel. Ohne Vorwarnung den anderen gegenüber, hinwegzusehen über die *Keine Begleitung*-Klausel von Hubert. Aber ich traue mich nicht, allein aufzutauchen. Nicht heute Abend. Allein im Haifischbecken zu sein. Es ist zwar grob, meine alten Wegbegleiter als aggressive Tiere zu bezeichnen. Dieses Gefühl kann ich jedoch nicht wegretuschieren. Ich habe eben dieses Bild vor mir, ich als kleiner Fisch. Eine riesige Menschenhand packt mich, reißt mich aus dem Aquarium. Wirft mich in das große, gefürchtete Becken. Wirft mich den Haien zum Fraß vor. Noch dazu bin ich heute tatsächlich selber diese eine Hand. Ich präsentiere mich selbst auf dem Silbertablett. Und es warten so viele Haie, so, so viele Haie auf mich.

Marie und ich umarmen uns,
verabreden uns für den Abend,
wollen gemeinsam zum Dinner gehen,
und diesmal werde ich sie nicht loslassen,
oder vielleicht doch,
ich weiß es nicht,
ich habe noch einige Stunden bis zum Abend
und einen lückenhaften Plan.

Ich stehe vor dem *Café Jelinek*, zu spät, doch wahrscheinlich trotzdem noch zu früh. Gleich also betrete ich den alten Boden, und sehe

bona, again.

Der Vinylboden im Kaffeehaus ist derselbe wie früher. Der Duft, eine Mischung aus Kaffee und Bier, aus der Zeit gefallen. Genau wie der Umstand, dass man hier nur mit Bargeld bezahlen kann. Bewusst möchte man den alten Geist aufrechterhalten. Aber ich kenne doch meine Stadt, also habe ich Bargeld dabei. Im hinteren Raum ist der alte Stammtisch. Also die wenigen kleinen Stufen hinaufgehen. Und sich in den Verlängerten stürzen. Hier kann man noch Kaffee trinken und hemmungslos saufen, beides nebeneinander. Oder nacheinander. Wiener Charme. Wiener Ranz auch irgendwie. Ein Original eben.
»DU.«
Durch das ganze Lokal. Auf direktem Wege zu mir.
»Du bist wieder da.«
Durch das ganze Lokal. Auf direktem Wege zu mir. Da kommt sie elegant daherstolziert.
Bona, jetzt steht sie da, vor mir.

Bestimmt sieht sie mir an, wie nervös ich bin. Wie zögerlich ich reagiere. Wie ich auf einmal völlig überfordert bin. Und ich merke es selber. Wie ich sie vermisst habe. Ihre Stimme, ihren Geist, ihren Körper. Die langen Nächte, langen Diskussionen, langen Streitereien. Und ich sehe es auch ihr an, die Souveränität schwindet. Wir beide müssen ihn doch erst verarbeiten, diesen Moment. Nach all den Jahren also sind wir hier, in demselben Raum. Da steht sie vor mir, ich sitze noch. Sie wirkt erhaben, ich ganz klein. Was jetzt folgen muss, das wissen wir beide. Diese eine Frage, die sie stellen muss. Diese eine Sache, die zwischen uns steht. Ich entscheide mich in dieser Sekunde, dass ich diesmal tatsächlich ehrlich bin. In diesem Gespräch, egal, wie es verläuft. Da werde ich einmal so richtig die Wahrheit sagen. Bona setzt sich gegenüber von mir an den Tisch, überschlägt ihre langen Beine. Ihre Zehenspitzen berühren meine Knie.
»Du weißt es. Was jetzt kommen wird. Was ich fragen werde«, berührt sie mich mit ihrer Stimme.
Ja.
»Du weißt es. Dass ich fragen muss.«
Ja.
»Du weißt es. Dass ich es sehr ungern mache.«
Natürlich.
Mein Nacken wird steif, die Gelenke rosten in Sekundenschnelle ein. Die Augen werden schlaff. Denn jetzt kommt er, der Ernst. »Wieso?«, doch dies eine Wort kann sie nicht allein stehen lassen, auf gar keinen Fall. »Wieso all die Jahre? Wieso kein Wort? Wieso hast du mich ignoriert? Uns ignoriert? Wo waren deine Gefühle? Wieso? Wieso so lange? Wieso?« Und ich könnte also ausweichen, während ich ihre Hand mit dem Speer in der Luft sehe. Doch ich lasse

sie ihn tief in meine Brust rammen. Diesen Schmerz habe ich verdient.

»Es hat nichts mit ignorieren zu tun«, antworte ich.

»Womit dann?«

»Ich habe mich nicht aktiv dazu entschlossen, dich aus meinem Leben zu verbannen, Bona. Wir haben uns nun mal getrennt, das gehört dazu, und die anderen genauso. Ich brauchte Abstand zu euch allen.«

»Wir haben uns getrennt. Ja. Du hast mich verlassen. Ja. Deine Reaktion war hart. Unlogisch. Das war keine gesunde Reaktion. Aber weißt du, was das Härteste war? Das Ignorieren. Nichts wissen. Wo du bist. Was du machst. Ob du lebst. Nichts davon.«

»Ich weiß«, sage ich, schiebe meine freie Hand auf der Holzplatte langsam in ihre Richtung. Möchte ihre zarte Haut berühren, einen Kontakt herstellen.

»Du weißt gar nichts«, antwortet sie und zieht ihre Hand zurück. Entkommt meinem Versuch der Annäherung. Noch bevor ich sie berühren konnte, bevor ich nah genug war.

»Versuch es nicht. Es ist nicht so einfach. Deine Reaktion. Sie hat Dinge zerstört. Das Gleichgewicht durcheinandergebracht. Ich liebe dich. Werde es immer tun. Aber das Gleichgewicht. Das Gleichgewicht. Es ist durcheinander.«

»Ich bin durcheinander«, sagt sie nach einer Pause. »Du bist einfach gegangen. Und nie mehr aufgetaucht. Die Stadt ist nicht mehr dieselbe. Für mich zumindest. Nie mehr dasselbe.« Ihre Worte sind gewichtig. Doch sie spricht sie so federleicht. Beinahe beiläufig wird ihr ein Cappuccino serviert. Ich habe nicht mal mitbekommen, dass sie ihn bestellt hätte. Und sie nippt sofort daran. Unbekümmert, wie emotional aufgeladen dieser Moment doch ist. Unser

Aufeinandertreffen verletzt sie jedoch. Ihre lang aufgebaute Schutzhaut wird gerade Schicht um Schicht abgezogen. Nach dem vierten Schluck zwischen vollkommener Stille bricht ihre aufgesetzte Maske. Eine erste Träne wandert ihre Wange herunter. Findet ihr Ende auf ihrer Oberlippe. Auf ihrer vollen, zarten, weiblichen Oberlippe. Ich schiebe meine Hand wieder in ihre Richtung. Diesmal zieht sie ihre nicht zurück. Ich kann ihre Fingerspitzen spüren. »Bona, ich bin doch nicht ganz verschwunden. Ich sitze doch vor dir. Es war eine Ausnahmesituation, es kann sich ändern, ich kann mich ändern.«
»Du bist verschwunden. Du wirst verschwinden.«
»Das weiß ich doch selber nicht, was noch kommt. Außerdem hatte ich in den letzten Jahren Kontakt mit Hubert, falls er dir davon erzählt hat.«
»Das stimmt nicht. Er hat es mir erzählt. Dein jämmerlicher Briefkontakt.«
»Ich wollte wirklich wissen, wie es euch geht. Ich wollte wirklich diese Beziehungen aufrechterhalten, irgendwie, oder vielleicht eher nicht. Doch ich wollte wirklich wissen, wie es euch ging, dir ging.«
»Das ist dir also so wichtig. So wichtig. Dass du einen einzigen Brief schickst. Und dann nie wieder.«
»Er kam von Herzen«, antworte ich und frage mich, wieso ich lüge.
»Das hat sich nicht so angefühlt. Gar nicht. Für niemanden. Ich kenne dich. Du bist sensibel. Aber du kannst es nicht ausdrücken. Nicht vermitteln. Du bleibst für dich allein«, spielt sie an dem in mir steckenden Speer. Rammt ihn mir tiefer in die Brust. Bis die Spitze aus meinem Rücken herausragt.

»Was soll ich sagen, Bona, was soll ich sagen, damit du mir glaubst, damit du mir vertraust?«
»Sei einfach ehrlich.«
»Ich musste eine klare Linie ziehen, mich von allem, der Stadt, den Leuten, dem ständigen Gerede, distanzieren. Wäre ich geblieben, ich weiß nicht, was passiert wäre. Die Wahrheit ist, ich hatte diese Angst, dieselbe, die ich heute spüre. Und das alles hat mit diesem Ort zu tun, mit dieser Stadt, ich weiß nicht, ob ich sie überleben kann, sie fühlt sich immerzu wie Gift an. Die Leute sagen mir ständig, ich solle fühlen, etwas spüren, mein Zuhause spüren, und die Wahrheit ist, ich fühle rein gar nichts, nichts. Nur diese Angst, sie frisst mich auf«, sage ich und ich spüre, wie sich ihre Finger bewegen. Wie sie meinen Kontakt erwidert, sanft. Noch nicht vollkommen im Vertrauensmantel geborgen. »Ich hatte eigentlich keine andere Chance, nie, diese Stadt und ich, wir hatten nie wieder eine Chance.« Und es ist etwas vonnöten, das uns hier raushilft. Ein Deus ex machina, und was es ist, das ist die Wahrheit. Dass ich offen spreche. Ehrlich bin zu ihr, das gesamte Gespräch über. Das bin ich Bona schuldig. »Ich war schwach, das war alles ein langer, schwacher Moment. Ich wusste nicht anders mit mir umzugehen, als einfach zu flüchten, feige, vielleicht, doch es war mein Ausweg, Bona, mir geht es so wahnsinnig schlecht, hier, heute, in dieser Stadt. Also bitte ich dich, mir zu verzeihen, oder auch nicht, zumindest, dass du es für heute vergisst, mich hier vor dir akzeptierst, mich nahekommen lässt, das nachholen, was ich verpasst habe, deine Anwesenheit, ich bitte dich nur darum.«
»Darf ich dich beschimpfen? Dir Sachen an den Kopf werfen? Einmal? So richtig?«, fragt sie.

»Nur zu, lass es raus, Bona, du schaust übrigens bezaubernd aus, wie immer, das wollte ich auch gesagt haben.«
»Arschloch. Egoist. Getriebener«, und ihre Hand fährt in meine, »Arschloch. Asozialer. Feigling«, sie drückt meine Hand zusammen, »Arschloch. Verlierer. Kleinkind«, und ich kann sie spüren, endlich, unsere Hände zusammengeschweißt, »Trauriges Arschloch«, sie drückt noch fester, viel fester, und ich lasse es zu, so gerne, »Arschloch«, sagt sie ein letztes Mal, und ich antworte: »Danke.«
Und nach kurzer Pause, in der wir uns an der körperlichen Nähe vergnügen, spreche ich weiter. »Bona, ich danke dir, harte Worte, sehr kreativ, und *Arschloch* übrigens, ein sehr nettes Wort, habe ich heute schon öfter gehört.«
»Wo noch?«
»Nicht so wichtig«, sage ich und ich sehe sie an, während sie lächelt. Bona schenkt mir alles, was ich hier gerade brauche. Während sie sich ihre Träne mit der Serviette abwischt. Jene Träne, die auf mysteriöse Weise das ganze Gespräch über an Ort und Stelle geblieben ist. Und jetzt lächle ich, mache es ihr nach. Ein Akt der Kapitulation. Bona, du hast recht, ich hätte mich melden sollen, ich hätte den Kontakt aufrechterhalten sollen. Bona, du hast recht, ich hätte keine Angst vor mir selbst haben sollen, ich hätte keine Angst vor dir haben sollen. Bona, du hast recht, ich hätte einfach nur für dich da sein sollen.
»Du hast mir gefehlt«, sagt sie in einem Ton, der sofort in mein Herz dringt. Den Speer hat sie mittlerweile herausgezogen. Langsam heilt die Wunde.
»Du mir auch«, sage ich.
»Dann lassen wir es. Reden wir über Gutes. Willst du ein Bier?«

»Gerne«, und noch immer stecken unsere Hände ineinander, verzweigt, momentan voneinander untrennbar. Also bestellen wir zwei große Bier, die Gläser finden zueinander, klangvoll, und wir trinken. Es schmeckt herrlich. Kurz schmeckt es sogar nach Frieden. Und in dieser Sekunde der Schwerelosigkeit, auf diesem Hoch. Da muss ich an eine besondere Nacht denken.
Und ich denke an unseren ersten Sex. Unsere erste Vereinigung, nach dem dritten Date. Nach dem überteuerten Dinner, als der Chiantigeschmack noch in unseren Kehlen steckte. Und wir ihn gegenseitig tief mit unseren Zungen kosteten. Uns durch ihre kleine Wohnung kämpften, alle paar Schritte ein Kleidungsstück weniger am Leib. Bis wir in der kleinen Küche landeten, bis sie auf dem kleinen hölzernen Küchentisch landete. Ihre langen Beine in natürlicher Gebärstellung. Als sie meine Boxershorts nach unten schob, ihren Tanga zur Seite schob. Und ich mich in sie schob. Als sie mich empfing, sich in meinen Nacken krallte. Mich mit ihren Beinen umklammerte und nicht mehr losließ. Als wir es langsam machten, dann schneller, dann wieder langsam. Und wir schwitzten, ich für gewöhnlich mehr als sie. Die Töne aus unseren Mündern, immer lauter und lauter. Sie war feucht, ich war hart. Ganz einfache Umstände. Gedankenbefreit, in diesem Moment. Nur die Küche und unsere Becken. Dann, die letzten Sekunden. Und unsere Körper verkrampften sich ineinander. Für einen Moment waren wir untrennbar. Wir schrien gleichzeitig unser Glück in diese kleine Küche. Noch lauter als zuvor. Sie schob mich ein wenig mehr in sich. Noch heftiger als zuvor. Und im selben Rhythmus ließen wir gemeinsam den Moment abklingen. Langsam, sanft, sahen uns dabei in die

Augen. Mein Becken wippte ganz langsam nach vorne, zurück, nach vorne, zurück, und dann Stillstand. Wir lachten laut, umarmten uns, gaben uns einen Kuss. Und diese kleine Küche war kurz zu einem besonderen Ort geworden. Ein Ort, an dem wir uns so nehmen konnten, wie wir waren.
Danach teilten wir uns eine Zigarette in derselben Küche. Der Filter war feucht, der Rauch brannte nicht im Rachen. Er fand seinen Weg sanft in unsere Lungen.
Ich vermisse diesen Ort, diese Leidenschaft. Wenigstens bleibt die Erinnerung daran. Aber jetzt, da muss ich wieder zu ihr, hier, ins *Jelinek*.
»Wegen Hubert. Nicht wahr. Du bist wegen ihm hier. Am Telefon warst du still. Jetzt kannst du reden. Hat er dich eingeladen?«
»Ja, Hubert, der Brief, dich also auch?«, antwortet sie, und ich muss an den bevorstehenden Abend denken. Unsere Hände sind wieder voneinander gelöst. Mit meinen beiden umschließe ich mein Bier. Der Brief, ich habe jetzt schon seit ein paar Stunden nicht an ihn gedacht.
»Wir sind alle eingeladen. Wie geht es dir damit?«, fragt sie.
»Ich dachte es mir, dass alle kommen, und ich dachte auch, wir wollten über nichts Tragisches mehr sprechen«, antworte ich.
»Ich spüre Traumata. Viele davon. Ein Meer voll Traumata. Und du bist nie gerne geschwommen.«
»Sehr witzig, sehr, sehr witzig, aber zumindest warst du immer meine Rettungsweste. Jetzt habe ich nicht einmal mehr dich.«
»Und wer ist schuld?«
»Ich, immerzu ich, Schande über mein Haupt, ich ergebe mich doch schon.«

»Bevor du fragst. Ich weiß es nicht. Was hinter der Einladung steckt. Wieso du eingeladen bist. Wieso ich hingehe. Ich weiß nichts. Was Hubert sucht. Eine Versöhnung. Eine Wiedervereinigung. Die Gruppe wie damals. Ich weiß es nicht. Bevor du fragst«, sagt sie beiläufig. Wendet ihre Augen zum ersten Mal wirklich ab. Sieht in ihr Glas, auf den Boden, nur nicht auf mich. Und ich frage, was ich fragen muss. Obwohl ich die Antwort kenne, erahnen kann. Denn es ist nichts wie früher, diese Gruppe, es gibt sie wohl nicht mehr. Die Wege getrennt, die Seelen entzweit. »Also, das war es wohl, keine Wanderungen mehr, keine traurigen Trinkorgien, Hubert und Flora und Dion, du siehst sie nicht mehr, ihr seht euch nicht mehr, liege ich da richtig?«
»Ich sagte doch. Die Stadt ist nicht mehr dieselbe«, sagt sie und lehnt sich zurück. Die Distanz vergrößert, die bisherige Arbeit umsonst. Ich nehme zwei tiefe Schlucke, muss aufstöhnen. Bona schmunzelt, rückt sich auf ihrem Platz zurecht. Und ich merke in diesem Moment, dass ich nicht ehrlich zu mir war, nicht ehrlich zu ihr. Ich bekomme also allmählich dieses Gefühl, und ja, ich bin mir ganz sicher. Ich werde auch nach dem heutigen Tag nicht wieder zurückkehren. Ich frage mich nur, ob ich es dieses Mal schaffe, es vorher Bona zu kommunizieren. Ihr es zu beichten, bevor es geschieht. »Ich treffe Dion später, er hat mir gestern am Abend geschrieben, wir treffen uns in der Bar«, beichte ich ihr jedoch zuerst. Hebe meine Hand und bestelle zwei weitere Bier. Während ich den Rest runterwürge. Bevor Bona mir signalisieren kann, dass sie keines mehr möchte.
»Viel Spaß mit dem.«
»Ich weiß, ich weiß, eine potenziell gefährliche Kombination.«

»Er tut dir nicht gut.«
»Ich tu mir doch selber nicht gut.«
»Trink nicht zu viel.«
»Ich weiß, ich weiß«, die zwei Bier werden vor uns abgestellt. »Und jetzt bitte ich ein letztes Mal, meine liebe Bona, bitte sprechen wir über etwas anderes.« Also schneiden wir gröbere Allgemeinheiten an. Unsere Leben nach der Trennung, unsere aktuellen Lebensumstände, zwischenzeitliche Beziehungen und so weiter. Obwohl der letzte Punkt gar nicht so leichtfällt, wie man denken könnte. Denn so ganz ehrlich sind wir beide nicht. Wir erzählen uns nicht all unsere Liebesgeschichten, all unsere leidenschaftlichen Nächte ohne einander. Ich denke, das ist natürlich, und es ist auch nicht weiter wichtig. Wir verstehen uns doch sonst so gut. Bona ist wieder näher gerückt, lehnt mit ihren Armen am Tisch. Die Vergangenheit liegt hinter uns und wir arbeiten an unserer Gegenwart. Sie spricht über ihren neuen Job, den neuen Hund, die neue Wohnung. Ich bin ein guter Zuhörer, ein guter Freund. Einer von der Sorte, die nicht unterbricht. Ihr aber ab und zu einzelne Worte oder kleinste Fragen zuwirft, um ihren Gesprächsfluss nicht ins Stocken geraten zu lassen. Immer wieder einen neuen Ast in das bereits brodelnde Lagerfeuer werfen. Einen nach dem anderen, und beobachten, wie es lodert.
Da ist es wieder,
dieses Gefühl.
Da ist es wieder, von einem Moment auf den anderen spüre ich diese schlechte Energie. Die nicht definierbar, nicht greifbar ist. Ich fühle mich beobachtet. Ein Gefühl, das ich heute schon die ganze Zeit spüre. Dieser gewisse Mantel, der sich über die Stadt, über all die Leute und über mich

legt. Also lasse ich meinen Blick durch das Lokal schweifen. Da ist es schon wieder. Ich werde beobachtet, zumindest fühlt es sich so an. Genau wie vorhin am Flughafenkiosk. Diesmal starrt mich aber die Frau am Tisch neben der Theke an. Erneut ist es dieser festgefahrene, entsetzliche Blick tief in mich hinein. Obwohl es da tatsächlich nicht so viel zu sehen gibt in meiner Seele. Trotzdem versuchen da heute wohl alle irgendetwas zu finden. Und sie sieht so herzlos aus. Wie eine eiskalte Businessfrau, eine erbarmungslose Chefin, eine strenge Lehrerin. Wie der Albtraum eines jeden mit Mutterkomplex. Das kann doch kein Zufall mehr sein, denke ich mir. Schon zum zweiten Mal innerhalb weniger Stunden. Ich denke nach, doch es bringt nichts. Ich warte, ich warte und ich warte, bevor ich noch einmal in ihre Richtung schaue. Doch die fremde Frau starrt mich weiterhin an. Sie sitzt allein, und ihre Augen tun mir weh, meine Augen tun mir weh, alles tut weh. Mein Kopf arbeitet an der Bewältigung dieser Situation, mein Körper reagiert bereits. Die Hand fängt wieder zu zittern an, während ich zum Bier greife. Und ich habe versprochen, während dieses Gesprächs komplett ehrlich zu Bona zu sein. Also bitte ich sie, nach rechts zu dem Tisch zu blicken, *ob sie es auch sieht.*
»Die blonde Frau«, hauche ich.
Ob sie diesen Blick auch spürt, *oder ich etwa schon nach ein paar Stunden in dieser Stadt komplett irre geworden bin*, frage ich. Und ich frage es so, dass ich wohl wirklich ein bisschen irre wirke. Bona kennt mich, sie weiß, wie sie zu reagieren hat. Sie dreht sich nur dezent in die Richtung der Frau, über ihre Schulter. Und sofort auch wieder zurück zu mir.
»Komm schon. Ein kleiner Flirt. Ein bisschen penetrant. Ja. Ein älteres Semester. Ja. Ist doch süß. Soll ich es sagen. Dass

wir kein Paar sind. Also nicht mehr«, und sie zwinkert mir zu. Doch mir ist gerade nicht danach. Ich habe eine Krise, drohe, wieder in alte Muster zu fallen. Die blanke Panik erfüllt mich, aber warum, ich sollte doch keine haben. Es ist alles gut, ich sitze doch hier mit meiner alten Freundin, meiner ehemaligen Geliebten. Bei einem Bier, was kann es Schöneres geben, was gibt es Schöneres, es ist so schön, ist es denn schön? Mein Blick schweift wieder zu Bona, die mir mein Unwohlsein ansieht. Sie kennt mich eben schon sehr lange. Mit der einen Hand greife ich nervös an meine Brusttasche zu meinen Zigaretten. Was ich fühle, das ist der Zwanzig-Euro-Schein von Yves. Und er landet am Tisch. Mit der anderen Hand nehme ich einen letzten tiefen Schluck von meinem Bier. Mache eine hilfesuchende Bewegung in Richtung Ausgang zu Bona. Und wir verlassen gemeinsam diesen Ort.

Das zweite Bier, das für Bona bestimmt war, bleibt voll.

Wir stehen also ruckartig auf und gehen los. Auf dem Weg zur Erleichterung spüre ich aber weiterhin den stechenden Blick der blonden Frau. Kurz wage ich es, ihn zu erwidern. Die Medusa zwingt mich zum Halt. Wie versteinert stehe ich vor ihrem Tisch. Bona ist ein paar Schritte vor mir.

»Was wollen Sie?«, frage ich.

Die blonde Frau bleibt ruhig.

»Wer sind Sie?«, frage ich.

Die blonde Frau bleibt ruhig, und ihr Blick bleibt auf mir haften.

Ich würde sie so gerne an den Schultern packen und durchrütteln. Doch ich darf auf gar keinen Fall handgreiflich werden. Ich bin sowieso vorverurteilt mit meinem Aussehen. Polizeisprecher beschreiben Leute wie mich gerne als

Mann südländischer Erscheinung. Und man darf dieses vorgegebene Bild nicht noch mehr füttern.
Doch jetzt ist es zu spät.
Und ja.
Die Leute im Kaffeehaus sehen mich an.
Die blonde Frau sieht mich an,
und sie ist auch nicht mehr ruhig,
sie fragt mich sanft: »Entschuldigung. Brauchen Sie Hilfe.«
Stille.
»Einen Arzt. Suchthilfe. Psychiatrie.«
Und meine Augen weiten sich. Ich frage mich, welches Spiel mit mir gespielt wird, was passiert hier. All meine Konzentration ist dem akuten Moment gewidmet. Das Atmen fällt mir dadurch schwerer, und ich finde auch keine Antwort. Also stürme ich aus dem Kaffeehaus. Draußen zünde ich meine Zigarette an und atme den Rauch ein. Das liebliche Gesicht von Bona bewegt sich, zusammen mit ihren Lippen. Doch ich höre nichts. Ich bin gefangen in einem luftleeren Raum. Seit wenigen Stunden in Wien und es nagt schon an mir. Liegt es an mir, bilde ich mir etwa Dinge ein? Bin ich so geschädigt, traumatisiert von dieser Stadt, dass ich für meine Panik selber verantwortlich bin? Dumpf, alles ist dumpf und still. Doch es tut sich so viel in mir. Meine Zellen überarbeiten sich gerade jetzt in diesem Moment. Ich hatte es den ganzen Tag ausgehalten, die Attacken von mir ferngehalten. Wieso gibt meine Hülle jetzt nach? Mein Hemd habe ich mittlerweile zur Hälfte aufgeknöpft. Ich ringe nach Luft, paradox, dass ich im nächsten Moment einen neuen Zug von der Zigarette nehme. Ich versuche an etwas anderes zu denken, die Panik beiseitezuschieben. An meine Familie vielleicht,

an schöne Kindheitserinnerungen. Doch dann denke ich wieder an den Kontext, an die Stadt, in der diese Momente entstanden sind. Und die Angst frisst mich auf. Alles dreht sich, ich hocke auf dem Gehsteig. Die Panikattacke lässt mich nicht los, noch nicht. Es hämmert und hämmert in meinem Kopf. Die Augen sind geschlossen. Ich kneife sie so heftig zu, dass sie drohen, nie wieder aufzugehen. Beide Hände vors Gesicht geschlagen, so hocke ich da. Die Zigarette zwischen meinen Fingern qualmt, der Rauch hüllt mich ein. Ich helfe mir damit nicht, ich kann es aber auch nicht lassen. Ich brauche Hilfe, bitte, ich traue mich nicht, wieder auf die Straße zu blicken. Denn was ich dann sehen würde, wäre doch nur wieder diese Stadt. Ich darf die Angst nicht potenzieren, ich muss mich beruhigen …

»… beruhige dich, alles ist gut«, kann ich Bona hören.

Also öffne ich meine Augen und sehe, dass ihre Stimme wieder mit ihren Lippenbewegungen synchron ist. Sie hockt sich auf meine Höhe, berührt meine Schulter und sagt: »Atme. Beruhige dich. Alles ist gut.« Neben ihr, da ist ein kleiner Vogel, auch er sieht mich an. Sagt mir, dass alles gut sei, und ich starre wieder tief in Bonas Augen. Für den Bruchteil einer Sekunde bleibt alles stehen. Der Mann mit Anzug an der Kreuzung, die schwangere Frau auf der anderen Straßenseite, die umherlaufenden Kinder, der Wind, die blonde Frau, Bona und ich. Und die blonde Frau, die blonde Frau, die blonde Frau. Ich höre mein Herz wieder heftiger, intensiver schlagen. Doch dann spüre ich die Hand von Bona, sehe ihre Lippen, ihre Augen. Und fokussiere mich auch nur noch auf sie. Atme ruhiger, gleiche mich ihr an. *Nur die Ruhe*, *nur die Ruhe*, *nur die Ruhe*, denke ich mir, aber ich spreche es nicht aus. Die Vorgänge in meinem Körper regulieren sich. Meine Brust hebt sich wieder langsamer, senkt sich wieder langsamer. Die Panik scheint besiegt, vorerst, und der Vogel ist verschwunden. Wir stehen auf, beschließen, ein wenig spazieren zu gehen, ohne etwas zu sagen. Wenige Straßen weiter trennen sich unsere Wege. Nachdem Bona natürlich ein-, zwei-, dreimal sichergegangen ist, dass ich wieder funktioniere, allein.

»Bis heute Abend«, sage ich.

»Bis heute Abend. Grüß Dion von mir. Oder lieber nicht. Pass auf dich auf«, erwidert Bona. Gibt mir einen Kuss auf die Wange. Verschwindet am Horizont. Nach all diesen kontaktlosen Jahren sehe ich sie heute zum ersten Mal und erlebe gleich als Erstes eine Panikattacke. Perfektes Timing, denke ich mir im nächsten Moment, in dem mich die Scham ereilt.

Der Himmel öffnet sich. Das Novemberwetter schiebt sich zur Seite. Und ich scheine mich wieder beruhigt zu haben. Ich spüre, dass mein Bein zittert. Merke, dass es doch nur meine Hosentasche ist, in der es vibriert. Eine SMS von Dion, der wirklich noch immer SMS schreibt. Er nennt mir nur den Namen einer Bar, und ich weiß bereits über alles Bescheid. Gestern Abend hatte er sich schon bei mir gemeldet. Schon angekündigt, dass wir unbedingt ein paar Biere trinken müssten, wenn ich in der Stadt bin. Wodurch er sich verraten hatte, dass er über meine Einladung Bescheid wusste. Wir werden also ein bisschen was trinken. Dann gemeinsam zu dem Dinner gehen. Das mit Marie müsste ich ihm noch erklären, fällt mir ein, aber das wird sich arrangieren lassen.

Ich treffe ihn an einer Straßenecke nahe der Mariahilfer Straße, gleich bei unserer alten Bar. Hier verabschiedeten wir uns früher sehr gerne von der Realität. Stiegen in eine zweite, sehr viel dunklere Parallelgesellschaft ab. Also stehe ich vor den Toren dieses Orts. Der damals wie heute gleich heißt. Und doch hat sich im *Bukowski* in den letzten Jahren so einiges getan. Während ein Umstand immer gleich blieb, und auch immer gleich bleiben wird. Die Menschen, ob unschuldig oder sündig, sie kehren ein an Orten, wo

alkohol essen seele auf.

Es lässt sich nicht aus meiner, nicht aus unserer Vergangenheit löschen. Es war ein Teil unserer Leben. Dion und ich begaben uns an Orte unseres Innersten, an die man nur mit ausreichender Betäubung gelangt. Flecken, die es zu vermeiden gilt, oft. Doch wir liefen blind darauf zu.
Diese Bar, wir fühlten uns hier zu Hause. Wärmten, säuberten uns im Bad des Vergessens und Vergessenwerdens. Eher ein Dampfbad, der Rauch der unzähligen Gauloises stand an der Decke. Durch den Nebel hindurch war es aber doch ein magischer Ort. Wie es nur dort sein konnte, wo sich alle einig waren. Es ein gemeinsames Ziel, einen informellen Pakt gab. Nämlich jenen, dass alle Versammelten dort doch nur diese Nacht überleben wollten. Und zugleich alles Mögliche taten, um dem Ziel entgegenzuwirken. Die Abfolge war oft *Kreisky*, danach *Bukowski*. Oder eben nur *Bukowski*. Eigentlich egal, diese Saufsubkultur war überall dieselbe. Es war kurios, kein Abend glich dem nächsten. Es war eine intensive Periode, ich weiß nicht, wie wir sie überlebt haben. Wir konnten zu zweit begin-

nen und sprachen am Ende mit dem halben Lokal. Immer frische Gesichter, dazwischen die bekannten Gestalten. Trotzdem, hier hat man sich wiedererkannt. Aber ob es in der echten Welt, untertags, auch möglich war? Da war sich keiner so sicher. In freier Wildbahn lebt es sich anders als in der Grotte.

Und ich sehe die Bar vor mir, ein Polaroid vergessener Zeit, ich sehe diese Aufnahme, die die Bandbreite erahnen lässt, wenn man also die Kinder sieht, die zu schnell zu viel in sich schütten, einer von ihnen unter den Tisch gebückt, kurz davor, seinen Mageninhalt mit dem Rest der Bar zu teilen, ich sehe die beiden Jungs, die wieder und wieder gemeinsam auf die Toilette verschwinden, die dabei denken, sie seien diskret, sie sind eben naiv, dann die hübsche Frau an der Theke, die genervt versucht, sich aus einem Gespräch mit einem penetranten Volltrunkenen zu winden, und daneben eine andere junge Frau, die dasselbe Spielchen spielt, doch mit vertauschten Rollen, ich sehe den bärtigen Mitvierziger, der von all der Unruhe nichts mitbekommt, der lediglich still sein Bier inhaliert; am Tisch daneben die zwei Freundinnen, die sich auf den neuesten Stand bringen, sich seit Langem endlich wieder auf einen weißen Spritzer treffen, da Freundin I nach Japan gezogen ist, während Freundin II sich in Wien mit ihrem langjährigen Freund verlobt hat, und sie warten außerdem auf Freundin III, die ihren neuen Liebhaber vorstellen will, der gerade durch die Türe kommt, ein großer, durchtrainierter, heller Mann mit Tätowierungen und Nasenring, und Freundin I tuschelt Freundin II zu, dass er Brasilianer sei; drei Tische weiter, in der Ecke, sitzen vier kräftige Männer noch im Baustellendress, die die Trinkerei fast schon disziplinär betreiben,

sich innerhalb kürzester Zeit jede einzelne Synapse ausschalten, um zweiundzwanzig Uhr bereits im Bett liegen und um sechs Uhr morgens wieder auf der Baustelle stehen; konträr dazu das ruhige Studentenpärchen am anderen Ende der Bar, die still an ihren Bachelorarbeiten sitzen, ihre Geräte aufgeklappt, leere Kaffeetassen, ein kleines Bier daneben, um den produktiven Abend abzurunden, und später würden sie vermutlich am Nektar der Lust naschen, aber ziemlich geschmacksarmen und äußerst handzahmen Sex miteinander haben; ich sehe den harmlosen Kleindealer direkt am Eingang positioniert, keiner verscheucht ihn, er gehört hier dazu, er ist mit allen befreundet und versorgt die beiden Jungs, die ständig auf die Toilette verschwinden, nur zu gerne, denn sie haben absolut keine Ahnung von aktuellen Kursen, also kann er sie stets gepflegt draufzahlen lassen; ich sehe auch den Sicherheitsmann, der auf und ab geht, vermeintlich für Sicherheit sorgt, doch eigentlich nur laute Menschen wegweist, gerne selber in der Arbeitszeit trinkt; und ich sehe andere Gestalten, die jenen Schablonen gleichen, und genau dort, inmitten dieser Karikaturen, sehe ich Dion und mich, an der Theke, direkt vor dem befreundeten Barkeeper, der stets alles andere als gute Laune versprüht, genau da sitzen wir beide und füllen die kleinen Rillen, die kleinen Hirnwindungen in unseren Schädeln, bis sie so voll sind, dass unsere Neuronen schon kleine Rettungsboote bräuchten, um auch nur ansatzweise ihrer Arbeit nachgehen zu können.
Hier mischten sich diese Gesichter tagtäglich, und dann wieder nicht. Der Spiegel verdunkelte den Bereich unter der Schädeldecke. In dieser Phase, wie immer würde ich es nur eine Phase nennen. Dieser Moment des völligen Ausset-

zens zog sich aber doch so lange. So lange, dass man Menschen vergessen hatte, verdrängt hatte. Natürliche Selektion. Das Sieb in meinem Kopf behielt doch einige wenige. Bei dem ganzen Gemisch, an diesen ganzen Abenden, da blieb manchmal etwas haften. Einzelne Trinkorgien, einzelne Schlägereien, einzelne Tränenexzesse. Oder eben einzelne Menschen, wie

aylin.

Ständig hier ineinandergelaufen. Richtig miteinander geredet aber erst beim fünften, sechsten Mal, als wir uns am Tresen sahen. Immer neue Tattoos auf ihrer braunen Haut. Sie war so kühl, so hart. Mit harmlosen Stirnfransen. Sie stand da, spielte am Nasenring und rauchte Zigarette um Zigarette. Damals konnte man noch drinnen rauchen. Ein Traum. Ich stand neben ihr, rauchte auch. Fragte sie, ob wir uns setzen wollen. An einen kleinen, überschaubaren Tisch in der Ecke. Und auf einmal sprachen wir so offen, so ehrlich, entkleideten unsere Seelen. Legten unsere Kleider auf den Tisch und unterhielten uns. Stundenlang. Aufgewachsen in Niederösterreich mit türkischen Wurzeln war es schwer genug, außerhalb der eigenen vier Wände geduldet zu werden. Weil sie mit Frauen schlief, war dies sogar innerhalb der eigenen vier Wände schwierig. Dort, wo sie sich wohlfühlen sollte. Immer nackter an diesem rauchumhüllten Tisch. Dann sagte sie, sie schlafe nicht nur mit Frauen. Und wir gingen in ihre Wohnung in der Neustiftgasse. Rauchten die Restkrümel ihrer Grasreserven auf und schliefen miteinander, ein-, zwei-, dreimal. Eine körperliche Erfahrung, die ich bis heute nicht beschreiben kann. Der beste Sex meines Lebens. Diese mysteriöse Frau. Danach rauchten wir eine, zwei, drei Zigaretten. Nur in unserer Unterwäsche saßen wir auf ihrem Sofa. Und plötzlich sprach sie noch offener als zuvor.

»Wir schaffen das nicht«, sagte Aylin also, während ich meine Hand auf ihren nackten Oberschenkel legte. »Was schaffen wir nicht?«, fragte ich.

»Um genau zu sein. Du schaffst das nicht«, dabei nahm sie meine Hand von ihrem Bein, hob sie hoch, warf sie auf das Sofa. »Was schaffe ich nicht?«, fragte ich.

»Mich. Mich schaffst du nicht. Ich bin nicht einfach. Ich komme als komplexes Paket. Borderline. Depressionen. Nenn es. Ich habe es. Alles in einer Person. Das schaffst du nicht«, und ich fuhr mit meinen Fingerspitzen über das raue Sofa, dachte über meine nächsten Worte nach. »Ich bin auch keine einfache Person, ich kann für dich da sein, wenn du das möchtest, ich glaube sogar, ich würde sogar behaupten, ich würde es schaffen, ich würde dich schaffen«, versprach ich. Und Aylin nahm meine Hand, legte sie wieder auf ihren nackten Oberschenkel. Dabei ließ sie mich nicht los, hatte mich fest in ihrem Griff.

»Ich glaube nicht. Ich möchte es auch nicht probieren. Es tut wahrscheinlich zu sehr weh«, und sie schob meine Hand immer mehr in Richtung ihres Geschlechts. »Ich schaffe das«, sagte ich.

»Lass es. Bitte. Versuchen wir es nicht«, meinte sie und führte meine Hand unter ihre seidene Unterwäsche.

»Es hat sich doch gut angefühlt, richtig angefühlt«, sagte ich und fing an, sie zu massieren.

»Das stimmt. Der Sex. Die Körper. Ein gutes Gefühl«, erwiderte sie und ließ mich nicht los, während ich an ihr

rieb, zärtlich und bestimmend. Doch eigentlich nur von ihr selbst bestimmt.
»Ich habe das Gefühl, dass ein *aber* folgen wird«, sagte ich.
»Das stimmt. Der Geist. Die Psyche. Kein gutes Gefühl«, sagte sie leise und ihre Hand wanderte unter meine Unterhose. »Und jetzt?«, fragte ich und spürte, wie sich ihre Finger zwischen meinen Beinen auf und ab bewegten.
»Ganz einfach. Jetzt schlafen wir miteinander«, antwortete Aylin, mit ihrer Hand um meine, und meiner Hand an ihrer empfindlichsten Stelle. Dort, wo wir uns trotz aller Umstände nicht wehtun konnten. Zumindest nicht in dieser Nacht.

Auch sie habe ich in den letzten Jahren aus den Augen verloren, obwohl ich sie gerne sehen würde. Heute jedoch ist es zu gefährlich, so emotional aufgewühlt wie ich doch bin. Ich hoffe, es geht ihr gut. Vor Kurzem erst hatte ich ein Video gesehen. Von ihrer Indie-Band, die sie mit ihrer Mitbewohnerin gegründet hat. Es klang gut, sah schön aus und war wohl erfolgreich. Also freue ich mich für sie und hoffe, sie eines Tages wieder zu sehen.
Also, dieser eigene kleine Mikrokosmos. In dem sich alles Bizarre angezogen hat. Der uns verschluckt hat. In diesen hemmungslosen Nächten, in denen wir uns alle immer nur in derselben Bar trafen. Derselben hochprozentigen Wolke, wo wir, im Gegensatz zu anderen Orten, stets willkommen waren. Und wie bei Extremen jeglicher Richtung verloren sich auch in diesem kleinen Biotop alle immer mehr in diesem Strudel. Der schnell zur Obsession wurde. Die bald nicht nur Nacht, sondern auch Tag einnahm. Ich konnte mich befreien, Dion blieb. Heute bin ich nüchtern, nicht

ganz. Aber zumindest relativ drogenfrei. Und ich spiele auch kein Promillebingo mehr so wie früher. Säße ich heute in einer Bar mit denselben Leuten, würde ich mich wegsetzen. Zumindest denke ich das, trotzdem trinke ich schon seit Stunden. Und das war also unser Leben für ein, zwei Jahre. Wien hat uns wohlwollend in die Arme genommen, uns von links nach rechts geschaukelt. Uns schöne Sachen ins Ohr geflüstert. Anschließend ganz tief mit beiden Händen in die Magengrube hineingepresst. Durch alle Hautschichten, durch das Gewebe, direkt in den Bauch des hungrigen Biests. Und die alkoholgetränkten Straßen nahmen den Rest auf, konservierten ihn für die nächsten Generationen. Wie es auch schon vor unserer Zeit gewesen war. Das ist es nämlich, was immer bleiben wird. Was immer weitergegeben wird. Was bleibt einem hier anderes übrig als das Saufen.

Die Zigarette in meinem Mundwinkel besteht zu drei Viertel nur noch aus einem puren Aschestängel. Der meine Lippen zu verbrennen droht. Während ich so an der Straßenecke stehe, da brennt mich die Asche also wieder zurück in den Moment.
Und am selben Ort treffe ich nun

dion.

»Es wurde ein Hemd«, fragt er mich aus der Ferne. Er kommt auf mich zu, nimmt dabei einen letzten Zug von seiner Zigarette. Schnippst sie weg. Ich denke dabei kurz an die Umwelt, er nicht.
»Eine gute Gelegenheit für ein Hemd, oder nicht?«, antworte ich.

Er legt seinen Arm um meine Schulter, als ob alles wie früher wäre. Er macht dasselbe wie Yves vorhin, denke ich. In dieser Position, da schiebt er mich in Richtung der Absturzpforte. Irgendwie beklemmend, diese paar Schritte, und wenige Meter weiter stehen wir schon vor der Tür der Bar. Dann lösen wir uns voneinander. Und lassen uns wieder in diesen Ort fallen, an dem wir einst so viele Stunden verbrachten, viele würden sagen verschwendeten. Wie früher setzen wir uns nicht an einen Tisch, sondern direkt an die Bar. So war es normalerweise, so machen wir es auch heute. Aber was ist denn schon normal? Und jetzt sehe ich also das Innere des Lokals, den Inhalt, und hier ist es traurig. Wir sind die einzigen Gäste, es ist fast beschämend. Vielleicht ist es einfach noch zu früh. Eigentlich auch keine gute Ausrede, aber okay. Trotzdem, etwas fehlt. Den dreckigen Glamour vermisst man. Dem Rauchverbot verdankt man nun den Geruch nach abgestandenem Bier. Der Boden klebrig. Der Barkeeper, ein anderer als früher, bleibt jedoch lustlos. So sitzen wir da, wie wir es immer taten, unbequem. Zuerst sehen wir uns an, dann den Barkeeper und sagen zeitgleich *Gin Tonic*. Kurz entlockt mir das ein kleines Lächeln.

»Das Ende. Die Apokalypse. Scheiß-Stimmung hier. In Wien«, sagt Dion, während wir anstoßen. Und das Lächeln ist wieder weg. Er wählt diesen harten Gesprächseinstieg, er wirkt dabei auch nicht ängstlich, sondern zufrieden. Nein, auch nicht zufrieden, sondern eher friedvoll und in sich gekehrt. Dann frage ich mich, was ich denn erwartet hatte. Immerhin spreche ich gerade mit Dion. Und er ist derselbe wie früher.

»Nicht nur in Wien, überall auf der Welt«, antworte ich. Eine überspitzte Antwort auf seine überspitzte Aussage.

Einfach die Gesprächsrichtung auslöschen. Damit wir wieder sanftere Themen tangieren, uns ausgleichen. Ein Fehler, Dion lässt seine Augen von dem Tisch auf mein Kinn wandern, zu meinem Mund und tief in meine Augen.

»Du verstehst es nicht«, sagt er, holt die kleinen Blättchen, die Filter und den Tabak aus seiner Jackentasche. Legt die Utensilien fein säuberlich auf den Tresen. »Du verstehst es nicht. Zumindest nicht ganz. Hier herrscht diese Stimmung. Ein wichtiger Tag. Wichtige Tage. Die Retrospektive. Sie wird uns das zeigen. Wie wichtig das ist. Bevor alles vorbeigeht. Das Ende.«

»Dion, von welchem Ende sprechen wir, komm schon, weihe mich doch ein, dann kann ich mir noch einen leeren Bunker suchen«, sage ich, und es amüsiert ihn nicht, »Also bitte. Unterbrich mich nicht. Dann sage ich es dir«, antwortet er.

Und er schluckt kurz noch etwas von dem Hochprozentigen. Und er hustet kurz, es zieht sich, in ein scheinbar endloses Husten.

Und endlich erzählt er weiter, steckt sich zuvor einen kleinen Filter in den Mundwinkel.

»Ich spreche von Wien. Von dieser Stadt. Sie geht zugrunde. Zieht alle mit sich hinunter. Alle. Die noch nicht weggezogen sind. Viele Leute sind am Boden. Dachten, wünschten, sie würden es zu etwas bringen. Ihr größter Fehler war jedoch immer, hierzubleiben. Die Menschen. Benehmen sich schlechter. Sehen schlechter aus. Die Stadt entführt unsere Träume. Sie entführt unsere Träume. Sperrt sie ein. Kettet sie an einen Operationstisch. Skalpiert sie. Lässt sie ausbluten. Ja, genau so. Wie ein schrecklicher Horrorfilm. Wie in diesem Drecksfilm. Wie heißt der noch mal. *Hostel* oder so. Genau so. Unsere Träume werden entführt. An reiche

Arschlöcher verkauft. Die damit anstellen können, was sie wollen. Jeder Traum wird gefoltert. Einzeln. Langsam. Dass jeder Mensch es auch mitbekommt. Wie die Blase platzt. Und du bist so dumm. Wirklich, so viel dümmer, als ich dachte. Du bist tatsächlich wieder hierhergekommen.«

Ich muss schlucken. Nicht den Gin, nicht das Tonic. Sondern diese schrecklichen Bilder, die er gerade malt. Ich kann nur hoffen, dass da der Alkohol aus ihm spricht.

»Du bist wohl schon betrunkener, als ich dachte, woher kommen denn diese drastischen Bilder, Dion? Was ist los, ich dachte wir trinken gemeinsam was, reden über alte Zeiten, und nicht, dass du Weltdepressionen noch weiter fütterst«, sage ich. Versuche ich das Blatt zu wenden. Irgendwie dieses Treffen zu retten. »Tu jetzt nicht so. Ich übertreibe natürlich. Du kennst mich. Im Kern aber, da sage ich die Wahrheit. Alle Menschen wollen einem das Schlechteste. Wenn es gut läuft. Wirft jemand ein Auge auf dich. Es geht wieder bergab. Keiner gönnt es einem.«

Irgendwo verbergen sich kleine Wahrheiten in seinen Sätzen, die ich fühlen kann. Aber aus Prinzip, weil es Dion ist, werde ich ihm in dieser Bar kein einziges Mal recht geben. Er zieht ein kleines weißes Blättchen aus der Kartonpackung, auf der *Marie* geschrieben steht. Hält es zwischen zwei Fingern, den Filter noch im Mundwinkel. Er belädt das Paper, und damit sich selbst mit immer mehr, während wir hier so sprechen.

»Weißt du. Ich hatte letztens einen guten Lauf. Ich habe wieder angefangen. Ich bin wieder zurück. Habe meinen Sinn gefunden. Dachte ich. Auf jeden Fall. Ich habe es wieder getan. Ein Buch. Ich habe wieder eines geschrieben«, sagt er.

Oh Gott, denke ich.
»Genre?«, frage ich.
»Kriminalroman. Nicht zu fassen. Ich bin wieder zurückgekehrt. Zu meinen Wurzeln.«
Wurzeln, ich denke über dieses Wort nach. *Du schreibst schon immer Kriminalromane, du hast nie etwas anderes geschrieben*, denke ich mir, *außerdem kehrst du da zu deinen verrotteten Wurzeln zurück, die eigentlich herausgerissen gehören, Dion.*
»Ich hatte einen guten Lauf. Ich fing an. Konnte nicht aufhören. Es war – «, unterbricht er sich selber, um gleich noch einen Gin Tonic zu bestellen. Er hebt also die freie Hand, bestellt Nachschub, spricht weiter. »– magisch. Es war wunderschön. Die Muse hat mich geküsst. Ich habe sie umschlungen. Nicht mehr losgelassen. Innerhalb von wenigen Tagen. Der Roman. Innerhalb einer Woche. Komplett fertig. Glaubst du das?«, und er lacht, also schmunzle ich auch. Denn ein bisschen bin ich glücklich, wenn er arbeitet. Das bedeutet nämlich zumindest ein wenig Sicherheit für ihn. »Dreihundert Seiten. Wahnsinn. Nicht wahr. Absoluter Wahnsinn. Dreihundert Seiten. In unter einer Woche. Das war vor einem Monat. Ich habe es dann meinem Verlag geschickt. Du weißt eh. Dieser Verlag. Mit dem schicken Büro im ersten Bezirk.«
»Der war mir nie sympathisch, also dein Verleger, Dion, die waren schon immer fragwürdig, ich habe auch schon ein paar Geschichten gehört.«
»Mir doch auch nicht. Null. Kein bisschen. Sympathie kennen sie dort nicht. Im ersten Bezirk. Gar nicht. Ich mochte die nie. Aber sie haben mich bezahlt. Also schicke ich ihnen den Roman. Willst du sie wissen? Die Reaktion?«

»Kein tosender Beifall, kein berauschender Applaus, keine weiteren Jobangebote?«

»Ich wurde rausgeworfen. Gefeuert, einfach so, Vertrag gekündigt. Der Verlag möchte nicht mehr mit mir arbeiten. Schluss. Das Ende. Kein Verlag, kein Roman, kein Geld. Diese Scheiß-Stadt kriegt uns eben alle«, flucht er und dabei schüttelt er seinen Kopf so heftig, dass mir ein bisschen schwindelig wird beim Zusehen. Er schüttelt ihn so heftig, dass der Filter aus seinem Mund zu fallen droht. Doch er schafft es, an Ort und Stelle zu bleiben. Er wartet auch noch darauf, seinen Zweck zu erfüllen. Und während ich das denke, zieht ihn Dion zwischen Zeigefinger und Daumen aus den Lippen. Schwingt ihn in der freien Hand durch die Luft. Und erzählt weiter. »Sie reden Unsinn. Billige Ausreden. Ich sei nicht kooperativ genug. Meine Trinkerei, sie würde mich unfähig machen. Zu einem unfähigen Arbeitspartner machen. Weißt du, also, was ich sage. Ich bin Künstler, kein Arbeitspartner.« Und Dion hat Koordinationsprobleme, zum ersten Mal, scheint es. Er legt also das Blättchen auf die Theke, steckt den Filter wieder in den Mund. Fängt mit beiden Händen an, den Tabakbeutel aufzureißen. »Ist das so heiter aus dem Nichts auf dich zugekommen, gab es wirklich keine anderen Umstände, keine Begebenheiten, die dazu führten, sei ehrlich, erzähl, Dion«, sage ich und weiß eigentlich, dass es dafür sicher mindestens fünfzehn Gründe gegeben hat.

»Na ja. Mir würde nichts einfallen. Nichts Relevantes. Natürlich gab es ein paar Feiern. Feuchtfröhliche Feiern. Ich und Alkohol. Eine Liebesgeschichte, nein, eine Dramödie. Aber weißt du. Sie beenden die Zusammenarbeit mit mir. Den sie Alkoholiker nennen. Sieh sie dir doch mal an. Auf ihren Schickimicki-Feiern. Das Nirvana. Das ist da nur die erste Haltestelle. Der erste Ort, an den sie sich schießen. Die sind drauf und dran, Leute auszunehmen. Immer auf der Lauer. Aasgeier. Drauf und dran. Hauptsächlich drauf«, erzählt er. »Dion, komm schon, du kannst es mir erzählen«, hake ich nach.

»Ehrlich. Es gab nichts. Also. Vielleicht, nur vielleicht, hat ein Abend etwas damit zu tun. Dieser Abend. Er diente einer Feier. Des neuen Dreckromans. Eines jungen Arschlochs ohne Erfahrung. Weißt du, wen ich meine? Du weißt es. Keine Lebenserfahrung. Aber schreibt über alles, als ob er es kennen würde. Also. Ich bin auf dieser Feier. Sehe ihn. Mir vergeht schon die Lust. Sofort, beim ersten Blick. Okay. Zeitsprung. Eine Stunde später. Ich hatte fünf Drinks, vielleicht sechs. Hab ihm meine Meinung gesagt. Er antwortet. Etwas Süffisantes. Arschloch. Alle rundherum lachen mit ihm. Arschlöcher. Dann habe ich ausgeholt. Nicht im Argument, sondern mit dem Arm. In Zeitlupe. Ich habe ihm die Chance gegeben. Wie gesagt. Ein Junge. Ein Arschloch. Ohne Lebenserfahrung. Also ist er geflogen. K.O. Ein sauberer Schlag, alles war fair.«

»Ein Mal –«

er klatscht kurz in die Hand

»– und er lag da.«

Ich strecke zwei Finger in die Luft. Signalisiere dem Barkeeper, dass wir mehr Gin Tonics bräuchten, und antworte: »Dion, ist der Junge nicht achtzehn oder neunzehn?«

»Ist doch egal. Legal. Auf dem Papier, da ist er erwachsen. Also. Er lag am Boden. Lange, sehr lange. Ein wenig zu lange.«

»Sag nicht, dass du ihn …«

»Nein. Nein. Also. Ich glaube nicht. Die Rettung wurde gerufen. Er lag zu lange. Wie gesagt. Ein wenig geblutet. Ich schätze, es geht ihm gut. Keine Mordanklage bisher. Auch nichts mit Totschlag. Es geht ihm gut. Bald kommt sicher neuer Dreck, der überall gefeiert wird. Dann bringe ich ihn wieder zu Boden«, sagt Dion und greift einen Tabakklumpen. Zwischen seinen Fingern zerfasert er ihn. Er beginnt, alles auf dem Blättchen zu verteilen. »Der Verlag. Die standen echt hinter dem. Nicht hinter mir. Gibt es so was. Loyalität«, pfeift er durch die Mundöffnung, den Filter noch dazwischen. »Großes Theater. Das habe ich gemacht. Sie auf die Probe gestellt. Entscheidet euch. Es ging schnell. Die Entscheidung. Kennst du die schwarze Liste? Dachte immer, der Scheiß ist ein Mythos, eine Urban Legend. Die gibt es einfach wirklich. Ich bin darauf gelandet. Wer hätte das gedacht. In Wien. Kein Verlag mehr. Niemand. Schwarze Liste. Keine Chance. Ich sage es dir doch. Sie fressen dich. Deine Freunde im einen. Deine Feinde im nächsten Moment. Das macht die Großstadt. Alle denken an das eine. An sich selbst.« Dion streicht mit dem Finger über den verteilten Tabak im Blättchen. Bringt ihn in Form. Steckt den Filter ans Ende und lässt das Zwischenkonstrukt auf der Theke liegen. Wir stoßen an, *tchin*, *tchin*, und ich denke über seine Worte nach. Lieber sage ich ihm nicht, dass es eventuell auch an der Qualität seiner maximal mittelmäßigen Romane liegen könnte. Dass so ein Zwischenfall dem Verlag und den Beteiligten nur zugutekam. Dass sie dann endlich einen guten Grund hatten, ihn sofort fallenzulassen. Ich sage ihm nichts davon. Ich hoffe, trotz der fast unmöglichen Lesbarkeit seiner Werke, dass er das Ruder noch herumreißen kann. Vielleicht einfach Selfpublishing oder so etwas. Oder irgendein kleiner Verlag. Es werden doch immer und überall Krimis gekauft. Irgendein dümmlicher Abnehmer wird sich schon finden. Ich hoffe es für Dion, und ich betrauere schon einmal die künftige Leserschaft. Er trinkt weiter, starrt auf die halbfertig gedrehte Zigarette. Sein entzündbarer Atem droht sich zu einem grellen Feuerball zu wandeln. Was würde erst geschehen, wenn er sie in den Mund steckt, sie anzündet. Und er setzt an, um seinen einnehmenden Monolog zu Ende zu führen. Immerhin, was er nicht schafft, aufs Papier zu bringen. Das gelingt ihm in seinen Reden.

»Du. Eine Entscheidung. Du hast sie getroffen. Vielleicht die einzig richtige. Diese Stadt ist so verloren. Du hast sie verlassen, gut gemacht, ich beneide dich. Vielleicht hätte mich das gerettet. Uns gerettet«, noch immer sieht er auf die Zigarette.

»Hegst du also keinen Groll, weil ich einfach so verschwunden bin?«

»Ich beneide dich. Hör mir doch zu. Verdammt. Ich beneide dich. Aber du Idiot bist zurückgekehrt. Narr«, sagt Dion. »Vielleicht. Vielleicht. Wäre es jetzt anders.«

»Das ist Ansichtssache, Dion, für mich war das damals kein großartig geplanter Akt.«

»Nicht geplant? Trotzdem großartig.«

»Es war wohl eher eine natürliche Reaktion, ich habe nicht viel gedacht, sondern einfach gehandelt. Ich weiß nicht, ob ich jetzt besser dastehe als ihr, die in Wien geblieben seid.«

»Vielleicht bist du zu naiv. Vielleicht ist das dein Vorteil. Ein großer Schrottplatz. Diese Stadt. Scheiß auf das. Auf die Leute. Auf mich. Auf dich. Auf uns alle«, und er hebt sein Glas, leert es. Zwischen Zeigefinger und Daumen der linken Hand nimmt er das eine Ende der Zigarette, fragt: »Noch einen?« Ich schüttle den Kopf, winke mit meiner Handfläche ab. Also bestellt er sich selber einen. Nimmt zwischen Zeigefinger und Daumen der rechten Hand das Ende mit dem Filter in die Hand.

»Du hast schwarze Haare. Und braune Augen. Du bist schon verloren«, sagt Dion, und er beginnt, die Zigarette fertigzubauen. Die Einzelteile ineinanderzudrehen. Er lässt sich dabei Zeit. Hier bewahrt er die Ruhe, während sich alles andere in seinem Leben im ständigen Chaos befindet.

»Danke«, antworte ich.

»Das weißt du doch selber. Wieso dann in Wien bleiben. Wieso dann überhaupt noch bleiben. Wo man es spricht. Deutsch. Berlin. Auch nicht unbedingt der Kurort. Heilsam.«

»Dion, lass es, was soll ich denn machen.«

»Deutschland. Österreich. Nicht die größten Anhänger. Von Leuten wie dir«, sagt er und hebt dabei seine Augenbrauen.

»Eine Triggerwarnung hätte jetzt gut gepasst.«

»Ach. Das große Trauma. Dieser Länder.«

»Du brauchst mir nichts davon erzählen, nicht von Sachen, die ich am eigenen Leibe erlebt habe. Und vor allem Sachen, die du nie erlebt hast.«

»Ich meinte es nicht so. Niemals. Respektlos. Dein äußeres Erscheinungsbild. Das meine ich. Südländer. Sagen sie dazu. So passt du überall hin. Ganz Europa. Warum dann dort. Wo man deutsch spricht. Zurückgebliebene Länder. Deutschland. Österreich. Du kannst überall hin. Schwarze Haare. Goldene Ohrringe. Ein Mann von Welt. Geh raus. Geh weg. Tu irgendetwas.« Er fährt mit der Zunge über den Klebestreifen des Blättchens. Dreht alles ineinander. Verklebt die einzelnen Zahnräder dieser schmalen Zigarette. »Griechenland. Wie wäre es damit? Du bräunst dich. Neben dir eine schöne Frau. Süße Kinder. Kleine griechische Gottheiten. Dein Leben wäre schön. Einfacher. Europäischer. Nicht der deutsche Teil Europas. Der globale Teil. Der romantische Teil. Der schöne Teil. Bona ist eine schöne Frau …«

»Nicht über Bona reden, wenn es geht«, unterbreche ich ihn. Warne ich ihn, bevor er weiterspricht. Das finale Produkt seiner handwerklichen Arbeit in der Hand verloren. »Ich meine ja nur. Bona ist eine Schönheit. Leider zerbrochen. Immer noch schade. So ist das Leben. Aber dieses Glück findest du nicht noch einmal. Nicht hier. Sondern an der Urquelle. Nicht hier. Sondern woanders«, sagt er und trinkt seinen letzten Gin Tonic aus. Hält die selbstgedrehte Zigarette vor seine Augen. Betrachtet sein Werk. Schlägt mit der freien Hand auf den Tisch. Und er brüllt in das Lokal: »Gehen wir.«

Es ist eben doch nicht mehr so wie früher. Da war es mir egal, wenn Dion kontinuierlich seine Bitterkeit mit uns geteilt hat. Es war mir egal, weil ich selber bitter und bis zum äußersten Rande betrunken war. Vor der Bar erklärt Dion, dass er etwas Wichtiges in seiner Wohnung vergessen habe und er mich später bei Hubert treffe. Besser so, denke ich. Dann muss ich das mit Marie noch nicht so schnell erklären.

Der Himmel schließt sich, und es beginnt, das

pilgern in den schmerz.

Ich werde jetzt mein Muster brechen, kein Taxi nehmen. Nein, ich fahre wieder U-Bahn. Ich gestatte mir einen Versuch, etwas von dieser Stadt zu spüren. Vielleicht gehe ich nach vorne zum Volkstheater und nehme dort die U2. Oder die U3. Später müsste ich noch einmal umsteigen. Auf jeden Fall brauche ich eine U4 und dann eventuell eine Straßenbahn. Jetzt ist schon ganz klar, es ist so offensichtlich. Dass der Weg in keinem Verhältnis zu dem Schicksal steht, auf das ich zusteuere. Es wartet keine Belohnung auf mich, keine Genugtuung. Nur das Drama.
Ich schreibe Marie, dass wir uns vor Huberts Adresse treffen. Dass ich öffentlich hinfahre. Stecke mein Handy weg, ziehe meine Jacke über mein Hemd. Dann gehe ich in Richtung U-Bahn und mache mich auf den Weg nach Hietzing.
Ich vergesse, eine Fahrkarte zu kaufen. Fällt mir auch erst auf, als ich schon an den Gleisen stehe. Nachdem ich bereits an den Automaten vorbeigegangen bin. Die Rolltreppen runter und an den genervten U-Bahnnutzenden vorbeimanövriert. Nicht wichtig, Kontrolleure in Wien können uns nichts. Die Gleise dieser Linie, sie sprechen eine fremde Sprache. Sie quietschen laut. Die grüne Schrift auf der Digitalanzeige springt von zwei auf eine Minute. Dann auf diesen springenden Stern. Also fährt die Bahn ein, und gleich tauche ich wieder in diese sprichwörtliche Subkultur dieser Stadt ein. Die ich so lange nicht mehr betreten habe. In diesen Untergrundtransport. Und jetzt gehen die automatischen Türen auf. Sie laden mich in den Waggon ein.

Long time no see,
no smell,
no feel.

Hallo,
Wiener U-Bahn,
wo Grau
auf
Rot
und auf so viele Farben
klatscht.

Hallo,
Wiener U-Bahn,
skurrile Gestalt,
mal neu,
mal alt,
so laut
und in manchen Momenten
so still.

Ich setze mich auf einen Viererplatz, der frei ist. Die Hälfte des Wagens ist unbesetzt, also habe ich kein schlechtes Gewissen. Ich sitze in Fahrtrichtung, höre Quietschen, verschiedene Sprachen, kleine Kinder, reges Treiben. Menschen, die ein-, Menschen, die aussteigen. Ob ich frisch und ansehnlich aussehe, frage ich mich. Oder vielleicht so, wie ich mich tatsächlich fühle. Nämlich verbraucht, dreckig, leer. Der Tag war immerhin schon lang und eigentlich kommt der wirkliche Kraftakt erst auf mich zu. Ich fahre also gerade in diese Kreissäge und sehe eine hübsche junge Frau. Die schräg gegenüber auf dem anderen Vierer-

platz sitzt. Da ich mich gerade in Gedanken verrenne, versuche ich wieder auf Banalitäten zurückzukommen. Also folgt ein Flirtversuch. Ein harmloser, nur mit den Augen, und auch nicht zu aufdringlich. Bin zwar ein schlechter Mann, aber auch kein allzu schlechter. Ich sehe in ihre Richtung. Sie blickt auf, antwortet mit einem süßlichen Gesichtsausdruck. Und ja, sie ist tatsächlich sehr hübsch. Sie lächelt, ich lächle zurück. Aus Neugierde schaue ich auf ihren Schoß, auf ihre Lektüre. Und dort liegt tatsächlich ein wertloser Nicholas-Sparks-Roman. Also lächle ich so schief zurück, dass sie mit hundertprozentiger Wahrscheinlichkeit jegliches Interesse verliert.
Musik wäre jetzt schön. Von Ambros bis The Streets. Von der Austro- über die UK-Schiene. Alles würde helfen. Aber natürlich habe ich keine Kopfhörer mit. Mir bleibt nur die Bahn. Die Sitze der alten Modelle waren aus irritierend grauem Kunststoff. Die Fenster waren manuell runterschiebbar. Jetzt sitze ich in einer der neuen, modernen Bahnen, und irgendwie hat es keinen Charme mehr. Es ist zwar alles einfacher, automatischer, irgendwie bequemer. Mit Klimaanlage. Aber irgendwie ist auch alles herzlos. Diese Fahrt ist sowieso nicht zum Genießen da, sie ist Mittel zum Zweck. Ich schalte für die letzten kräftezehrenden Minuten in den Überlebensmodus. Wippe möglichst viel mit meinem rechten Bein. Die koordinierte Ablenkung. Und ich hoffe, dass ich gut bei Hubert ankomme. Bei der Schlachtbank, und diese Gleise sind das Laufband, auf dem ich direkt in die Klingen fahre. Die Kreissäge erwähnte ich bereits. Komischerweise, aber bezeichnend für meinen aktuellen angekratzten Zustand. Da muss ich ein wenig lachen bei dem Gedanken. Dass ich gerade ganz

langsam und bedacht in meinen qualvollen Tod steuere. Nach Hietzing. Ich schließe also die Augen, ergebe mich der sich anbahnenden Katastrophe. Denn was nun folgt, das ist mein persönlicher dritter Akt.

DREI

I. DIE IRRITATION

Das Handydisplay zeigt mir den genauen Moment, in dem ich mich meinem Schicksal ergebe.

Es ist siebzehn Minuten nach acht. Die Primetime knapp verpasst. Die Chance auf einen sauberen Auftritt löst sich in Luft auf. Jetzt bin ich also in Hietzing, im ruhigen Teil, im reichen Teil. Links, rechts und hinter dem Haus nur Begrünung. Dazwischen reihen sich schicke Häuser aneinander. Die alle ähnlich groß sind. Denn hier ist der Wohlstand noch gleich verteilt. Zumindest in dieser Gegend, in diesem Teil des Bezirks. Da ist alles noch fair. In diesem Bezirk, in dem eine Brücke nach einem toten amerikanischen Präsidenten benannt ist. Das sagt schon alles. Ich atme durch, rieche Unabhängigkeit. Finanzielle, gesellschaftliche Unabhängigkeit. Und doch erahne ich Zwänge, so viele Zwänge.

Marie steht neben mir. Gemeinsam starren wir auf die Eingangstür. Atmen im selben Rhythmus. Sehen auf den Türgriff, dann auf die Klingel. Eine goldene, der Familienname zentriert an der Edelholztür eingraviert. Ich überlege, ob ich läuten oder klopfen soll. Sehe noch ein letztes Mal zu Marie. Mein Rausch verlangsamt mich. Trage dasselbe knittrige Hemd wie während des Flugs. Marie im wunderschönen Abendkleid. Ich huste, sie kratzt sich am Bein. Dann klopfe ich. Meine Faust, dreimal fest auf das Holz. So fest, dass ich eigentlich hindurchbrechen sollte.

Er hat sich kaum verändert, denke ich. Die Zeit scheint in dieser Stadt stehen geblieben zu sein. Alle sind dieselbe Version ihrer selbst. So geblieben, wie ich sie verlassen habe.

Zumindest lassen die Hüllen das erahnen. Vor dem Inhalt fürchte ich mich noch. Hubert steht da also vor uns. In einer Hand ein Sektglas, die andere klammert sich am Türgriff fest. Ein bisschen erleichtert bin ich schon. Er sah mal schlechter aus, mehr nach Drogenkur. Hier, heute, da sieht er beinahe gesund aus. Es ist schon viel zu lange still. Die Zeit des Ersteindrucks, des Aufsaugens sollte vorbei sein. Was folgt, das ist Theater.
Marie und ich betreten die Bühne.
Hubert ist unser Spielpartner.
Ich umarme ihn, hingebungsvoll, laut und künstlich.
Plötzlich diese Stimme aus dem Off.
Breitet sich über uns aus.
Die da an der Eingangstür stehen.

HUBERT *und der* PROTAGONIST *können sich kaum voneinander lösen. Sie geben sich zwei Küsse auf die Wangen. Bleiben bei dem letzten aneinander kleben. Sie beide spielen mit. Flüstern sich etwas Unhörbares zu. Der* PROTAGONIST *setzt sich eine freudige Fassade auf.* HUBERT *löst sich von ihm. Sein Blick schweift zur Seite. Langsam. Er erkennt MARIE – – und schlagartig ändert sich seine Miene.*

Hubert, er war nie der Schnellste. Hat wahrscheinlich erst jetzt realisiert, dass ich nicht allein gekommen bin. Dass Marie, eine nicht kalkulierte Komponente, neben mir steht. Entweder wird es unangenehm, oder ich kann uns retten. Meine Schauspielkünste sind fragwürdig, aber ich versuche es.
»Ich habe Marie mitgenommen.«
»Ich sehe es.«

»Ihr kennt euch doch.«
»Aber was soll das?«
»Was soll was?«
»Marie.«
»Ja, Marie.«
»Ja, ich bin auch da«, sagt Marie.
»Ihr kennt euch doch.«
»Marie«, murmelt Hubert.
»Marie.«
»Marie.«
»Marie. Ja, doch. Ich kenne sie. Ändert nichts.«
»Aber sie ist dir nicht fremd.«
Sein Gesicht wird rot, auf seinem blauen Hemd tauchen kleine Schweißflecke im Achselbereich auf.
»Was ist noch fremd. Du solltest mir fremd sein. Nach dieser Zeit. Trotzdem stehst du hier. Habe dich eingeladen. Und heiße dich willkommen.«
Kurz muss er schlucken. Wir drei an der Elendspforte. Und er ergänzt: »Aber Marie.«
Aber Marie. Sie ist meine seelische Stütze für diesen Abend, denke ich. Brauche sie an meiner Seite. Er greift in mein Wohlbefinden ein. Was macht er. Ich muss mich beruhigen, zum x-ten Mal heute.
»Mach doch jetzt kein Drama.«
Marie und ich in der Dunkelheit, er im Haus. Vom Licht der Deckenlampen umhüllt.
»Komm jetzt. Lass uns rein. Sei ein guter Gastgeber. Mach deine Eltern stolz.«
Und ich sehe in ein völlig entleertes Gesicht.
Also stimmt es, ich bin ein Arschloch.
»Kommt doch rein«, sagt Hubert und schiebt sich zur Seite.

Marie betritt vor mir diesen Ort. Ich folge ihr, doch bei Hubert angelangt, bleibe ich stehen. Noch zwischen Tür und Dunkelheit.

»Entschuldigung, Hubert«, ich muss mich räuspern. »Im Eifer des Gefechts fallen manchmal Wortfetzen, die nicht beabsichtigt sind, es tut mir leid«, flüstere ich in sein Ohr.

»Danke«, antwortet er. »Danke. Du testest mich. Das war ein wunder Punkt. Ein Fehler. Er darf es nicht. Sollte es nicht. Ein wunder Punkt sein. Bin ich schwach.«

»Du bist doch nicht schwach, Hubert.«

»Schicht um Schicht. Ich werde schwächer. So ist das Leben«, sagt er, schließt die Tür.

Und so werfen wir uns in das Drama.

Die Wendeltreppe ist das Erste, was mir ins Auge fällt. Die Wendeltreppe und die fremden Gestalten. Diese bulligen Männer. Einer ist direkt links neben dem Eingangsbereich positioniert. Lächerlich demonstrativ, als ob man uns etwas zu beweisen hätte.

»Wird euer Haus mittlerweile schon bewacht, so wie ein Hochsicherheitsgefängnis?«, frage ich. Während Hubert uns den Flur entlangführt, unsere Jacken entgegennimmt.

»Oh. Natürlich. Ist das unangenehm. Ich hoffe nicht. Ich finde nicht. Mutter. Vater. Sie haben aufgestockt. Sicherheitspersonal. Ihr kennt es doch. Die Kriminalitätsrate. Sie steigt. Kontinuierlich. Wir haben Geld. Es macht doch Sinn. Wir haben das Recht. Uns zu schützen.«

Die Kriminalitätsrate steigt.

Und ich denke an diese drei Worte. Was sie bedeuten, vor allem in dieser Gegend. Das ist tatsächlich ganz einfach zu übersetzen.

Mehr Fremdes bedeutet mehr Kriminalität.

Diese Stadt wird immer ärmer. Es gibt kein Geld. Und die, die es haben, verbarrikadieren sich. Schützen ihren Wohlstand. Wollen ja nichts abgeben. Eine einzige, riesige, ekelhafte Spirale. Wie sie sich durch alle Länder dieser Welt zieht. Aussprechen tue ich davon aber nichts, und ich folge ihm weiter durch den Flur. Bis wir im großen Essbereich ankommen. Wir sind tatsächlich die letzten Gäste, die es auf diese Feier geschafft haben.

Also, es war eine tragisch-lustige Odyssee bis hierher. Kein Homer, kein Joyce. Meine eigene Version. Bis zu diesem Abend. Jetzt, relativ heile angekommen. Hoffen, relativ heile wieder herauszukommen. Die Luft ist stickig, die Stimmung leicht entflammbar. Ich muss aufpassen. Jedes falsche Wort könnte etwas provozieren. Mich provozieren. Ich verrenne mich in meiner Prophylaxe, und da kommt Hubert angeschlichen. Von hinten wirft er seinen Arm um meine Schulter. Alle lieben es wohl heute, mich im Griff zu haben. Mich hin- und herzuschieben, wie sie wollen. Er schlägt mir sanft in den Bauch. Kumpelhaft, scherzhaft. Ich schlage seine Hand weg. Kumpelhaft, scherzhaft, natürlich. Grinse dabei sogar. Für dieses falsche Theater.

»Ich bin so froh. Wirklich. Du hast es geschafft. Ich danke dir«, sagt er.

»Ja, ich auch«, lüge ich.

Wieder finden so viele Lügen in meinem Mund ihre Heimat.

»Ich schenke dir ein Glas ein. Wein aus Familienbesitz. Eine Provinz in Südfrankreich. Traditionen wahren.«

»Nein, danke, erst mal nicht.«

»Trinkst du nicht mehr. Du. Der immer über den Durst trinkt. Sag nicht. Du trinkst nicht mehr.«

»Doch, doch, um ehrlich zu sein schon den ganzen Tag lang, und eben deswegen Nein.«
»Komm schon. Ein bisschen. Das hat Qualität. Geschmack. Es ist intensiv. Eine Erfahrung. Wein kann so viel«, sagt er und versucht, mir ein Glas und eine Flasche in die Hände zu drücken. Ich weiche zurück. Er bleibt hartnäckig.
»Er ist phänomenal. Der beste Wein. Du wirst keinen besseren finden. Nutze die Chance. Lass dir das nicht entgehen. Nimm doch«, und Hubert schwankt, als er einen Schritt nach vorne macht. Doch kriegt sich schnell zu fassen. Die Enttäuschung sackt ab, ich gehe nicht weiter darauf ein. Was wäre denn, wäre ich trockener Alkoholiker. Wie würden die Leute dann reagieren. Hier hilft man sich doch nicht mehr. Man stürzt sich gegenseitig tiefer in das Glas. In dieser Trinkerstadt, da sollte es doch schön sein. Trocken werden zu wollen. Aber das ist wohl zu ambitioniert. Später werde ich doch wieder trinken, ich sehe es schon kommen.
»Ich trinke noch ein Glas«, sagt Hubert.
Ich blicke in die Runde. Da stehen sie. Da steht sie, meine Vergangenheit. Alle versammeln sich um den Esstisch. Ein komisches Gemälde. Von einem humorlosen Künstler erdacht. Ausgeführt von einem mittellosen, talentlosen Handwerker. Hubert hat sich von mir gelöst. Ich sehe ihn aus der Ferne, wie er da bei den anderen steht. Sich als guten Gastgeber inszeniert. Doch er kann uns nicht trügen. Uns nicht um den Finger wickeln. Dieser Abend hat einen Stempel aufgedrückt bekommen. Was er bedeutet, das bleibt offen. Aber irgendetwas ist da, zwischen uns. Das billige Theater täuscht nicht darüber hinweg. Und doch wird es weitergespielt.
Hubert entschuldigt sich für einen Moment. Müsse zur Garderobe, die Bediensteten seien so unzuverlässig. Ich

bewege mich nicht, warte nur ab. Bona ist die Erste. Sie kommt auf mich zu, gibt mir einen Kuss auf die Wange. Dion schiebt sich zwischen uns, drückt mir ein Sektglas in die Hand. Ich drücke es ihm zurück in seine Griffe. Bleibe konsequent. Einen Rausch bräuchte ich. Nur ist es noch zu früh. Die ersten Eindrücke sind so frisch. Ich darf sie nicht sofort verfälschen lassen. Marie steht noch neben mir, hat sich gar nicht gerührt. Dion bietet ihr das Glas an, sie nimmt es. Jetzt sind wir also mittendrin. Können nicht mehr zurück. Nacheinander kommen sie auf uns zu. Und es beginnt die gekünstelte Freude des Wiedersehens. Zumindest meinerseits. Die anderen, ich kann sie gar nicht richtig deuten. Am Ende sind sie doch auch nur Menschen. Mit sozialen Attributen. Mit Gefühlen sogar. Über Marie beschwert sich niemand. Nur Dion vergräbt sich in sein Glas. Soll er doch.

Und hier vermischen sich alle Düfte. Die der sündhaft teuren Parfüms, der billigen Deodorants. Obendrauf die animalische Note der Anspannung. Der Irritation.

Die Frauen tragen Kleider. Sehen fantastisch aus. Gaben sich Mühe. Die Männer tragen Scheiße. Wirken billig, abgenutzt. Tragen ihr Gefühl auf der Kleidung.

»Lange nicht gesehen«, sagt Dion. Erzwingt sich ein schiefes Lächeln. Ich nicke ihm zu. Flora steht daneben, formt mit ihren überkreuzten Beinen ein X. Ihr Glas in Höhe ihrer Lippen. Sie schüttelt den Kopf, grinst dabei. Und nimmt einen tiefen Schluck. Man merkt es ihnen an. Die Distanz. Die Trennung. Dion wirkt kaputter denn je, so direkt neben ihr. Plötzlich steht Hubert wieder da. Wir drehen uns im Kreis. Er versucht mir ein neues Glas anzudrehen. Würde ich es annehmen, wäre ich zumindest nicht der Erste hier, der komplett verrauscht. Da wäre zumindest Dion an der Spitze der Liste.

»Ich wiederhole es kein weiteres Mal, also lasst es«, sage ich vorauseilend. Bevor sie sich tatsächlich noch mehr Mühe machen wollen. »Ich trinke jetzt nichts.«

»Du bist langweilig«, sagt Dion.

»Dion, weißt du noch, vor ein oder zwei Stunden, wir beide, im *Bukowski*?«

»Ja, langweilig. Du vor allem. Halbe Abstinenz. Fast nichts getrunken.«

»Du hast dein Langzeitgedächtnis wieder durchgespült, nicht wahr?«

»Sei jetzt nicht frech.«

»Ich helfe dir, Dion, also, Apokalypse, Verlag, dein neuer, schlechter Roman, Griechenland, junge Gottheiten, Südländer, soll ich weitermachen?«

»Schlechter Roman.«

»Jungs. Kinder. Es passt doch alles«, möchte Hubert das Unheil vermeiden.

»Was sagst du? Meine Romane. Du findest sie schlecht?«, fragt mich Dion. Er sieht nur mich an, würdigt den Gastgeber keines Blicks. Der spricht hingegen in meine Richtung, mit großen Rehaugen: »Du musst nicht antworten.«

»Ich habe nicht einmal alle gelesen, um ehrlich zu sein«, sage ich.

»Die Romane. Die du gelesen hast. Was ist mit ihnen?«, fragt er, und ich muss tatsächlich kurz nachdenken. Soll ich denn ehrlich sein. Es wird ihm wehtun. Ich fühle mich gerade danach. Nach Ehrlichkeit. Also kommt hier wohl der Schmerz, Dion. Da musst du durch.

»Das Schlechteste, das Wien je hervorgebracht hat.«

»Das Schlechteste. Übertreiben kannst du. Das Schlechteste. Das bedeutet. Schlechter als. Schlechter als«, möchte er fragen, doch ich unterbreche ihn. »Schlechter als alles.«
»Ich glaube dir nicht. Übertreiber. Das Schlechteste. Hast du Wien gelesen? Das ist alles scheiße. Ich bin Gold. Du ein Amateur. Ein Übertreiber.«
»Du wolltest meine ehrliche Meinung.«
Hubert legt seine Hand sanft auf die von Dion und sagt: »Ich finde. Also meine Meinung. Du schreibst gut. Sehr vernünftig.« Dion reißt sich von ihm los. Trinkt sein Glas aus, gießt nach. Trinkt es aus, gießt nach. Und trinkt es aus. Seine Augen sind rot, er brennt, und er hebt seinen Zeigefinger auf Höhe meines Hauptes. »Du hast keine Ahnung. Und wenn. Dann bist du armselig. Feige. Ein Arschloch. Ein Lügner. Ein Übertreiber. Das Schlechteste. Es ist so traurig. Ich wusste es, verdammt, diese Stadt. Alles verrottet. Sogar du. Ich bringe mein Leben aufs Papier. Und du. Sagst es. Eine verheerende Lüge. In mein Gesicht. Elendiger. Ich trinke, um zu schreiben. Eine große Erklärung. Mein Leben lang. Hemmungsloses Trinken hat doch seine Gründe. Der Motor zum Schreiben. Jetzt kommst du her. In diese Stadt. In dieses Haus. Sagst es mir. Der seit Jahren fort. Nicht hier war. Dass es das Schlechteste sei. Du kennst die Literatur nicht. Wiener Literatur. Kennst du nicht. Darfst du nicht beurteilen. Verurteilen. Österreichische Literatur. Kennst du nicht. Darfst du nicht beurteilen. Verurteilen. Du meinst also. Schlechter als Bernhard?«
»Ich finde, Bernhard war ein Großer, ein Künstler durch und durch, ein Maestro durch und durch, wieso sollte ich überhaupt über euch beide im selben Satz sprechen, das wäre Unsinn«, sage ich.

»Genau. Er schreibt doch. Ein anderes Genre«, sagt Hubert.
»Er schrieb«, sagt Dion.
»Er schrieb und schrieb, immer besser als wir alle«, sage ich. Dion dreht sich um. Verschwindet kommentarlos auf dem kleinen Flur. Hubert hebt die Augenbrauen und folgt ihm.

Also bleiben Marie, Bona, Flora und ich. Zeitgleich verdrehen sie die Augen. Beschwichtigen mich. Dabei brauche ich keine Unterstützung. Es tangiert mich doch ohnehin nichts, was Dion so sagt. Wir stellen uns an die edle Küchenanrichte. An diese Mischung aus Minibar und Wohlstandsdemonstration.
»Ich möchte euch etwas fragen«, meint Bona, als nur wir vier dastehen.
»Ich hätte auch ein paar Fragen«, sagt Marie.
»Frag schon, Bona«, ermutigt sie Flora.
»Denkt ihr auch. Also in letzter Zeit. Manchmal. An sie. Die Wanderung.«
»Tust du es?«, frage ich, und sie weist mich zurecht. »Hätte ich gefragt, wenn nicht.«
Wieder trommle ich mit meinen Fingern auf einer Oberfläche. Diesmal auf der Küchenablage. Und die anderen sehen auf meine Knöchel. Also höre ich genauso schnell wieder auf.
»So viele schreckliche Tage, Nächte, Reisen, gegenseitige Besuche, und du denkst noch an die Wanderung?«, frage ich. Und dabei muss ich mir eingestehen, selber in letzter Zeit daran gedacht zu haben. Hinterließ sie doch seelische Spuren, die man nicht richtig einzuordnen weiß. An uns allen. Man spürt sie, in regelmäßigen Abständen. Die Äste, die unter den Füßen knacken. Den Duft der Blätter. Das feuchte Klima.

»Wieso?«, fragt Flora.
»Wieso was?«
»Wieso hast du mir nichts davon erzählt, also vorhin?«, lenke ich Bona auf mich. Und wir sehen uns an, diese zwei unlesbaren Bücher. Zumindest ist sie es. Für sie habe ich keine Synopsis. Es gibt nur die Vergangenheit, den Rest müsste ich noch erleben. In Erfahrung bringen. Ich hingegen, ich wurde heute doch schon komplett ausgelesen. Für diese Stadt und ihre Leute bin ich doch nichts, nur ein ausgelesenes Buch. Nur ein Haufen weißer Blätter.
»Es ist nicht wichtig. Ich denke öfter daran. Das war es.«
»Der Vogel?«, fragt Flora.
»Der Vogel«, sagt Bona.
»Der Vogel?«, fragt Marie.
»Der Vogel«, sage ich.
Hubert kommt wieder zu uns in die kalte Küche. Und der Vogel, das Tier wie das Thema, ist tot. Die Gläser klirren, in der Küche wird es lauter, das rege Trinken kommt in Fahrt. Nach außen hin macht diese Szene einen fast schon banalen Eindruck. Vermittelt beinahe ein Gefühl von Normalität. Das Szenenbild aus der Werbung einer alkoholischen Getränkemarke gestohlen. Gekünstelter Frieden. Also ziehe ich mich aus dem Geschehen zurück. Lasse diese Leute stehen, gehe in Richtung der gläsernen Schiebetür. Sie führt auf die besonders große, besonders edle Terrasse. Zünde mir draußen eine Zigarette an. Ich drehe mich um, sehe in das Innere, durch die Scheibe. Bonas Eleganz bewegt sich auf mich zu. Glastür wieder aufschieben, und ich lasse sie zu mir raus.
Sie fragt nach einer Zigarette.
Ich ziehe sofort eine aus der Packung.
Die Camel zwischen ihren Lippen.

Und ich gebe ihr Feuer.
»Hast du nicht aufgehört?«, frage ich.
Sie weiß, dass ich es nicht ernst meine. Sie weiß, dass ich keiner bin, der über Laster urteilt. Wo ich doch selber so beladen bin mit Schwäche. Ich frage nicht, um zu denunzieren. Nein, ich frage grundsätzlich gar nicht. Mich geht dein Leben nichts an, wie dich meines nichts angeht. Also grinse ich, während ich die Frage stelle.
»Irgendwann. Ein Zeitpunkt im Leben. Irgendwann. Da haben wir doch alle aufgehört«, lächelt sie und fährt fort. »Ja. Du hast recht. Aufgehört. Ernsthaft.«
»Verstehe, ich frage nicht weiter.«
»Doch. Ich gebe es ja zu. Eigentlich rauchfrei. Die letzte Zeit war intensiv.«
»Das hast du vorhin wohl im *Jelinek* nicht erwähnt.«
»Ich fühle da etwas. Ich spreche mit niemandem darüber. Nicht einmal mit meiner Therapeutin. Aber irgendetwas ist da.«
»Was ist das für ein Gefühl?«
»Ich kann es nicht einordnen. Nicht einmal beschreiben. Aber irgendetwas bahnt sich an. Es ist da. Ich weiß nicht was. Das Gefühl.«
»Hat es etwas mit der Wanderung zu tun?«
»Weiß ich doch nicht.«
»Warum hast du nichts gesagt? Also wirklich?«
»Weiß ich doch nicht.«
»Also, dieses Gefühl. Gut oder schlecht?«
»Weiß ich doch nicht. Irgendwie. Dazwischen. Es fühlt sich natürlich an. Aber auch falsch. Ich weiß nicht. Auf jeden Fall brauche ich Ablenkung. Immer mehr. Rauchen ist da das kleinste Übel. Irgendwann. Ein Zeitpunkt im Leben.

Irgendwann. Können wir alle aufhören. Mit fünfunddreißig. Mit achtzig. Ich habe Zeit«, sagt sie und der Filter ihrer Zigarette hat die Farbe ihrer Lippen angenommen.
»Vielleicht nur Nebensächlichkeiten. Unnütze Details. Wir träumen doch alle. Vielleicht nicht so wichtig. Jetzt sind wir doch hier. Wie geht es dir, na ja, seit der Sache vorhin?«
Verdammt, Bona. Ich bin doch kein Kind. Und eine Panikattacke ist nichts Niedliches. Scham, die verspüre ich. Mir geht es auch nicht unbedingt besser. Was willst du denn hören. Die Wahrheit? Bestimmt nicht. Also ich könnte darauf verzichten.
»Ich hätte auf das Ganze gern verzichten können. Aber es passt schon. Eine körperliche Reaktion auf Überforderung.«
Und sie lässt das Thema ruhen. Wir rauchen zu Ende. Gehen wieder hinein. Auflockerung, komm schon. Ich stoße Bona mit meiner Schulter.
»Eine kleine Tour? Sehen, wie es sich im Prunk so lebt?«
»Sicher. Immerhin kennen wir es nicht. Dieses Gefühl.«
Ich greife zu einer dreiviertelvollen Sektflasche, fülle ihr Glas nach. Der kleine Flur, über den wir hierhergekommen sind. Plötzlich wirkt er unendlich. Links und rechts alte Schwarz-Weiß-Fotografien an den Wänden. Huberts Eltern in französischen Dörfern. Dann ländliche Regionen. Er als Kleinkind. Er mit achtzehn. Danach gibt es keine aktuelleren Fotos mehr von ihm. Als ob er irgendwann nicht mehr relevant genug war für sie. Nicht mehr existierte. Wir versuchen Türen zu öffnen. Wie die Analogie es vorschreibt, bleibt uns jede verschlossen. Billige Symbole, überall werden sie mir entgegengeworfen. Wieder die Eingangstür. Wieder diese Wendeltreppe. Wir stehen vor ihm. Dieser Pitbull versperrt uns den Weg.

»Wir sind Gäste auf dieser Feier.«

Nichts tut sich. Regungslos steht er da, formt eine billige Clint-Eastwood-Gesichtsimitation.

»Hubert hat uns eingeladen, was brauchst du mehr?«

Nichts. Er mimt weiter seinen Dirty Harry.

»Jetzt ehrlich?«

Nichts. Dafür mache ich einen Schritt nach vorne.

»Ernsthaft?«

Nichts.

Es fehlt nicht mehr viel.

Es fehlt nur noch ein Wort.

Ein Satz,

doch Bona packt mich am Arm. Zieht mich sanft weg.

»Lass es. Ist doch egal.«

Sie, mein Ruhepol. Die Vernunft. Wenn sie mich mit ihrer Hand berührt, entschleunigt mich das. Dann denke ich an alles andere. Nur nicht an Zorn. Nicht mehr an diesen Wachmann. Nicht mehr an diese reine Provokation.

Also, wieder den kleinen Flur entlang. Er wirkt kürzer als anfangs. Komisch verzerrtes Haus, hier in Hietzing. Reichtum verschiebt einfach alles. Zurück bei den anderen, alle an einem Fleck versammelt. Der Kreislauf grüßt mich, mir wird schlecht. Ich muss Zeit gewinnen, nur für mich selbst.

»Wo ist das Badezimmer?«

»Dreh dich um. Dann am Flur vorbei. Dann rechts. Einmal ums Eck. Die zweite Tür links.«

Also dreh ich mich um. Dann am Flur vorbei. Dann rechts. Einmal ums Eck. Die zweite Tür links. Das Badezimmer. Gemeinhin ein Ort der Ruhe. Ein universelles Symbol für Privatsphäre. Der Spiegel zeigt ein blasses Gesicht mit tiefen Augenringen. Ich sah schon mal besser aus, gesünder.

Ich beuge mich zum Wasserhahn, forme eine Schale mit meinen Händen. Schütte mir eiskaltes Wasser ins Gesicht. Dann noch einmal. Und direkt noch einmal. Ich bediene mich an dem kleinen Stapel heller Handtücher. Trockne mein Gesicht. Nicke mir zuversichtlich zu. Stütze mich mit den Händen am Waschbecken ab. Wieder klopft das Unwohlsein an meine Seelentür. Kaum feste Nahrung. Kaum Wasser. Es klopft weiter. Zu viele Zigaretten. Zu viel Konsum. Es klopft weiter. Aus, vorbei, besser wird es nicht. Ich öffne die Tür, und da steht Dion vor mir. Mit großen Augen stößt er mich zur Seite. Rammt mich mit der Schulter. Ich verzichte auf eine Gegenreaktion. Lieber gehe ich zu den anderen zurück. Der Schwindel noch nicht ganz fort. Hubert wirkt nervös. Es vergehen mehrere Minuten, immer wieder schaut er auf die Uhr am Handydisplay. Dann verschwindet er. Jetzt werde ich nervös, aber auch irgendwie neugierig. Das annulliert mein Schwindelgefühl, und ich folge ihm.

Ich stecke meinen Fuß zwischen die Tür. Dränge mich in das Bad. Sehe die beiden vor mir. Und da ist es schon wieder. Ich sagte doch, die verdammte halbe Stadt.

»Du ziehst wieder?«, frage ich.

Hubert ist ruhig. Wirkt gar nicht, wie auf frischer Tat ertappt. Es ist ihm eigentlich ziemlich egal. Es sollte mir unfassbare Sorgen bereiten. Sein Rückfall. Was ist mit ihm geschehen, dass er wieder hier gelandet ist? Aber ich adaptiere seine Reaktion, es ist mir ziemlich egal. Dion hingegen wirkt ängstlich. Aber das macht auch manchmal der Alkohol aus ihm. Oder wenn er alle möglichen Substanzen zu sehr miteinander vermischt.

»Offensichtlich«, sagen beide im Chor.

Ich entscheide mich, aufzugeben. Zumindest für diese Zeit im Badezimmer, hier lasse ich mich fallen. Soll die Stadt mich doch kriegen. Habe heute lange genug gekämpft.
»Weißt du noch, Hubert. Wie wir früher hier heimlich geraucht haben? Mit diesem kleinen Fenster da oben. Als ob das den Geruch von uns fortgetragen hätte.«
»Wir können es wieder tun«, meint er und öffnet das kleine Fenster. Ich sehe auf das Koks auf der Ablage neben dem Waschbecken. Dort, wo ich mich vor Kurzem wusch. Da mache ich mich jetzt wieder dreckig.
»Dann machen wir uns doch gemeinsam kaputt.«
Und schnell wird es hier laut. Auf wenige Minuten gestreckt feiern wir die Dröhnung unseres Lebens. Wir atmen viel und schnell. Alles Mögliche. Zigaretten und Staub. Dazwischen verlässt uns Hubert, schmuggelt Bier zu uns. Ich kippe rein, vollkommen. Als ganzes fleischgewordenes Geschöpf stürze ich mich mit ihnen hinein. Kurz fühlt es sich normal an. Ein kleines bisschen wie früher. Die Jungs vereint, bis keiner mehr stehen kann. Diese kleinen Kinder. Und dann haben wir keinen Stoff mehr. Waschen uns die Gesichter.
Voll falscher, neugeschöpfter Energie landen wir wieder im Essbereich. Bona, aus der Ferne. Sie erkennt es sofort, kann mich wieder mühelos lesen. Sie sieht die Schuld auf meinem Gesicht. Und dass es mich nicht kümmert.
»Achtung. Meine lieben Gäste. Bitte. Findet euch ein. An der Tafel. Es ist gleich so weit. Das Mahl wird angerichtet.«
Hubert, er führt uns durch diesen Abend. Und jetzt, da wirkt er noch erhabener. Strahlt etwas Besonderes aus. Also vielleicht hatte Yves ja doch recht. Das Zeug schenkt Hubert diese Power. Hebt ihn auf ein Podest. Das ist das Ding mit Koks: Irgendwann wirst du fallen.

Und wir heben uns zum runden schwarzen Esstisch. Wir können uns alle direkt gegenseitig in die Augen sehen. Ständig, die ganze Zeit. Es wird schrecklich. Links von mir Marie, rechts von mir Bona. Mit dem Rest bilden wir diesen absurden Kreis. Um das Bild zu komplettieren, würde nur noch Weniges fehlen. Dass wir uns alle bei den Händen nehmen. Laut in einen Gesangschor einsteigen. Zu irgendeinem Gott beten. Und danach in einer Orgie ausufern.

»Der erste Gang wird serviert, Monsieur«, verkündet ein Kellner mit starkem französischem Akzent. Könnte auch fake sein, ein großes Schauspiel. Oder er ist tatsächlich Franzose. Irgendwie auch nicht von Belang. Er beugt sich hinunter auf Höhe von Hubert, um ihm etwas zuzuflüstern. Und dann folgen weitere Bedienstete. Sie bedienen zuerst die drei Frauen, dann anschließend uns Abschaum.

»Es folgt eine Zucchini-Suppe. Verfeinert mit regionalem Frischkäse«, möchte man uns verkünden. Hubert nimmt sein Glas, erhebt es und ergreift das Wort.

»Meine Freunde. Danke für euer Kommen. Es war nicht selbstverständlich.«

Nicht selbstverständlich, dabei sieht er mir in die Augen.

»Genießt es. Es gibt alles. Was euer Herz begehrt. Das gibt es. Wartet nur auf die nächsten Runden. Es wird noch besser. Bon Appetit.«

Dion hat sein Glas bereits runtergekippt, bevor Hubert mit seiner Ansprache fertig war. Alle anderen setzen an. Das große Klimpern bricht aus, und alle schlürfen sie ihre Suppen.

Der Start. Begonnen mit der Zucchini-Suppe. Ein Löffel, zwei-, dreimal den Geschmack erprobt. Was ich schmecke, das ist wahrhaftige Leidenschaft. Ich denke an das kochende Pärchen. Die künstlerische Einlage. Lieber wäre ich dort anstatt hier. Dann probiere ich weiter. Davor noch ein Glas Sekt. Steht schon vorbereitet vor meiner Nase. Die Irritation. Jetzt ist es so weit. Ich spüle mich durch. Dann, die Suppe. Mein Gaumen auf wohltuende Art irritiert. Komm, ein weiteres Mal. Es schmeckt doch so gut. So gut, so, so gut. Und mir schießt der Stoff ins Gehirn. Die letzten Krümel unter der Nase. Es schmeckt so gut, so unfassbar gut. Was passiert hier, diese Suppe macht etwas mit mir. Das Koks, es sollte den Appetit hemmen. Doch es treibt mich weiter. Hier gerade, da lebe ich. Irgendwie. Die Ursuppe vor mir, in einer kleinen Keramikschüssel.

»Entschuldigen Sie. Ich bitte um Ihre Aufmerksamkeit. Ich stelle Ihnen die heutige Speisenfolge vor. Auf Wunsch von Monsieur Hubert. Ein modernes Menü. Kompakt. Trotzdem facettenreich.

Es beginnt mit der kalten Vorspeise, der bereits servierten Suppe (*Potage*),

außerdem einer warmen Vorspeise (*Hors d'oeuvre chaud*),

sowie einem Salat (*Salade*).

Weiter geht es mit …«

Doch weiter geht es erst mal nicht.

Und wir kommen über den ersten Gang nicht hinaus. Hubert unterbricht den Bediensteten. Nimmt seinen Suppenlöffel und schlägt dreimal überschwänglich gegen sein erhobenes Champagnerglas. Wieder so ein Theater. Und wir schauen auf, direkt zum Hauptakteur dieses Abends. Der nun endlich etwas von Belang zu sagen scheint. Das hoffe ich zumindest.

»Meine Freunde«, setzt er an. »Ich habe euch eingeladen. Ich habe euch hierhergebracht. Zu diesem Dinner. Es stimmt wirklich. Wir haben so viele Speisen. So viele Köstlichkeiten geplant. Aber ich muss ein paar wenige Minuten eurer Zeit stehlen. Ich kann es nicht mehr zurückhalten. Es tut mir leid. Eigentlich hatte ich eine Abfolge geplant. Für den Abend. Für alles. Eine Reihenfolge. Für den Abend. Für jede Kleinigkeit. Ich bin ein einfacher Mensch. Ich platze gleich vor Aufregung. Ich muss euch einweihen. Noch bevor wir essen.«

»Muss dir doch nicht leidtun«, sagt Flora, und Bona wirft noch hinterher: »Wir sind doch alle neugierig.«

Diese sanften, neutralisierenden Stimmen. Ich nicke. Aus dem Augenwinkel sehe ich aber Dion. Der mit einem scharfen Blick die Luft schneidet. Hubert empfängt ihn, ist die Scheide zu seinem Schwert.

»Ich hatte also einen Plan. Den ich vergesse. Regeln. Die ich breche. Ich halte mich an nichts. Ich möchte nichts verzögern. Hinauszögern. Zu lange warte ich. Auf diesen Moment.«

»Du denkst nur an dich«, schreit Dion.

Er steht auf, sein Gesicht vollkommen rot. Dem Platzen nahe. Er kann sich auch kaum auf den Beinen halten. Über den Tisch hinweg biete ich ihm meinen stützenden Arm an. Um Peinlichkeiten zu vermeiden. Doch er stößt mich weg und setzt sich wieder. Trauriges Intermezzo.

»Wollt ihr die Kurzfassung? Oder die Langfassung?«, fragt Hubert.

»Langfassung«, sagt Bona.

»Kurzfassung«, kommt von Flora. »Das Essen wird doch sonst kalt.«

Dion schweigt.

»Mittellang«, flüstert Marie. Die sich zurückhält. Die ihr Stimmrecht hier als nicht so gewichtig vermutet. Doch ich nicke ihr sanft zu. Versuche ihr zu zeigen, dass sie sich am richtigen Ort befindet.
»Langfassung«, beende ich die Abstimmung.
»Okay. Ich versuche eine Mischform. Lang. Aber auch kurz. Ausführlich. Aber ohne unnötige Details.« Hubert beginnt mit der Auflösung. Er gibt diesem Abend endlich einen Kontext.
Wieder blicke ich auf die Uhr, und wieder ziehe ich mein Handy aus der Hosentasche.

Das Handydisplay zeigt mir den genauen Moment, in dem ich mich meinem Schicksal ergebe.

Hätte ich nicht vorhin schon angefangen, dann wäre jetzt wohl der richtige Moment, um zu trinken. Mein Durst und ich, dieses Ab und Auf. Hubert sieht auf seine Suppenschüssel. Dann auf sein Glas. Er nimmt einen sehr tiefen Schluck. Einen Schluck in Richtung Erlösung.
»Der Anfang. Das Ende. Es fing an. Im Museum«, beginnt er.

II. DIE KONFRONTATION

Noch immer sitzen wir am Esstisch. Diese Selbsthilfegruppe, wir sitzen hier und lauschen den Worten des Gastgebers.
»Der Anfang. Das Ende. Es fing an. Im Museum. Vor einigen Wochen. Mit Nadja. Kennt ihr sie noch. Nadja Rezai. Wir wollten ins Museum für Moderne Kunst«, erzählt Hubert.
»Wirklich? Ins MUMOK? Ihr seid ins MUMOK gegangen? Die prätentiöseste Scheiße in Wien. Ein Ort für Instagram-Storys. Mehr nicht. Wer geht denn da hin? Was habt ihr euch überhaupt angesehen. Andy Warhol. Oder schlechtere Pop-Art-Imitationen«, unterbricht Flora. Und sie lacht dabei laut auf, ein verzweifeltes Lachen. Ein verzweifelter Versuch, die Stimmung aufzulockern. Sie lehnt sich tiefer in ihren Sessel, senkt ihren Kopf nach der Niederlage.
»Wir sagten, keine unnötigen Details«, korrigiert Marie und rückt ein wenig mehr in den Raum.
»Ein paar Sachen. Die muss ich trotzdem erwähnen. Nadja und ich. Da war noch was. Vor dem Museum. Wir hatten schon immer etwas füreinander übrig. Das müsst ihr wissen. Da hing immer etwas Erotisches im Raum. Aber so richtig. Erotisch wurde es erst später. In der Volksschule. Wo wir uns kennenlernten. Da war nichts. Nur Kinderliebe. Würde ich zumindest sagen. Das Reizvolle kam später. Also weiter. Das *Camillo* in der Neubaugasse kennt ihr. Zwei Euro. Ein prächtiges Glas voll Prosecco. Drei davon hatten wir. Die Anziehung. Die wir schon immer hatten. Die Lust. Die immer zwischen uns weilte. Alles in die richtige Bahn gelenkt. Durch drei einfache Gläser Prosecco. Und dann haben wir süße Liebe gemacht«, sagt er, und bevor wir fragen können, ergänzt er: »Am Klo. Im *Camillo*«, und dabei wirkt er stolz.

Wie ein kleiner Junge. Der damit prahlt, auf einer öffentlichen Toilette Sex gehabt zu haben. Was doch sowieso alle einmal machen mussten. Um richtig verstehen zu können, was es bedeutet. Wie es sich anfühlt. Keinen komfortablen Geschlechtsverkehr zu haben. Es bereitet mir Sorge, was als Nächstes folgen würde. Wenn eine Geschichte schon mit Toilettensex im *Camillo* beginnt, wo endet sie dann? »Ich kenne das Klo dort, Hubert. Nicht unbedingt romantisch«, erklärt Bona.

»Für uns war es das. Danach waren wir wie ausgenüchtert. Es war Zeit für Kultur«, erzählt Hubert. »Dann also ins MUMOK?«, fragt Flora.

»Richtig«, sagt er, und blickt wieder in seine Suppenschüssel. Doch er rührt nicht um, er macht rein gar nichts damit. Er sucht lediglich, doch findet nichts. Dion war still, die ganze Zeit während der Erzählung. Und jetzt wird er laut. Er erhebt sich, wirft dabei fast seinen Stuhl um. Er stampft lautstark in die Küche, stellt sich an die Anrichte. Er ist weg, doch wir spüren ihn im Nacken. Flora kann nicht lockerlassen. »Aber Hubert. Ich muss darauf zurückkommen. Warum das MUMOK? Ich war einmal dort. Nie wieder. Schrecklich«, sagt sie und ihre Augen sind dabei weit geöffnet.

»Warum nicht? Flora. Das müsste ich dich eigentlich fragen. Warum nicht? Ich gehe gerne ins MUMOK. Genauso gerne in die Albertina. Ins Leopold. Ins Belvedere. Wohin auch immer. Es muss doch nicht immer das gleiche sein. Vor allem. In so einer Kulturstadt wie der unseren.«

Flora blinzelt oft. Wir wissen, was das bedeutet. Sie ist gereizt, genervt, bereit, sich in eine große Streiterei zu involvieren. Doch ihr entfliehen lediglich zwei Worte: »Ach, egal«, und wir entfliehen gerade noch dieser lächerlichen

Kunstdiskussion. Nein, sogar dieser Museumsdiskussion. Wobei Malerei sowieso etwas ist, der ich viel Achtung, aber wenig Interesse entgegenbringe. Und diese Einschübe hier scheinen so unpassend wie irgend möglich. Während die Luft so dick ist, gefüllt mit Propan. Und Hubert das Feuerzeug in seiner Hand hält. Bereit, es zu zünden, uns alle in die Luft gehen zu lassen.

Kurz sehe ich wieder zu der Küchenablage, zu Dion. Dessen Adern an seinem Schädel zu platzen drohen. Während er sein Glas fest im Griff hat. Er hielt sich also nur bedeckt, um jetzt ruckartig zu explodieren. »Du hast keinen Respekt. Vor mir. Halt dich wenigstens kurz«, ruft er herüber, kreischt er beinahe. Hubert greift sich an seinen Kragen. Seine Stirn glänzt, er schwitzt. Er redet so viel, aber sagt doch nichts. Wir warten, doch er lässt uns zappeln. Ein Genie, ein Arschloch, das eine inkludiert das andere.

»Was soll ich sagen. Ich bin eben nervös. Also rede ich viel«, verteidigt sich Hubert.

»Rede weiter, bitte, und so viel du möchtest«, versuche ich ihn wieder in die richtige Bahn zu lenken. »Aber spare dir vielleicht wirklich die Details.«

»Ja, bitte«, eilt Bona uns zur Hilfe. »Aber nicht zu viel«, sagt nun auch Dion.

»Na gut. Schön präzise. Nach dem Sex. Direkt in das Museum. Zu der Ausstellung. Da haben wir es gar nicht erst hingeschafft. Beim Ticketschalter. Schwarz vor Augen. Vor allen Anwesenden umgekippt. Erst wieder im Krankenhaus aufgewacht. Es war mir unangenehm. Ihr kennt mich. Ich bin also aufgewacht. Da stand Nadja. Das rechne ich ihr übrigens hoch an. Neben ihr ein Arzt. Der Arzt holte eine Spezialistin herbei. Eine Neurologin. Die Neurologin holte

einen Neurochirurgen. Alle drei. Sie schickten mich zu Tests. Zu Scans. Zwei Tage. Drei Tage. Lange ging das Spiel. Sie berieten sich untereinander. Dann mit mir. Dazwischen die Untersuchungen. An mir. In mir. Und währenddessen wusste ich nichts. Natürlich hatte ich ein Gefühl. Dann kamen sie an einem Tag in mein Zimmer. Alle zusammen. Plötzlich standen da völlig fremde Leute vor mir. Ich hatte nur eine Person schon einmal gesehen. Die Neurologin. Zwei neue Ärzte. Fremde. Standen neben ihr. Die Neurologin fing an. Nach zwei Sätzen hörte ich nichts mehr. Ich sah nichts mehr. Alles war verschwommen. Die Stimmen klangen dumpf. Ich hörte nur das Piepsen. Die Geräte um mich. Der Neurochirurg fing an zu reden. Ich war noch immer abwesend. In einer Blase. Dann der dritte Arzt. Sie alle sprachen. Doch ich hörte nichts. Ich habe es trotzdem verstanden.«
Er macht eine kurze Pause. Die komplette Stille frisst sich beinahe durch die Tischplatte. Doch dann wird es laut. Die Füße trommeln am Boden. Das Haus scheint zu wackeln. Sich aus den Sockeln zu heben. Dann spricht Hubert, und wir verstehen es nun auch endlich.
Und Hubert fängt an, es uns zu erklären,
er erklärt uns, dass er bald sterben werde,
dass er nur noch wenige Wochen oder Monate habe,
dass es rein gar keine Option auf Besserung gebe
sondern nur dieses eine Ergebnis,
den sicheren Tod.

Und Hubert sagt uns, er sei krank,
er hat ein Glioblastom, einen Hirntumor, unheilbar,
und er stirbt, er wird sterben, wie wir alle,
nur eben früher.

»Es ist vorbei. Meine Freunde. Das ist der Grund. Ich habe euch hergeholt. Eingeladen. Das hier. Veranstaltet. Ihr seid die Ersten. Die Offenbarung. Meines Schicksals. Mein Vertrauensbeweis. An euch. Dafür verlange ich etwas. Nur eine Sache. Nämlich dass ihr Ruhe bewahrt. Lasst uns nicht traurig sein. Bitte. Bewahrt Ruhe. Dann kann ich es auch tun. Kein Baden im Mitleid. Kein Suhlen in der Agonie. Einen gemeinsamen Abend. Die Feier unseres Lebens. Ein Abend der Extravaganz. Das war es.«
Das war es. Der Tod, so lange rennt jeder vor ihm weg. Doch jetzt hat er Hubert eingeholt, als Ersten von uns. Er wird sterben wie wir alle, nur eben früher. Eigentlich verarbeite ich Informationen sehr schnell, aber diese Worte muss ich oft wiederholen. Ich wiederhole sie, um zu verstehen. *Er wird sterben wie wir alle, nur eben früher.* Ein Stempel, auf dem ein bestimmtes Wort geschrieben steht. SCHOCK. Dieser Stempel, er presst sich auf jede einzelne Stirn. Wie reagiert man. Was sollen wir tun.
HE, ICH GLAUBE, ICH HASSE DAS HIER GERADE. Möchte ich in den Raum brüllen. Denn was soll das hier. Der Tag ein absoluter Wirrwarr. Und am Ende kommt noch der Tod. Womit haben wir das verdient? Eigentlich ist Hubert der Gepeinigte. Womit hat er das verdient? Und wieso zieht er mich da hinein? Wieso habe ich schon wieder solche Gedanken? Ich weiß nicht, was ich fühlen soll. Sehe in die Runde, mache einen Schwenk über den Tisch. Lese an den Gesichtern ab, dass es dem Rest ähnlich geht. Dabei ist uns allen klar, was noch bevorsteht. Der emotionale Ausbruch. Und genau im nächsten Moment folgt dieser auch schon. So klappen sie zusammen, einer nach dem anderen. Ergeben sich ihrem Tränenfluss. Schluchzen laut. Fallen

sich gegenseitig um den Hals. Suchen Trost. Dabei rieche ich eine Note Salz, und auch Tod. Auch Hubert lässt sich fallen. Steigt in den weinenden Chor ein. Plötzlich kracht Flora auf den Boden. Auf ihre Knie. Ihre Beine gespreizt. Die Fußspitzen zeigen in entgegengesetzte Richtungen. Ein menschgewordenes Dreieck aus Trauer. Ich versuche ihr aufzuhelfen. Der Menschenwürde wegen. So passiert es also. Um mich bricht diese Flut des Verlusts aus. Ich versuche mich zu halten, irgendwie durchzukommen. Ich fühle mich wie in einem dieser Dolly Shots. Ich im Zentrum, alles um mich bewegt sich. Wie in den Filmen von Spike Lee. Doch tue ich das Richtige? Hier stehe ich. Das ist es also, was man Menschsein nennt. Sich in solchen Momenten der Emotionalität hinzugeben. Dem Gefühlsausdruck, dem einen die Mehrheit aufzwingt. Ich bleibe ich.
HE, ICH GLAUBE, ICH MÖCHTE HIER NICHT SEIN.
Möchte ich in den Raum brüllen. Doch bleibe stumm. Während sich das Drama fortsetzt, da mache ich das, was ich am besten kann. Verschwinden. Auf die Terrasse, das ist der schnellste Fluchtweg. Während ich hinausstolpere, sehe ich Dion zu, wie er sich ignorant in der Sektflasche ertränkt. Über den schwarzen Tisch gelehnt. Seine Selbstzerstörungsfahne rieche ich bis hierher. Drinnen ertränkt sich der Rest noch in wahren Dingen, in wahren Tränen. Ich rauche schnell, sehr hektisch. Die Glasscheibe trennt Tod und Leben. Weshalb eigentlich heute der Abschied? Er lebt doch noch ein wenig, vielleicht sogar Monate. Will er das denn? Dass wir uns heute nur in Trauer einhüllen. Wie wäre es mit Freude über das restliche Leben? Es gehört eben dazu. Dieses Kapitel abzuschließen. Ich rauche aus,

das Trauerspiel neigt sich dem Ende zu. Aber war das alles? Irgendein Puzzleteil fehlt. Ein solches Eckteil, das man die ganze Zeit in der Wohnung sucht. Und am Ende lag es uns vor Augen. Wieder füge ich mich dem Schicksal, stoße zu der Gruppe hinzu.

Die Köpfe erheben sich langsam. Diese traurigen Augen sehen mich an. Taschentücher werden gereicht. Verwischtes Make-up scheint nicht mehr zu retten zu sein. Sie alle heben die Arme, wollen mich in ihren Kreis lotsen. Ich winke ab und stelle mich an die Küchenanrichte. Direkt neben Dion, der seinen Weg wieder zu einer neuen Sektflasche gefunden hat.

Der Appetit ist vergangen,
auf die folgenden Speisen,
an diesem Abend.

Also brechen wir diesen Teil des Abends ab. Hubert ist einverstanden. Dion hat sowieso mit allem abgeschlossen, so fühlt es sich zumindest an.

»Dann aber. Ändern wir auch die Umgebung«, sagt Hubert.

Wir folgen dem Gastgeber, denn heute, da würden wir ihm überallhin folgen.

Eine kleine, vierstufige Treppe führt uns weiter. Vom großen Essenszimmer mitsamt ansehnlicher Küche hinunter zum Wohnbereich. Man wirft uns das tatsächliche Ausmaß dieses Wohlstands entgegen. Jedes kleine, fein positionierte Requisit. Die gesamte große Kulisse. Die Frauen gehen voraus, eng umschlungen, seufzend. Dion dahinter, redet sich selbst irgendetwas zu, murmelt vor sich hin. Dieses verdammte Haus, das ist eine andere Definition von Wohlstand. Auf dem Weg fällt es mir auf, und auch, weil wir plötzlich in dem großen zweiten Wohnbereich stehen.

Unzählige Gemälde, facettenreiche Teppiche, prunkvolle Möbel. Eine Mischung aus Wiener Adelshaus und französischer Moderne. Unsinn eben. Der Geruch von brennendem Holz vermischt sich mit dem der ersten Zigarette. Hubert zündet sie an und dreht sich über die Schulter zu uns. »Jetzt wird geraucht. Drinnen. Keine Zwänge mehr.«
Meine Schläfen halten mich auf Trab. Alles schmerzt. Ob ich zu unbeteiligt reagiert habe, frage ich mich. Zu kalt, zu emotionslos? Ich meine, ich finde es doch tragisch. Stell es dir doch vor. Die Welt liegt dir zu Füßen und dann stirbst du mit Ende zwanzig. Was hat man dann so wirklich erreicht?
Eine große gläserne Scheibe trennt Wohnbereich und großen Garten. Heute ist jede Glastür mein Verbündeter. Also, aufmachen und den Luftzug genießen. Dann Erleichterung. Eine Kiste, gefüllt mit dem Getränk der Nation. Ich kann nicht aus meiner Haut. Außerdem spüre ich noch die Reste in meinen Nasenflügeln. Also nehme ich vier Glasflaschen mit hinein. Öffne die erste, aber nicht souverän mit einem Feuerzeug. So was konnte ich nie. Die Tischkante reicht, um mich vergesslich zu machen.
Dion setzt sich in den Ohrensessel. Hinter ihm der Kamin, vor ihm der Rest der Anwesenden auf dem riesigen Ledersofa. Ich stehe irgendwo dazwischen, wie immer. Noch eine Sache befindet sich direkt vor seinen Augen. Ein riesiges Gemälde von Napoleon. Triumphal auf seinem Ross. Er analysiert es, starrt für eine gefühlte Ewigkeit nur darauf.
»Großer Fan?«, fragt er und richtet seinen Zeigefinger auf das Gemälde.
»Meine Familie nicht. Ich nicht. Es ist ein schönes Bild. So einfach.«

»Gibt bessere Gemälde. Bessere Motive.«
»Es ist schön.«
»Es ist fragwürdig«, sagt Flora.
»Moralisch auf alle Fälle«, ergänzt Marie.
»Vergessen. Habt ihr vergessen. Was er so getan hat?«, fragt Bona, während sie Hubert ansieht, und er antwortet: »Er hat erobert.«
»Er galt als Tyrann«, sagt Flora.
»Er war ein Tyrann«, korrigiert Bona.
»Das Bild ist einfach schön«, wirft Hubert hinterher.
Und so geht diese Diskussion weiter. Ich habe mich ausgeklinkt, höre nicht mehr zu. Da geht es um Malerei, irgendwie um Politik. Das hat alles nichts mit uns, mit diesem Abend zu tun. Der herbeieilende Tod von Hubert, er rückt wieder näher an mich ran. Napoleon. Warum Napoleon? Wieso mischt er sich ein? Dieser kleine Typ, wir haben doch nichts mit ihm gemeinsam. Trotzdem, da draußen gibt es einen Komplex, der nach ihm benannt wurde. Und wenn ich mich in der Runde umsehe, dann ergibt es doch Sinn. Da sehe ich sie doch in jeder Falte, in jeder Faser. Die ganzen Komplexe.
Ich sehe an meinem Körper hinunter. Die beiden Gliedmaßen unten, sie werden wacklig. Mein Gleichgewicht schwindet. Der Rauch des Kamins und der Rauch der Zigaretten steigt mir in die Nase, in die Augen. Ich rieche nichts als Rauch, und mir wird noch schwindliger. Der Boden ist warm. Die Stimmung kalt. Meine Vergleiche billig. Aber für mehr reicht mein Gehirn gerade nicht, der Körper gibt nach.
HE, ICH GLAUBE, MIR GEHT ES NICHT GUT.
Möchte ich in den Raum brüllen.

Schaffe es kurz auch nicht.
Und dann brülle ich doch.
»Hubert!«
Ich werde lauter.
»Hubert!«
Und noch lauter.
»H-u-b-e-r-t!«
So laut wie irgend möglich.
»Sprich, sei bitte ehrlich, Hubert, sei ein Mensch«, fange ich an.
Ein Meer aus Tränen, ich sehe es vor mir. Es offenbart sich mir schon seit vorhin. Als die anderen eingetaucht waren. Und jetzt besteht die Gefahr, selber unterzugehen.
»Sag uns, was du sagen willst. Halte uns nicht zum Narren und sprich. Ich werde wahnsinnig, sprich doch mit uns. Ich verstehe schon, du bist todkrank. Das tut mir leid, aber sprich, du wolltest noch etwas sagen. Das war doch nicht alles. Ich habe es gespürt, spüre es noch immer. Also sprich, Hubert. Bei aller Liebe, sprich.«
Die Köpfe bewegen sich hin und her. Wie das Publikum bei einem Tennisspiel. Die anderen auf der Tribüne. Sehen von Hubert, dann zu mir, zu Hubert, zu mir, in einem nicht endenden Zyklus. Bis einer von uns, am besten Hubert, das Schweigen bricht. Er bleibt aber noch die nächsten Minuten ruhig. Dabei wirkt er keinesfalls in die Enge getrieben. Vielmehr scheint ein Gefühl von Genugtuung von ihm auszugehen. Als ob es das war, was er gebraucht hat. Die Konfrontation. Das brennende Holz im Kamin zischt, und wir stehen alle im Wohnbereich. Wie Schauspieler in einem Ensemblefilm, in einem Kammerspiel, und wir warten nur darauf, dass jemand

»CUT!«

ruft, doch das wird niemand tun. Wir sind ja in keinem Film. Das hier ist doch Theater. Der Hauptgrund, weshalb niemand einschreitet. Das ist das Rohe an diesem Moment. Denn das hier ist echt, Tod, Tränen, Leid. Und wir müssen damit umgehen.

»Du hast recht«, erlöst uns Hubert und fährt fort. »Du hast recht. Ich freue mich. Ich kann vollkommen ehrlich sein. Dieser Abend. Er birgt viel mehr. Wir trauern nicht. Es ist groß. Ewige Reichweite. Bebender Nachklang. Es passiert. So schön. So edel. Ich freue mich. Wir teilen diesen Abend. Also. Kommt. Ich zeige euch etwas.«

Nach all dem Vorspiel. Den ganzen Kostümproben. Den ersten Lesungen. Den ersten Probeaufführungen. Da vollbringt er auch jetzt noch das grandiose Kunststück. Jetzt, bei der Premiere. Im Moment der größten Anspannung, der größten Erwartung. Da sagt er, wir sollen doch erst mal unsere Drinks leeren, bevor er weitererzählt. Der Theatermacher mit seiner Anweisung, er zwingt uns also in einen weiteren zehrenden Moment. Und wir trinken aus.

III. DIE INITIATION *oder* DIE ROTATION

ZWEI WOCHEN VOR DEM DINNER.
IN WIEN-FAVORITEN.
EINE DUNKLE BAR.

Am Tresen der Bar. Ein MANN MIT DÜNNEM OBERLIPPENBART. *Er trägt ein kariertes Hemd. Zugeknöpft bis zum Halse. Die Zigarette liegt brennend im Aschenbecher vor ihm. Der Qualm steigt an seinem kleinen Plätzchen an der Theke empor. Die kleine Lampe an der Decke strahlt durch den Rauch hindurch. Er nippt alle paar Sekunden an seinem Gin Tonic. Der Mann an der Bar. Er hat mit dem Barkeeper einen neuen Drink alle fünfzehn Minuten vereinbart. Einen neuen Gin. Ein neues Tonic. Er sitzt schon seit einer halben Stunde an derselben Stelle. Die Tür öffnet sich und ein zweiter Mann erscheint. Der zweite* MANN MIT KLEBRIGEM HAAR. *Er geht langsam an allen vorbei. Der Mann an der Bar hebt seinen Kopf kein bisschen. Er starrt weiter in sein hochprozentiges Glas. Keiner der sonstigen Besucher bewegt sich. Der neue Mann setzt sich an die Bar. Er zeigt auf den Gin Tonic links von ihm. Deutet, dass er dasselbe möchte. Gin, Tonic, Gürkchen, kurz rühren. Still trinken beide ihre Getränke aus. Sie rauchen. Tauschen immer wieder kurze Blicke aus. Dann blicken sie wieder auf den Aschenbecher. Dann in den Gin Tonic. Dann wieder kurz in die Augen. Weitere fünfzehn Minuten sind vorbei. Wie vereinbart serviert der Mann hinter der Bar einen neu gemischten Gin Tonic. Diesmal noch einen zweiten dazu. Kurz heben beide Männer ihre Gläser einen Zentimeter über den Tisch. Dann stellen sie sie wieder zurück. Heben sie wieder an. Und schließlich stoßen sie an.*

MANN MIT DÜNNEM OBERLIPPENBART: *Du bist zu spät.*
MANN MIT KLEBRIGEM HAAR: *Du zu früh.*
MANN MIT DÜNNEM OBERLIPPENBART: *Ich habe gewartet.*
MANN MIT KLEBRIGEM HAAR: *Ich weiß. Es tut mir leid. Die Zeit reicht nicht. Hubert.*
HUBERT: *Und jetzt, Dion.* (Er reibt sich die Augen. Der Rauch füllt den Raum. Irritiert sämtliches Leben. In dieser kleinen Bar. Er dreht sich zu seinem Freund. Er sieht ihn mit seinen roten Augen an.)
DION: *Entschuldigung. Ich wollte mich entschuldigen. Das vorige Mal. Es war schwierig für dich. Ich weiß es. Dich mir anzuvertrauen. Das war schwierig. Ich weiß es. Ich habe nicht gut reagiert. Aber sag mir. Nein, sag es mir nicht. Aber versetze dich in mich. Wie soll ich reagieren? Mein bester Freund. Todkrank. Hiobsbotschaft. Die erste. Die zweite. Suizid. Der Ausweg. War das dein Ernst? Was glaubst du? Hubert. Mein bester Freund. Sollte ich mich freuen? Natürlich habe ich geschrien. Wie sollte ich reagieren? Versetze dich in mich. Mein bester Freund. Todkrank. Suizid. Verdacht darauf. Idee dazu. Wie soll ich reagieren?*
HUBERT: *Alles gut.* (Er nickt. Er sieht auf sein Glas. Er leert es. Er bestellt noch eines. Er durchbricht den Zyklus. Der Barkeeper schiebt auch schon das neue Glas vor seine Hände. Neben ihm klickt das Feuerzeug. Er macht es seinem Sitznachbarn nach. Eine symbiotische Beziehung aus Trinken und Rauchen stellt sich ein. Diese Rotation von Gläsern und Asche. Unachtsam, was um sie herum passiert. Es verstreichen einige Minuten.)
DION: *Der alte Friedrich. Kennst du ihn?*

HUBERT: *Der alte Maler.*
DION: *Du erinnerst dich.*
HUBERT: *Unterrichtet an der Bildenden.*
DION: *Du erinnerst dich. Akademischer Schmutz eigentlich. Diese Wiener Kunstunis.*
HUBERT: *Komm zum Punkt.*
DION: *Entschuldige bitte. Es geht weiter. Vor zwei oder drei Monaten. Da hat er mir seine Diagnose gebeichtet. Friedrich. Geplagt von einem Lungenkarzinom. Die Ärzte sagen, keine Chance. Die Ärztinnen sagen, lebender Toter. Der Friedrich. Einer wie du.*
HUBERT: *Kranke Menschen. Interessiert mich nicht. Bin doch selber einer.* (Spielt am Aschenbecher, dreht ihn um seine eigene Achse.)
DION: *Lass mich fertig erzählen. Nach unserem ersten Gespräch. Du hast es mir gebeichtet. Die Diagnose. Da habe ich Friedrich angerufen. Wir haben uns in Grund und Boden getrunken. Dabei haben wir geredet. Über dich. Über den Tod. Den Tod. Der uns alle erwarten wird. Aber euch beide nun mal früher.* (Ruckartig greift er zum Aschenbecher, stoppt die Rotation.)
Der nächste Drink wird serviert. Doch keine Zigarette geraucht. Sie schweigen. Sehen auf den Aschenbecher. Alles fährt runter. Der Motor wird leiser. Nichts bewegt sich. DION hustet. HUBERT schmunzelt und zündet sich eine neue Zigarette an. Die Rotation wird fortgeführt.
HUBERT: *Erzähl ruhig.*
DION: *Also. Der alte Friedrich.*
HUBERT: *Na und.*
DION: *Was.*
HUBERT: *Friedrich ist ein alter Mann. Er ist krank. Er wird sterben. Na und.*

DION: *Rede keinen Unsinn. Hubert.*
HUBERT: *Was hat das mit mir zu tun. Ein alter Mann. Todkrank. Auch davor. Hätte jeden Tag sterben können. Er ist alt. Ich bin jung. Ende zwanzig. Nicht einmal meine Dreißiger erreicht. Und zum Tode verurteilt. Kein Vergleich. Meinst du nicht?*
DION (schiebt sein halbvolles Glas ein wenig vor sich hin und her. Er hebt zwei Finger. Gin und Tonic werden serviert. Eine kurze Pause. Ein kurzer Waffenstillstand. Zigaretten und Feuerzeug werden sich gereicht.)
HUBERT: *Natürlich trotzdem traurig. Der Tod.*
DION: *Aber da gibt es etwas. Friedrich und ich. Wir sind da auf etwas gekommen. Kennst du Mia? Sie hatte für kurze Zeit Unterricht bei Friedrich. Sie ist jetzt achtundzwanzig. Brustkrebs. Mittlerweile geheilt. Aber trotzdem. Die Diagnose jung erhalten. Oder Laurenz. Er arbeitet am Flughafen. Lungenkrebs. Katja. Die kennst du sicher. Arbeitet in der Kanzlei. In der Bona arbeitet. Reiferes Semester. Ein bisschen älter als wir. Vielleicht hast du sie früher einmal gesehen. Blond. Schlank. Großgewachsen. Darmkrebs. Die Liste geht so weiter. Hubert. Es gibt sie in Wien. Überall. Eine tote Stadt. So viele Menschen. Ganz und gar unnötig verfrüht. Mit einer harten Diagnose.*
HUBERT (ironisch): *Das hilft. Mir geht es besser. Danke.* (Schiebt sein Glas von sich weg.)
DION: *Ich sagte. Hör mir zu. Wichtig ist. Du bist nicht alleine. Ich habe die Liste bei mir. Triff doch mal jemanden. Von der Gruppe. Oder alle. Ihr teilt dasselbe Schicksal. Ich habe mich reingelesen. Mich informiert. Ich habe die Leute gefunden. Ich habe die Zutaten. Also lass uns über die Zubereitung sprechen.*

HUBERT (scheint nicht ganz zu verstehen. Sieht nur die Lippen. Sie bewegen sich. Langsam beginnt auch der Ton bei ihm anzukommen.)

DION: *Weißt du noch? Der Vogel.*

Und am Ende. Da hört HUBERT *doch immer nur auf* DION. *Nur auf ihn. Und am Ende. Da heben also beide ihre Gläser. Ein lautes Klirren. Es schneidet durch die Bar. Sie bestellen eine weitere Runde.*

HUBERT: *Der Vogel.*

(wiederholt)

Der Vogel.

(wiederholt)

Der Vogel.

IV. DIE ESKALATION

Wir folgen Hubert den Flur entlang zur Wendeltreppe. Derselben, an der mir am Anfang des Abends der Wachmann aufgefallen war. Diesmal geht er wortlos einen Schritt zur Seite, und wieder kann es also so einfach gehen. Das zweite Stockwerk teilt sich in viele Zimmer auf. Unzählige Türen, der Großteil scheint verschlossen. Die obere Etage, sie wirkt unendlich. Fast nicht zu erahnen, wenn man nur die Wendeltreppe am Eingang sieht. Die vierte Türe von links also sieht genauso aus wie die dritte Türe von links. Oder die fünfte Türe von links. Und sie scheint so unauffällig, doch aus irgendeinem Grund führt uns Hubert in ihre Richtung. Er öffnet sie und offenbart uns sein Geheimnis.

Es ist ein kleiner Raum. Lebendig und altmodisch, gleichzeitig sehr steril und eigentlich doch sehr tot. Wie ein Versuchsraum, nein, ein Untersuchungsraum. Nein, eigentlich kann ich es nicht wirklich vergleichen. Es sieht zumindest aus wie ein Raum, in dem ich nicht sein möchte. Ein einziger runder Tisch füllt ihn aus. Eine einzige kreisförmige Platte, und die wenigen Personen, die um ihn herumsitzen.
Ich sehe mich um, erkenne die bekannten Gesichter.
Der Mann vom Flughafenkiosk,
die Frau aus dem Kaffeehaus,
den alten Maler Friedrich,
ein paar andere Gesichter,
und
und
und

»Sie?«, frage ich den polohemdtragenden Mann aus dem Flugzeug.
»Ein letztes Mal Wien. Nicht wahr?«, antwortet er und schenkt mir ein zartes Lächeln. Dabei fällt mir auf, dass ich nicht einmal seinen Namen kenne. Wir hatten diesen intensiven Austausch, doch wir kamen uns nicht nah genug. Ich kann ihn immer noch nur über seine Oberfläche beschreiben.
WAS PASSIERT GERADE. Diese Worte hängen in riesigen neonfarbenen Buchstaben im Raum. Und dahinter ein genauso großes Fragezeichen. Hubert liefert die Antwort. Darauf, was dieser zusammengewürfelte Kreis soll. Was dieser Tisch soll. Was dieser Raum soll. Was wir sollen. Er zieht sein Telefon aus der engen Hosentasche und wählt eine Nummer. Er sagt, dass noch jemand Wichtiges fehlen würde, hält das Handy an sein Ohr. Und wir hören nur seinen Teil des Gesprächs.

Ist er da.

Wo.

Wir sind so weit.

Er soll kommen.

Ja.

Danke.

Und Hubert legt auf. Sein Handy findet ganz langsam, ganz bedächtig seinen Weg in die Hosentasche. Der Kopf des Gastgebers dreht sich in Richtung Tür, und er schweigt. Er schweigt, bis die Person, mit der er gerade telefoniert hat, an der Tür erscheint.
Ein Mann mittleren Alters mit kaum präsentem Haupthaar,

dicker Hornbrille und ausdruckslosem Blick. Dr. Janusz, verdammt. Ich erkenne ihn gleich. Der Privatarzt, der überteuerte Hausarzt von Huberts Familie. Man zahlt ihm mehr, um sich besser zu fühlen. Eine spezielle Erinnerung an ihn habe ich tatsächlich selber. Hubert und ich, wir waren dumm. Kinder. Und wir wollten Ritalin probieren. Zur Konzentrationsförderung, weil wir zu der Zeit nichts anderes außer Frauen und Konsum im Kopf hatten. Und dadurch den Rest nicht hinbekommen hatten. Zittrig wählte Hubert seine Nummer. Dr. Janusz kam zu uns, in Huberts Elternhaus. Dort, wo wir uns heute befinden. Er kam, und wir zitterten mehr. Die traurige Wahrheit jedoch war, dass es keine zwei Minuten dauerte. Und er gab uns das Rezept. Dann kam die Prüfungsphase im ersten Studienjahr. Also Hubert war im ersten Jahr, er wechselte ja doch jedes Jahr den Studiengang. Ich arbeitete in einer Bar. Für Experimente war ich trotzdem zu haben. Und wir ballerten uns zu. Mit allem. Drei Packungen Zigaretten, viel Lösliches. Dazwischen Ritalin, halbe Tabletten. Irgendwann ganze. Wir marschierten in Richtung Kollaps, der Puls unkontrollierbar. Am Ende ist der Scheiß ja doch wie Speed. Immer mehr, immer mehr. Irgendwann eingeschlafen, am nächsten Tag. Und irgendwann auch aufgewacht. Wir überlebten zwar, aber wussten auch, dass wir auf komische Weise einem Herzinfarkt so nahe gewesen waren wie nie zuvor. Egal, wie viel Koks. Egal, wie viel Alkohol. An diesem Abend brachten wir uns fast um.
Hier ist er also, Dr. Janusz, der große Unsympath. In meinen Augen zumindest, die Reichen lieben ihn, die Weißen lieben ihn. Alle anderen sollten ihn meiden. Er schüttelt die Hand des Gastgebers und nickt den Gästen am Tisch zu.

Die Fremdkörper, also uns, sieht er skeptisch an. Mit einem schiefen, und vor allem falschen Lächeln grüßt er auch uns. Er legt seine Tasche auf dem runden Tisch ab.
»Also doch Gäste?«, fragt Dr. Janusz und sieht dabei zu Hubert.
»Meine Freunde. Ich brauche sie«, antwortet er.
Marie ist schon längere Zeit still. Innerlich kocht sie, brodelt sie. Das sieht man. Diese Mischung aus Berührtheit und Wut. Wut, weil sie genau an diesem Abend in solch ein Drama geraten ist. Wo sie doch stattdessen zu Hause hätte sein können. In Ruhe kochen, eine Folge ihrer Lieblingsserie sehen könnte. Aber nein. Da ist diese Wut, weil sie in die Tragödie gestolpert ist. Berührtheit, weil, na ja, logisch. Weil die Empathie sie quält. An Worten spart sie jedoch, alles bleibt vorerst in ihr. Bona drängt wieder auf eine Erklärung, und wir alle stimmen ein.
HUBERT, ERKLÄRE DICH DOCH, stimmt unser unwissender Chor an.
Und er kommt unserem Wunsch endlich nach. Nervös läuft er um den Tisch, auf und ab, auf und ab. Hypnotisiert uns auf seine eigene Art. Ringt dabei mit sich selber. Versucht, auf die richtigen Worte zu kommen. Dann, Stillstand. Er krempelt seine Ärmel hoch und zündet sich noch eine Zigarette an. Er räuspert sich, ein-, zwei-, insgesamt dreimal.
»Schaut euch um. Ich darf euch die stummen Gäste vorstellen. Diese stumme Parallelveranstaltung. Vielleicht erkennt ihr ein paar Gesichter. Bestimmt sogar. Ich fasse mich kurz. Diesmal wirklich«, und er hustet, ein-, zwei-, insgesamt dreimal.
»Alle von uns haben einen gemeinsamen Nenner. Wir sind todkrank. Eigene Diagnosen. Eigenes Schicksal. Das Ende jedoch immer gleich.«

Dion, noch betrunkener, mischt sich ein. Sein Gesicht rot, die Zigarette im Mundwinkel. Je länger der Abend, umso mehr gleichen seine Gesichtszüge denen einer Bulldogge. Und er bellt in den Raum hinein: »Was er damit sagen will –.« Pause. Dion schließt kurz die Augen und hält sich an einem leeren Stuhl fest. Eine, zwei, drei Sekunden. »Was er damit sagen will. Lebende Tote. Dieser Raum. Atmet ein. Tote Luft. Verdorben. Abgestanden. Abgelaufen. Tick. Tick. Und dann. Das Ende.«

Stille, und er zeigt auf Hubert. Schenkt ihm wieder das alleinige Erklärungsrecht.

»Wir haben uns über Umwege gefunden. Blicken auf dieselbe Zukunft. Also waren wir füreinander da. Anfangs. Eine kleine Therapiegruppe. Der Klub der Kranken. Es hat geholfen. Ein wenig. Verändert hat es jedoch nichts. Worte helfen nicht. Nicht in unseren Fällen. Wir brauchten einen Ausweg. Etwas Drastisches«, sagt er und zeigt auf Dr. Janusz. Der seine Tasche auf den Tisch legt, kleine Schatullen daraus hervorzieht und sie großzügig verteilt. Ein so kleiner und doch bedrohlicher Akt. Die Luft, Zigarettenqualm mit nervösem Angstschweiß.

»Die Spannung hat keinen Sinn. Ich bringe es nun zu Ende. Ihr müsst mir etwas versprechen. Dasselbe wie vorhin. Dass ihr ruhig bleibt. Besonnen. Rational. Hört mir zu. Heute Abend ist mein letzter Abend.« Er dreht sich zu den Gästen, zu dem Tisch. Er pariert jedes einzelne Augenpaar, bevor er sich wieder zu uns dreht. »Mein letzter Abend. Und der letzte des Klubs. Wir werden uns das Leben nehmen. Unter der medizinischen Obhut von Dr. Janusz.« Er legt seine Hand auf die Schulter des Scharlatans. »Wir sind alle bei klarem Verstand. Es ist unser ausdrücklicher Wunsch. Die

Dokumente unterzeichnet. Wir wollen selbstständig aus dem Leben treten. Ein erweiterter Suizid. Euch habe ich alle eingeladen. Ihr sollt Zeugen davon werden. Es ist eine reine Tat. Die Nachrichten werden von Sekten sprechen. Irgendein Blödsinn. Dass wir ein Kult wären. Ihr jedoch kennt die Wahrheit. Ich wollte euch alle hier haben. An meinem letzten Abend.«

Und das Wetter in diesem kleinen Raum, in diesem großen Haus, in dieser rücksichtslosen Stadt. Das Wetter, es ändert sich, wird schlechter, betrübter. Die ersten Wolken schieben sich herein. Ich greife nach Bonas Hand und drücke sie, während wir dastehen. Ich drücke so fest, doch sie erwidert den Druck nicht. Also greife ich zu Maries Hand und mache dasselbe, ohne Ergebnis. Und es scheint, ich bin allein. Ich denke an den Vogel. In dieser Stille, da spüre ich den Schwarm dunkler Vögel, die über uns kreisen. Die anderen Klubmitglieder senken ihre Köpfe, wirken dabei erleichtert. Dr. Janusz erscheint zur verbalen Unterstützung, erklärt, dass er alles überwachen würde. Er habe das toxische Hilfsmittel für den Freitod selbst ausgesucht, er werde den ganzen Abend bei dem Klub der Kranken bleiben. »Zur Sterbehilfe gewechselt?«, fragt ihn Bona mit zittriger Stimme. Er muss lachen, bleibt dabei jedoch allein. Also räuspert er sich und sagt: »Ich helfe nur einem alten Freund. Einem Freund. Der schon tot ist. Abschied genommen hat. Vom Leben. Ich helfe nur. Ich schenke ihm den Ausweg. Aus dieser Stadt.«

»Alter Freund?«, frage ich.

»Natürlich«, antwortet der Todbringer.

»Sie waren und sind kein alter Freund von Hubert, sondern sein Hausarzt. Ihre einzige Pflicht in diesem Verhältnis ist es, ihn am Leben zu halten«, erkläre ich und muss kurz an die Decke sehen. Zu den Wolken, die sich immerzu dunkler färben. »Aber, aber –«, will er ansetzen, doch Bona unterbricht. Wie ein Wrestling-Tag-Team wechseln wir uns ab und nehmen ihn uns vor. Doch eigentlich ist das hier so weit entfernt davon, unterhaltsam zu sein. Und es ist auch nicht fake.

»Genau. Sie wollen ihm helfen. Dann helfen Sie ihm auf Ihre Weise. Nämlich als Arzt«, sagt sie. Dr. Janusz richtet sich seinen Kragen, fährt sich durch seinen zurückweichenden Haaransatz. Dieser Amateur, der wie immer seriöser wirken möchte, als er jemals war. Jemals sein wird. Er tritt wenige Schritte näher zu uns, die da vor ihm stehen. Denen er Rechenschaft schuldet.

»Habe ich. Ich habe geholfen. Es gibt keine Zukunft. Für diese Leute. Aussichtslos. Chancenlos. Das habe ich ihm gesagt. Wir sind alles gemeinsam durchgegangen. Es ändert nichts. Mein alter Freund hat sein Ende erreicht. Die einzige Frage war nur: Jetzt? Oder in wenigen Monaten? Er entscheidet sich für das sofortige Ausscheiden. Ich unterstütze ihn. Und seinen Klub. Ich helfe ihnen. Das ist meine Pflicht. Mein Ethos. Das ist alles.«

»Und sind die anderen Mitglieder. Dieser Klub. Auch alte Freunde?«, fragt Flora, und nervös sehe ich wieder an die Decke. Wieder zu den Wolken, die nun schon schwarz sind. Doch keiner bemerkt es. »Das soll nicht das Thema sein«, grätscht Hubert dazwischen, und ich sehe, wie ein erster Regentropfen auf seiner Nase landet. Doch er spricht weiter. Er meint, dieser Abend stehe im Zeichen eines glorreichen Abschieds. Einer letzten Feier zur Zementierung unserer Freundschaft. Einer Freundschaft, die darin

Ausdruck findet, dass er uns ausgesucht, uns Auserwählte eingeladen hat. Das sei der endgültige Vertrauensbeweis, meint er. Die anderen Klubmitglieder nicken im Gleichklang. Ich habe absolut keine Idee, was ich sagen könnte. Also bleibe ich stumm, der Rest meiner alten Freunde genauso. Ich sehe also zu Dr. Janusz, der sich für einen bestimmten Weg entschieden hat. Ich frage mich, werde ich je dasselbe tun? Würde ich jemals derart wirkungsvoll das Vertrauen angreifbarer Leute ausnutzen? Mithilfe dieses Scheiß-Studiums, das etwas Gutes bewirken soll. Er hat dieselben Prüfungen absolviert, durch die ich mich kämpfen muss. Und am Ende entscheidet er sich für diesen Weg. Heute Abend verdient er bestimmt genug, um sich wieder einen teuren Strandurlaub leisten zu können. Aber ist es das wert, ist es diese vielen Leben wert? Respekt, ich müsse jedoch Hubert respektieren, wenn es denn sein ausdrücklicher Wunsch ist. Dann mische ich mich nicht ein, es ist sein Leben und es geht mich nichts an. Doch das sehen Teile unserer Gruppe wohl anders, wie ich gleich bemerken werde. Als Bona beide Hände hebt, um mit voller Kraft auf Huberts Brust zu schlagen. »Wieso?«, schreit sie und weint dabei, ich frage mich, wie das möglich ist, während ich es sehe. »Wieso? Wieso sprichst du nicht mit uns? Wieso entscheidest du dich so? Anstatt zu reden. Was hast du dir dabei gedacht? Wieso sprichst du nicht?«, brüllt sie und kann nicht aufhören. Keiner kann sie bremsen. Nur ihr Tränenfluss schafft es hin und wieder, ihren Redefluss zu stoppen. Und immer mehr Regentropfen finden ihren Weg in diesen Raum. Während der Wasserspiegel steigt und Hubert weiterspricht. »Meine liebe Bona. In diesem Fall. Da hilft kein Reden. Die letzten Jahre. Wir hatten kaum Kontakt.

Dion. Er war mir ein Freund. Ihr seid es auch. Nur noch im Herzen. Aber nicht präsent. Ihr wart nicht da.« Und damit katapultiert er uns erneut in einheitliche Paralyse, die sich durch den ganzen Raum zieht. Die nicht einmal die Klubmitglieder verschont. Wieder gibt es ein solches Zeitvakuum, in dem gefühlt nichts gesagt wird. Nur geatmet, verarbeitet, geschluchzt, geraucht, getrunken, vorbereitet. Der Klub bleibt am Tisch sitzen, Dr. Janusz geht auf und ab. Tut so, als ob er arbeiten würde, und wir stehen wie verwurzelt an denselben Stellen. Doch die schmerzende Stille wird von Bona unterbrochen. Während die Scham wie die Wolken im Raum hängt. Während er uns offenbart, wir hätten ihn in Stich gelassen. Wir waren nicht da, ich muss an unser Gespräch beim Schwedenplatz denken, als wir jung waren. Und die Scham, sie steht auch mir ins Gesicht geschrieben.
»Wie?«, fragt Bona.
»Was, wie?«, antwortet Hubert.
»Wie macht ihr es?«
»Gift.«
»Gift. Das hier ist echt. Das echte Leben. Gift sagst du. Sind wir in einem Film? Sind wir denn im Theater? Das ist nicht Fiktion. Und auch nicht komisch. Gift sagst du.«
»Das ganze Leben ist ein Film. Das ganze Leben ist Theater. Außerdem. Diese Vergleiche nerven. Trotzdem. Alles eine Tragödie. Und komisch. Und giftig«, grätscht Dion dazwischen. Dabei lallt er schrecklich peinlich, wie ein Kind, das zum ersten Mal getrunken hat. Flora hebt ihre Hand, schlägt sie mit voller Wucht in sein Gesicht. »Sei ruhig. Amateurhafte Anleihen. Möchtegernphilosoph. Das braucht gerade keiner. Dich braucht gerade keiner. Du bist kein Intellektueller. Kein guter Mensch. Du säufst nur.

Während Hubert diesen Plan hat. Wie kannst du nur. Ein Tier. Der Alkohol. Er macht dich zum Tier.«
»Du hast keine Ahnung. Erstens. Der Alkohol ist mein Motor. Nur so funktioniere ich.«
»Blödsinn. Es ist das, was dich zugrunde richtet«, unterbreche ich ihn. Er lässt sich nicht aus seinem Monolog reißen. Trotzdem ereilt nun auch endlich ihn die Scham. Ich sehe es, er erinnert sich an unser Gespräch.
»Zweitens. Es war meine Idee. Ich war die Inspiration. Der Ideengeber. Für den Klub der Kranken. Hubert sprach von Umwegen. Sie haben sich gefunden. Über Umwege. Dieser Umweg. Das war ich. Der Macher. Der Planer. Der Marionettenspieler. Wir sind hier nur wegen mir. Respekt. Das erwarte ich mir von dir«, sagt er zu Flora, die ausholt. Ein zweites Mal trifft ihre Handfläche sein Gesicht. Der Aufprall tut ihr wohl mehr weh. Sie muss sich die Hand an der anderen gesundreiben. Das Regenwasser steht uns mittlerweile bis zu den Knien. Panik breitet sich aus. Die anderen Mitglieder des Klubs mischen sich ein, verteidigen Dion. Ein undurchschaubarer Tumult. Marie so auffällig ruhig. Unter ihrer stummen Fassade jedoch diese Tränen. Sie durchbrechen ihre Kälte. Sie ist angreifbar, ich merke es, sie braucht Hilfe. Vielleicht Zuspruch oder eine Flucht, weg von hier. Ich reiche ihr meine Hand. Bevor ich sie berühren kann, stürmt sie zu dem Klubtisch. Nimmt eine der Schatullen. Meine Hand hängt noch in der Luft.
»Wenn sich alle umbringen. Was macht es für einen Unterschied. Ich bin dabei«, keucht sie in diesen kalten Raum. Dreht sie durch? Der Vogelschwarm krächzt, während er über uns wacht. Ich möchte etwas sagen, doch Marie lässt mir keine Chance. »Ich meine es ernst. Ich bin auch krank.

Depressionen. Ihr braucht eine Diagnose. Die habe ich. Keine depressiven Phasen. Bevor jemand so was sagt. Depressionen. Echter Schmerz«, sagt sie und dreht sich zu mir, spricht direkt zu mir. »Seit Wochen. Nicht mehr auf der Fakultät gewesen. Alles pausiert. Mein Leben. Eine große Haltestelle. Ich warte auf den Bus. Der mich abholt. Das weißt du nicht. Woher auch. Du warst nicht da. Ich werfe dir das nicht vor.«
Ich stehe da, völlig hilflos. Doch eigentlich ist sie die Hilflose. Depressionen, sagt sie. Habe ich richtig gehört? Depressionen, sagt sie. Marie ist also auch krank. Depressionen, echter Schmerz, sagt sie. Ich sehe an die Decke, die Wolken, sie verschwinden nicht. Sie vervielfachen sich, allesamt dunkel, schwarz. Und mir scheint, in unserer Welt, zu dieser Zeit, werden wahllos Namen in einem großen Lottospiel gezogen. Wahllos psychische Krankheiten auf die Bevölkerung verteilt. In unzumutbaren Maßstäben und Relationen.
Bona unterbricht meine Gedanken.
»Die Idee mit ihrem Suizid ist absurd, Marie. Lass dich da nicht hineinziehen. Sei nicht absurd. Du bist intelligent«, mischt sie sich ein, doch Maries Blick bleibt an mir haften. Hubert steht neben ihr, legt seine Hand auf ihre Schulter. Auf väterliche Weise. Der, welcher selber sündigt, versucht nun andere vor dem Sündigen zu bewahren. Ein großes Paradoxon. Noch dazu dieses Wort *Sünde*. Zu religionsbehaftet, zu inflationär gebraucht.
Hubert ist am Wort.
»Meine liebe Marie. Ich bitte dich. Es gibt einen großen Unterschied. Zwischen dir und uns. Im Namen liegt er. Der Klub der Kranken. Du hast Depressionen. Wir Karzinome. Wir haben keinen Ausweg. Du bist jung. Und kerngesund.«

»Ich bin nicht kerngesund. Ich bin krank«, antwortet sie, und ihre Stimme wird leiser. »Du bist depressiv«, sagt Hubert, auch leiser. Er hat ihr wohl wirklich nicht zugehört. »Ich habe Depressionen, Hubert. Du bist doch nicht so arrogant. Du erkennst doch den Unterschied. Das ist eine Krankheit. Lass mich sterben. Das ist mein Recht«, antwortet Marie.

Plötzlich will hier jeder sterben. Soll ich mitmachen?

»Der Begriff Krankheit ist breit gefächert, Marie. Eine psychische Erkrankung. Das hast du. Du hast Möglichkeiten. Therapien. Medikamente. Viele Möglichkeiten. Du hast Chancen. Die wir nicht haben. Nutze sie. Vergiss den Klub. Du bist nicht krank. Du bist gesund.«

»Wieso darf ich nicht sterben?« Marie weint. Heult durch den kleinen Raum. Es schmerzt in den Ohren, noch mehr im Herzen. »Wieso darf ich nicht sterben?«, ruft sie. »Du hast kein Recht dazu«, antwortet Dion. Marie dreht sich hektisch zu Hubert. »Wer entscheidet das?«, fragt sie. Löst sich von seinem Griff und packt ihn an den Armen, kontert seine Fixierung. »Oder Dr. Janusz«, sagt sie und sieht in dessen Richtung, »Wären Sie bereit, mein Leben zu beenden? Es ist mein Wunsch. Ausdrücklicher Wunsch. Mündlicher Vertrag. Ich stimme zu.« Ihre Stimme zittert. Verfeinert mit einem herausfordernden Hauch. Dr. Janusz sieht zu Hubert, sucht eine Antwort in dessen Gesicht. Erfolglos. Dieser löst sich wiederum aus ihrem Griff und setzt sich an den Tisch, zu seinem Klub. Also spricht der tödliche Doktor direkt zu Marie. »Ich weiß es nicht. Ich kann es Ihnen schwer abschlagen. Wenn ich es den anderen anbiete. Andererseits. Ihre Krankheit bedarf keiner sofortigen Reaktion. Keines frühzeitigen Todes. Noch dazu. Bräuchte ich offizielle Dokumente. Und – «

Und da ist wieder Bona. Sie stellt sich auf Maries Seite. Nicht aus Überzeugung, sie müsse auch sterben. Sondern um ihren eigenen Standpunkt deutlich zu machen. »Dann dürfen Sie es niemandem anbieten. Auch dem Klub nicht. Die haben zwar ein Ablaufdatum, aber bis dahin leben sie. Und Sie verkürzen das. Also wenn Marie nicht darf, dann der Klub auch nicht. Es muss fair sein. Niemand muss heute sterben. Feige, Dr. Janusz.«

»Feige.« Niemand hätte es gedacht, doch der alte Herr Friedrich meldet sich auch noch zu Wort. Seine verbrauchten Hände liegen ineinandergefaltet auf dem Tisch. »Feige ist nur, wer sich in die Leben anderer einmischt. Die Lebensentscheidungen beurteilt. Verurteilt. Das geht dich nichts an. Also nenne uns. Nie. Wieder. Feige. Taktvoll. Das waren wir zu meiner Zeit. Kulturell gefordert. Und taktvoll. So waren wir. Zu meiner Zeit. Also sei ruhig. Es ist nicht deine Entscheidung. Wird es nie sein«, sagt er und nimmt sich leise wieder aus dem Gespräch heraus. Das Wasser, es steigt immer näher zu meinem Halse. Der Vogelschwarm kreist noch über unseren Köpfen. Was tun diese kleinen Lebewesen wohl, wenn das Wasser bis zur Decke reicht? Was würde dann passieren? Und aus der Ferne, da höre ich es. Nein, da spüre ich es. Das sich anbahnende Gewitter.

Seit Minuten rühre ich mich keinen Millimeter. Es ist traurig. Ich dachte, ich kenne Marie immerhin am besten von allen hier. Aber wohl doch nicht so gut. Was ich kenne jedoch, ist, wie sie sich fühlt. Dieses Leben im Loch. Ich verstehe, was in ihr vorgeht. Seit Jahren trage ich eine ähnliche Bürde mit mir, so wie fast jeder. Wie gesagt. Unsere gesamte Erde ist eine einzig große Depression. Hat man sie erst einmal, geht sie niemals fort. Ich möchte Marie nicht

verlieren. Ich verstehe sie einerseits, andererseits auch gar nicht. Sie darf nicht verschwinden. Was passiert dann mit mir? Und jetzt verabscheue ich mich, wieder denke ich nur an mich selber. Es geht um sie. Wie kann ich helfen?
»Marie ist auch krank«, fange ich an. Meine Ansprache, sie kommt aus dem Nichts. »Sie ist auch krank. Ich wusste es selber nicht, bin vollkommen überrascht. Aber es ist, wie es ist, sie leidet an Depressionen. In anderen Worten, sie erlebt einen langsamen Tod. Denn genau das ist es. Vielleicht ist es in euren Augen nicht dasselbe wie ein Hirntumor oder Darmkrebs oder andere Krankheiten, doch es läuft auf dasselbe hinaus. Im Gegensatz zu euch rennt sie jedoch nicht im Vollsprint auf das Verderben zu, sondern geht langsamen Schrittes. Am Ende werdet ihr aber beide, der Klub und Marie, dort ankommen«, erkläre ich und dabei sehe ich niemanden an, sondern starre nur auf den Parkettboden. Durch das Regenwasser hindurch. Frage mich, ob ich den richtigen Ton angeschlagen habe. Ob es nicht nur wie ein Schulaufsatz für die klinische Anerkennung von Depressionen klang. Dann sehe ich zu Marie, sie bedankt sich mit einem Blick. Aber ich möchte doch nicht, dass sie stirbt. Vielleicht habe ich mich zu sehr auf ihre Seite gestellt. Die Korrektur muss folgen.
»Ich sage jedoch nicht, dass dein Wunsch, dich dem Klub anzuschließen, richtig ist. Ja, es ist eine Krankheit, genauso gefährlich. Doch du hast Zeit, du kannst dagegenarbeiten. Ich helfe dir, lass mich dir helfen. Komm nach Berlin, mach es wie ich. Verlasse diesen Ort und fange neu an. Ich bin da für dich.«
Und das waren sie also. Die Worte, die viel zu spät kamen. Hubert wirkt erschöpft.

Dion spricht wieder.
»Machen wir uns nichts vor. Wir diskutieren. Die Diskussion jedoch. Sie ist unnötig. Wir können auch mit Gewalt. Alles erreichen. Dieser Klub verfolgt ein Ziel. Keiner hindert uns. Wir können euch aus dem Raum werfen. Aus dem Haus werfen. Ihr habt die Sicherheitsleute doch gesehen. Ich kann auch zuschlagen. Lasst es einfach. Es ist nicht schwer«, räumt er ein. Er scheint von einem Moment auf den anderen nüchtern. Bildet gerade Sätze, kann sie auch aussprechen. Die Stimmung schlägt um. Von negativ ins potenziell noch negativere. Plötzlich ist da die Rede von Gewalt. Ein Gefühl des Zwanges. Ein Gefühl der Unterdrückung. Dion weiß ganz genau, dass er damit falschliegt. Sollte es darauf ankommen. Da würde ich meine teure Therapie hier und jetzt über Bord werfen. Im Notfall würde ich auch zuschlagen. Zum Schutze der anderen. Aus Eigenschutz auch. Vielleicht würde mich dieses Gewaltpotenzial sogar reinigen. Was weiß ich denn. Trotzdem erfüllt Dions würdeloser Einwurf seinen Zweck. Marie legt die Box zurück auf den Tisch. Das Wasser beginnt in meine Nasenlöcher zu steigen. Beginnt mich zu ertränken. Doch Marie rettet mich. Sie öffnet die Tür, verschwindet aus dem Raum. Und das Regenwasser kann abfließen.
ICH BRAUCHE MEHR RAUSCH.
Dieser Satz dampft wie ein kilometerlanger Zug durch meinen Kopf.
Also trinke ich.
»Okay. Gift. Wie genau. Wir sehen euch zu. Ihr schluckt Gift. Das war es. Absurd«, versucht Bona das Thema wieder aufzugreifen. »Wen interessiert das. Es passiert. Wie, das ist egal. Das Wie, es ändert nichts«, sagt Flora, zeigt auf Dion.

»Eine Enttäuschung, dieser Mensch. Ein Tier. Und ihr redet von Gift.« Dr. Janusz schiebt seine Brille auf der Nase hoch, mit nur einem Finger. Und wiederholt die Worte. »Gift. Gift. Gift.« Er wiederholt sie, geht langsam um den Tisch. Dreht seine Runden. Wiederholt die Worte: »Gift. Gift. Gift.« Bleibt stehen, sieht zu Flora, dann zu Bona und spricht: »Respektlos. Es ist ein Handwerk. Fast eine Kunst. Sie sprechen von Kitsch. Gift. Wie aus einer Fantasie. Einem billigen Märchen. Einem Fernsehfilm. Einer Billigproduktion. Kein Gift. Kein Spuk. Es ist ein Medikament. Frei erwerbbar. Auf Rezept. Also nicht vollkommen frei. Es ist ein Medikament. Viele nehmen es. Leben weiter. Die exakt kalkulierte Dosis. Sie bringt den Tod«, sagt Dr. Janusz und erklärt weiter. Den genauen Ablauf. Die genaue Menge an Tabletten. Versteckt in diesen hässlichen Schatullen. Ganz simpel. Wie für Kinder. Da erklärt er uns, wie gleich die Hälfte der Personen in diesem Raum sterben wird. Während all dies geschieht, kann ich nichts tun, als an die Decke zu starren. Das Wasser ist zwar abgeflossen, doch die Wolken sind noch so schwarz. Und die Vögel drehen ruhig ihre Runden.
ICH BRAUCHE NOCH MEHR RAUSCH.
Also trinke ich weiter.
Dion hatte mehrere Sektflaschen mitgenommen. Glas nach Glas spüle ich mich durch. Dieser eine Weg, der mir bleibt. Um aus Unannehmlichkeiten herauszukommen. Vergessen. Verdrängen.
ICH BRAUCHE NOCH VIEL MEHR RAUSCH.
Das nächste Glas, dann noch eines. Dazwischen eine Zigarette. Die Letzte in der Packung. Die Stimmen im Raum vermischen sich. Höre kaum etwas so richtig. Dann kurz

Klarheit, doch der Inhalt gefällt mir nicht. Also wieder dieses Grundrauschen.
ICH BRAUCHE NOCH VIEL, VIEL MEHR RAUSCH.
Und Abstand. Mit dem nächsten Glas flüchte ich. Gehe vor die Tür. Die Stimmen wieder zu laut. Ich halte meine Ohren zu. Verschütte dabei fast den Sekt auf meinem Gesicht. Spüre diesen Druck. Beiße die Zähne zusammen. Drohe zu schreien. Drohe, mein Kiefer zu zerbrechen. Zu zersprengen. Der Druck steigt. Noch immer diese Stimmen. Vor der Tür. Die Vögel, sie haben mich verfolgt. Überall sehe ich sie.
ICH BRAUCHE NICHTS.
Und Marie geht an mir vorbei, wieder hinein in den Raum. Der Druck lässt nach. Ich folge ihr. Da wird sie vor unseren Augen vollführt. Diese Rotation. Fünfzehn Minuten schweigen, fünfzehn Minuten versuchen, sie zum Weiterleben zu überreden. Und dann wieder. Hin und her. Verrennen uns ins System. Es gibt nichts mehr zu verändern. Dr. Janusz bereitet in diesem Chaos alles sorgsam vor. Instruiert die einzelnen Klubmitglieder. Das Gewitter rückt näher. Er öffnet die Schatullen, darunter kitschige Seidenkissen. Darauf die Todeswaffen platziert.
Und ich höre Blitze aus der Ferne, die geladene Luft. Dion lacht, er lacht jetzt, hier. Er stützt sich hinter Hubert an dessen Sessel ab. »Das Ende«, blitzt es aus Dion. »Findest du das witzig?«, fragt Bona, und es vergehen zwanzig Sekunden, bis er donnert: »Der Tod ist komisch. Ich sage es euch. Mit Rotwein schmeckt er sogar.«
»Du trinkst den ganzen Abend Sekt. Wo ist denn dein Rotwein?«, bemerkt Marie, wieder zur Ruhe gekommen. Sie zerkaut ihre Nägel.

»Für mich. Ein Genießer. Jeder Alkohol schmeckt nach Rotwein. Und jeder Rotwein nach Tod. Das ist die Kunst daran.«
»Ein trauriges Leben«, bemerkt Bona, blickt auf den Boden.
Dion dreht sich zu mir.
»Du findest also, meine Kunst sei schlecht.«
»Denkst du, jetzt ist der richtige Zeitpunkt für so etwas? Er war es nicht einmal vorhin, und jetzt ist es sogar noch widerlicher. Dein Ego strahlt über den anbahnenden Tod unseres Freundes, Dion«, baue ich den Widerstand auf.
»Du solltest wieder schreiben. Dieser Abend. Das alles. Das wäre doch gutes Material«, sagt er, und ich drehe mich weg. Doch dann sehe ich nur in die Augen von Toten. Die anderen tun es mir gleich, also blicken wir gemeinsam auf den Tisch. Auf diese Seelen, die dem Ende entgegenschreiten. Die einen Ausweg suchten. Die denken, ihn gefunden zu haben. Sie sehen uns also mit glasigen Augen an, sie alle.
Laurenz, vom Flughafenkiosk.
Katja, die blonde Frau aus dem Kaffeehaus.
Friedrich, der alte Maler.
Hans, mein extravaganter, Wien-verliebter, rosafarbenes-Polo-tragender Freund aus dem Flugzeug.
Und plötzlich kenne ich all ihre Namen. In ihren letzten Momenten auf dieser Erde. In den letzten Minuten, in denen sie noch atmen. Da lerne ich sie kennen. Da erreichen wir das Mindestmaß an Nähe.
Und natürlich ist da noch der Hauptakteur.
Hubert, mein Freund.
Sie alle heben ihre Instrumente zum Selbstmord, nehmen zwei tiefe Schlucke aus ihren Gläsern. Damit die tablettenförmigen Klingen auch gut runtergehen. Ich bemerke die

Stille. Seit Minuten keine Vögel mehr, seit Minuten keine Wolken.
Und wir lassen es zu, wie sie sich selber beenden. Mit Aussicht auf Schönwetter.

Denn wir haben kapituliert, genau wie es der Klub schon vor geraumer Zeit getan hat.

V. DIE OVATION

Der große Abschied.
Alles versucht.
Gescheitert.
Und jetzt kommt er auf uns zu.
Kann man vorbereitet sein?
Ist so was seelisch kalkulierbar?
Der große Abschied.
Hier kommt er.
Aufgeregt sehe ich mich im Raum um. Ich bin nackt, Hubert ist nackt, plötzlich sind alle nackt. Unsere Herzen auf diesem runden Tisch verteilt. Er füllt den ganzen Raum aus, also füllen auch die Herzen den ganzen Raum aus. Und sie warten nur darauf, in zwei geteilt zu werden.
Hubert beginnt seine Abschiedsrunde bei uns Gästen. Den Zuschauern seiner letalen Veranstaltung. Auf den teuren Plätzen dieser zerstörerischen Tribüne. Alle nimmt er in den Arm. Eine nach der anderen. Dann Dion. Ich bin als Letzter dran.
In diesem Moment der emotionalen Klarheit denke ich an frühere Tage. An meine Zeit mit Hubert. An einen eigentlich nicht so besonderen Sommerabend vor sieben oder acht Jahren. Ein Sommerabend am Yppenplatz, anfangs nur zu zweit. Wir funktionierten im Rhythmus dieser Stadt, warteten, was noch passieren würde. Ein Sommerabend mit gekühltem Bier, Wein, Mineralwasser und Sekt. Hubert und ich saßen also da, inhalierten unsere anfänglichen Bier. Es war die Zeit, in der er noch ständig *kurz aufs WC musste.* Ich hatte keine Lust zu ziehen, also blieb ich beim Alkohol. Es war angenehm, nichts lag in der Luft. Mich hat nichts

gestört, ihn ebenso wenig. Es war friedlich, harmonisch. Hubert erzählte mir euphorisch von seinen Plänen. Er wollte eine Firma gründen, selbstständig werden, seine Familie stolz machen. Und vor allem mit den Drogen aufhören. Darauf haben wir angestoßen, und kurz darauf verschwand Hubert wieder auf der öffentlichen Toilette. Es war ein Abend, der Hoffnung gab. Es war aber auch ein Abend wie so viele andere. Abende, an denen groß geredet wurde. Doch wussten wir beide, dass es wie so oft leere Worte waren. Selbst diese leeren Worte nahmen wir so hin, um die Nacht weiterfließen zu lassen. Um sie weiter zu genießen. Er war doch noch nicht da, der Ernst unserer Leben. Ein Sommerabend am Yppenplatz, der unbedeutend schien. In Retrospektive jedoch so viel Gewicht in sich trägt. Ein Abend mit Freunden, die alle am Leben waren, voller Energie. Die sich noch Gedanken machten, Pläne schmiedeten. Froh waren über das, was noch kommen sollte.

Und jetzt stehen wir hier. Hubert umarmt mich innig und intensiv. So nahe waren wir uns nie. Es fühlt sich wie eine Ewigkeit an. Ich weine nicht, ich trauere zwar um meinen alten Freund, doch Tränen habe ich für heute keine mehr. Denke ich. »Schau mich an«, fordert er. »Was siehst du?« Und was ich sehe, das traue ich mich nicht ihm zu sagen. Die faltige Haut, den Schmerz, den er im Gesicht trägt. Die Wehmut. Die Gewissheit, dass es vorbei ist. Ich sehe sie ihm an, er strahlt sie nach außen. Die Chancenlosigkeit. Er scheint zu altern, in einer unvorstellbaren Geschwindigkeit. Ich sehe die tiefen dunklen Augenringe, die konträre Blässe der umliegenden Haut. Ich sehe all das, doch ich sage es ihm nicht. »Was siehst du?«, fragt Hubert und antwortet nun selber. »Einen leeren Menschen. Ihr habt es alle nicht bemerkt. Den ganzen Abend. Wenn ihr genau hingesehen hättet. Dann hättet ihr die Antwort gehabt. Wärt ihr achtsam. Hättet ihr es erkannt. Ich sehe es. Du erkennst es in diesem Moment. Zu spät. Aber doch. Ihr hättet es erkannt. Dass ihr mit einem Toten dasitzt. Dass ihr mit einem Toten trinkt. Ein genauer Blick hätte gereicht. Eine Feier eines toten Gastgebers. Ich war heute nur die Hülle meiner selbst. Du hast es selbst gesehen. Ich habe sogar wieder gezogen. Das war kein Moment der Schwäche. Ich bin clean. Seit Jahren. Heute jedoch. Da habe ich wieder gekostet. Ich hatte den Appetit. Auf Betäubung. Weißt du warum? Weil es egal ist. Mein letzter Abend. Kokain ist keine Sorge mehr. Nichts sorgt mich. Mein letzter Abend«, sagt er und krallt sich mit beiden Händen in meinen Oberarmen fest. Seine glasigen Augen offenbaren eine wahnsinnige Ehrlichkeit. Ein besonderer Moment, wie oft spricht man schon mit einem Toten. Hubert nähert sich mit seinem Mund meinem rechten Ohr und flüstert: »Ich möchte dir danken. Du bist gekommen. In diese Spielstätte. In diese Stadt. Nach Wien. Danke. Du bist der Einladung gefolgt. Ich habe die Karte abgeschickt. Ich wusste. Hatte dieses Gefühl. Spürte diese Kraft. Dass du kommen würdest. Du wurdest hierhergezogen. Diese Kraft, die ich spürte. Sie hat dich hergezogen. Bewusst. Du aber. Ahnungslos. Für den großen Abschied. Hergezogen. Dieser Abend ist wichtig. Für mich. Wie für dich. Das war heute dein großer Tanz. Es ist genauso dein Abschied. Wie es meiner ist. Deine vielen Tanzpartner heute. Sie waren nur ein Spiegel deiner selbst. Du hast den großen Walzer getanzt. Deine kleine Hand fuhr in die große Hand dieser Stadt. Alles hat einen Sinn. Weißt du.

Wirklich alles. Und die Musik hat gestoppt. Der Tanz ist zu Ende. Es stellt sich ein. Das natürliche Gleichgewicht. Ich sterbe. Du lebst. Ich bin es. Das letzte Bindeglied. Dich hält nichts mehr. Rein gar nichts mehr. An dieser Stadt. Ausgetanzt. Der Vorhang fällt. Applaus. Du verlässt die Bühne. Es hat alles einen Sinn. Wie gesagt. Pass auf dich auf. Nutze die Chance. Um wieder zu fühlen. Und vergiss die Vögel. Vergiss sie. Mon frère.« Und Hubert gibt mir einen Kuss auf die Wange. Er verschwindet, setzt sich an den runden Tisch. Die anderen Klubmitglieder, sie alle sitzen da, und leise nehmen sie Abschied von dieser Erde. Manch einer von ihnen kämpft mit den Tränen und verliert. Manch eine wirft ihren Kopf in den Nacken und starrt in den Himmel zu ihrem Gott, welcher auch immer es sein mag. Die Klubmitglieder, sie haben sich gegenseitig, sie halten einander an den Händen fest. Ich kann es sehen, so fest pressen sich ihre Hände ineinander. Und gemeinsam tun sie es. Bringen hinter sich, was sie angefangen haben. Worauf sie gewartet haben. Der Höhepunkt, die Klimax, und sie schlucken ihren Tod.

Bis hierher war es also noch erträglich. Ein junger Mann kehrt in seine Heimatstadt zurück. Er konsumiert. Trinkt, raucht, zieht. Tut alles. Hasst alles. Verabscheut so viele Menschen, liebt dafür einige wenige umso mehr. Die Gedanken waren ironisch, arrogant, fast süffisant. Die Erlebnisse. Die Erzählungen. Alles war lustig und traurig zugleich. Nichts hatte die Gravitas, nichts hatte diese Schwere. Diesen harten, tatsächlichen, realen Schmerz. Das Drama ist hier. Und am Ende bin ich doch nur eine Figur in diesem Raum. Inmitten dieses Texts. Oder bin ich denn echt, kann ich denn fühlen? Bleibe ich nicht nur Mittel

zum Zweck? Eine handwerkliche Stütze, um diese Stadt in ihren einzelnen Fragmenten zu verarbeiten. Ich gebe es zu. Diese Theateranalogien, immer und immer wieder. Sie nerven auch mich. Es ist aber nun mal so. Das Drama als Schablone unserer Leben. Und jetzt wird es ernst. Ich möchte nicht hier sein. In diesem prunkvollen Haus. Ich möchte verschwinden aus diesem Text. Aus dieser Stadt. Nirgendwo möchte ich sein. Höchstens wieder im Bauche meiner Mutter.

Still beobachten wir den Tod. Den langsamen Prozess, der sich wie eine Ewigkeit anfühlt. Ganz gleich, woran man so glaubt, an welche Gottheit sich jemand festklammert. Jenes Bild, von dessen Existenz nur die hier anwesenden Personen Zeuge werden. Es ist tatsächlich etwas, was man ein Bild für die Götter nennen könnte. Ein farbloses und doch nuanciertes Bild, mit durchdringender Intensität. Und während ich es betrachte, höre ich klassische Musik. Das Ende einer glorreichen Oper. Die Lautstärke steigt, immer weiter. Das Bild bewegt sich, das Orchester spielt, und plötzlich gibt es diesen ohrenbetäubenden Beifall. Tosenden Applaus, bebende Tritte auf den Boden. Hier, genau jetzt, hier finden das Leben und der Tod direkt nebeneinander statt. Und das Universum versöhnt uns mit einer prächtigen Ovation.

VI. DIE EMANZIPATION

Und ich habe mich verkalkuliert, die Situation unterschätzt. Einen Moment zuvor habe ich behauptet, ich hätte für heute keine Kapazitäten mehr zum Weinen. Genau da habe ich mich geirrt. Hubert hat seine Hände von mir entfernt. Er hat sich längst schon an den runden Tisch zurückgesetzt, um zu sterben. Doch sie trifft mich, diese zeitversetzte emotionale Wucht. Sie reißt mich aus dem Gleichgewicht. Dieser Raum, wo das Wetter nun keine Rolle mehr spielt. Dieser Raum, er wird kleiner, faltet sich ineinander. Die Wände rücken näher, hektisch drehe ich mich im Kreis. Suche nach helfenden Gesichtern. Doch ich sehe nur die formlosen Geister, und plötzlich spüre ich, wie mein Rücken die Decke berührt. Die Krümmung meines Leibs, sie kann nicht gesund sein. Ich schließe die Augen. Bald ist es vorbei, ich werde zerdrückt, zerfasere vollends, zerfalle zu Staub. Ich öffne wieder meine Augen, sehe diese Leute, und ich breche in Tränen aus. Ein großes Bündel an Gefühlen entflieht meinen Augen und ich kann es nicht mehr einfangen. Verliere die Kontrolle über meine Drüsen, über mich selbst. Es spitzt sich so weit zu, dass das Weinen all den befreienden, ästhetischen Charme verloren zu haben scheint. Denn Exzess ist keine Tugend, auch kein Exzess von Emotionalität. Das wäre mein Leitfaden, doch ach, woran möchte ich mich jetzt festklammern? Woran möchte ich jetzt glauben? Das alles hier passiert gerade wirklich. Und mein Ausbruch kommt so unerwartet für mich wie für alle anderen. Die gar nicht wissen, was sie tun sollen. Überfordert. Und mein Trauerspiel, mein Solostück, es zieht sich. Die Tragödie setzt sich fort. Ich breche zusam-

men, meine Glieder zittern unkontrolliert. Doch nicht nur meine Hand oder einzelne Teile, sondern mein gesamter Körper. Es strahlt in jeden Winkel hinaus, das große Zittern. Die große Schwäche. Ich sehe an meinen Armen und Beinen entlang, doch ich kann nichts tun. Nur zusehen, wie ich hilflos vertrauere.
Das sollte es sein.
Es ergibt tatsächlich Sinn, ich war den Tag über nicht verrückt. Ich habe das hier gespürt, genau das hier. Es bahnte sich an. Nahm Anlauf in meine Richtung. Und jetzt schlägt es ein. Genau hier soll ich sein. Heute, in dieser Sekunde.
Das ist es.
In meinen Knochen, meinen Gelenken, meinen Sehnen, meinen Muskeln. In allem spiegelt sich der gesamte Ablauf dieses Tages wider. Jeder einzelne Schmerz der letzten Jahre gipfelt hier. Die Nervenstränge in meinem Körper fühlen sich wie kleine Messerstiche an. Und alles ergibt Sinn. Ich wurde von meinem eigenen Körper hierfür trainiert, doch ich habe es nicht einmal wirklich realisieren können. Jetzt siegt die Physis über den Geist, doch genauso der Geist über die Physis. Und meine Emanzipation nimmt ihren Lauf. Ich kann mich beruhigen, sitze inmitten dieses Raums, beruhige mich langsam. Ich spüre eine Hand auf mir, jene Bonas, da, noch eine, die von Marie, und plötzlich schmiegt sich noch eine Handfläche an meine zerbrechliche Oberfläche, Floras. Laut atme ich, beruhige mich, atme, beruhige mich, atme, und bin leer. Tränenlos, kraftlos, doch mit diesen drei Händen auf mir, auch wunschlos.
Das war es.
Die leblosen Hüllen der Klubmitglieder sitzen noch um den Tisch. Sie warten auf ihr Schicksal, auf ihre Abholung,

auf was Besseres. Ihre kalten Wangen kleben an der Tischfläche. Ich frage mich, wo sie hinsehen. Was sie sehen. Eine bessere Zukunft, eine andere Zukunft. Ich weiß es nicht.
Dr. Janusz mit gesenktem Kopf neben uns. Er schweigt. Seine Zeit der Trauer, der Anteilnahme ist begrenzt. Denn er packt auch schon alle aufgebrochenen Boxen und alle kleinen Seidenkissen in seine Tasche. Zum Abschied nickt er uns kühl und wenig herzlich zu, während er seine Augenbrauen hochzieht. Fast so, als ob er sich ein wenig schämt. Was er sicherlich nicht tut. Also verlässt er den Raum, das Haus und hoffentlich all unsere Leben. Paralysiert bleibt der Rest von uns an Ort und Stelle. Das Gewicht des Tatorts drückt uns in die Tiefe, macht unsere Beine so schwer wie Beton. Die Frauen stehen noch, ihre Hände auf meiner zerbröckelten Fassade. Dion steht hinter Huberts kaltem Körper. Ich bleibe am Boden. Und währenddessen passiert etwas Komisches, etwas Unvorhersehbares. Unsere Trauer wandelt sich langsam in eine Art der Bewunderung. Eine Art des Respekts, der Ehrfurcht. Diese Darstellung, die uns hier geboten wird. Sie symbolisiert den Frieden in einer Realität, die wir uns alle nicht vorstellen können. Die aber so natürlich wirkt für die Klubmitglieder. Frieden in einer Realität, wie sie ihn sich so viele Menschen wohl wünschen. Frieden, mit dem bittersten Beigeschmack.
Ein Bediensteter taucht in der offenstehenden Tür auf. Durch den Spalt spricht er zu uns. Sanft, als ob er uns nicht weiter reizen wollte.
»Folgen Sie mir. Ich begleite Sie. Hinaus. Aus diesem Abend. Hinaus. Aus diesem Haus. Sie stehen unter Schock. Das gehört dazu. Hier sind heute Sachen passiert. Sie gehen mich nichts an. Außerhalb meines Kontrollbereichs. Ich kann Ih-

nen jedoch versprechen. Es hat alles seine Ordnung. Rufen Sie keine Polizei. Keinen Notruf. Keine Ambulanz. Gehen Sie nach Hause. Es wurde für alles Sorge getragen. Monsieur Hubert. Monsieur Dion. Sie haben alles geplant. Vorbereitet. Also bitte folgen Sie mir«, und mit diesen Worten rüttelt er uns wach. Bringt uns in das Hier und Jetzt zurück. Gemeinsam gehen wir zum Ausgang dieser kleinen Hölle. Dion bleibt, mittlerweile hat er sich auf einen Sessel an den Tisch gesetzt. Direkt neben Hubert, wo die ganze Zeit ein Platz frei geblieben war. Er verabschiedet sich von uns. Er wolle noch ein wenig länger bei seinem alten Freund bleiben. Das sei er ihm schuldig. Wir, die nunmehr kraftlos sind. Wir hinterfragen nichts mehr. Heben unsere Hände zu einem minimalistischen Abschiedswink. Der Bedienstete reicht Dion seine Jacke, und wir verlassen diesen Ort. Unsere Lippen bleiben geschlossen, während wir dem uniformierten Bediensteten auf den Flur folgen. Die Wendeltreppe hinunter. Währenddessen passiert viel in diesem Haus. Es wird aufgeräumt. Besprochen. Menschen gehen schnell umher. Alles ist in Bewegung. Während einen Raum weiter ein Haufen totes Fleisch wartet. Wir folgen diesem Pfad hinaus. Bemerken gar nicht, wie uns die Jacken und Mäntel gereicht werden. Wie wir bedächtig hinausgeschoben werden. Und plötzlich stehen wir draußen, vor der Eingangstür.

Der Raum wirkt enger, neben so vielen leblosen Körpern. DION *berührt die Haut seines Freundes. Sie fühlt sich noch warm an. Von der toten Haut wandert seine Hand an seine eigene, lebendige Wange. Er fährt sich über sein Gesicht. Spürt sich selber. Er greift in die Jackentasche. Tastet sich durch den*

Stoff. Bis er es fühlt. Eine raue Fläche am Griff lenkt von der restlichen Glätte ab. So elegant, so scheußlich. Seine Finger ertasten jedes Detail. So heiß, so kalt. Er hat so viel darüber gelesen, so viel darüber gesehen. Es ist ein anderes Gefühl, wenn es vor einem ist. Wenn man es in seinen eigenen Händen spürt. Eine Träne. Zum ersten Mal heute. Er ist überrascht. Sein ganzes Erwachsenendasein hatte er ernsthaft darüber nachgedacht. Doch jetzt hat er Angst. Jetzt, da es real wird. Er öffnet seinen Mund, formt ein großes O, atmet tief aus. All das Negative, das ihn jeden Tag begleitet. Es verlässt durch die Mundöffnung seinen Körper.

DION *legt den Revolver in das O*
und ist der letzte Gast, der die Feier verlässt.

Unsere Stille wird durchbrochen. Ein lauter Knall. Er wandert aus dem Raum, durch den Flur, über die Wendeltreppe, bis zu uns an die Eingangstür. Draußen in der Kälte. Eine Türschwelle entfernt von der Obszönität des Abends. Der Bedienstete tröstet uns mit seinem Blick. Lässt uns keine weiteren Fragen mehr stellen.

Er lässt uns frei. Löst uns von den Fängen dieser Nacht. Und verschwindet im Haus.

EINE LETZTE SZENE

WAS WAR LOS?

Nicht nur heute, sondern die letzten Jahre. In denen ich nicht hier war. Weshalb musste es hier gipfeln, hierauf hinauslaufen? Und was bleibt danach? Ich war weg, diese Stadt lebte weiter, starb weiter. Der harte Kurs, er waltete und machte nirgends Halt. Krankheit und Tod. Depression und Krebs. Ich wusste von gar nichts, doch wurde in alles hineingeworfen. Mit reingezogen. Weil ich mich so lange rausgehalten hatte.
Hubert, Bona, Dion, Flora, Marie, Yasin.
Das sind sie also, die Geister dieser Stadt. Und es stimmt wohl. So sehr man es sich auch wünscht, so ganz klar kann man sich nicht von ihnen trennen.
Die Gruppe löst sich auf. Die drei Damen teilen sich ein Taxi, und ich stelle es mir vor. Wie wir uns bestimmt im Wartezimmer einer x-beliebigen Psychotherapeutin wiedersehen würden. In irgendeiner Stadt, dort würden wir uns zufällig treffen. Und dann lachen, über unser gemeinsames Trauma. Oder weinen. Aber das spreche ich nicht aus. Ich schwöre ihnen, dass ich aufpassen werde. Ob ich wirklich auf mich Acht geben werde, in nächster Zeit, und auch hier, jetzt. Das weiß ich einfach nicht. Aber auch das spreche ich nicht aus. Ich bin allein, habe Kopf-, Bauch-, Herzschmerzen. Sie werden wohl noch einige Zeit anhalten, doch sie werden auch wieder verschwinden. So wie sie es immer tun, so wie wir alle doch hoffentlich irgendwann gesund sind. In der Schale und im Kern.
Ich bleibe also vor der Tür stehen. Lange, während die

Wachleute nacheinander an mir vorbeiflüchten. Sie rempeln mich an der Schulter und verschwinden auf der leergefegten Straße. Das Taxi fährt los, Bona sitzt neben dem Fahrer, Flora und Marie am Rücksitz. Marie, sie sitzt an jenem Fenster, das zu mir zeigt. Der Motor startet, das Auto bewegt sich langsam nach vorne. Und sie sieht mich an, wir lächeln uns an. Sie verschwinden. Wieder allein, völlig allein. Ich greife an meine Brusttasche, meine Zigarettenpackung ist leer. Also setze ich mich kapitulierend auf die beiden Stufen vor der Eingangstür und warte. Es ist ruhig, kühl und dunkel. Eine einzelne Straßenlampe schenkt mir ein wenig Licht, und auch die Haustür hinter mir ist noch einen Spalt offen. Und da sitze ich, meine Ärmel hochgekrempelt, und denke nach. Die Erwartungen an mein Leben, ich müsste sie untergraben. Ich dürfte sie missachten. Vielleicht doch mein Studium beiseiteschieben, so sehr hänge ich doch nicht daran. Oder es vollenden, ein erfolgreicher Mediziner werden. Erfüllt sein, oder auch nicht. Oder vielleicht ist das alles nicht von Bedeutung, und *keine Sorge*, denke ich mir, spreche ich in Gedanken zu mir selber. *Keine Sorge*, ich werde mir in meinen Überlegungen schon Mühe geben, nicht kitschig zu werden. Nicht zu sagen, *ich müsse doch frei leben, ich wäre doch so jung*, nein, so etwas würde ich nicht denken. *Ich müsse wild leben, meinen Träumen folgen, nicht auf die Stimmen der anderen hören*, nein, so etwas würde ich nicht denken. Nicht wagen, in meinen Gedanken auszusprechen. Die Wahrheit aber. Die Essenz. Das alles ist kein Kitsch. Es ist mein Leben. Das Drama, es war immer nur mein Leben. Ungeschönt, da, auf der Bühne. In Wien, dem größten Theater. Also was jetzt? Tatsächlich auf alles scheißen. Auf jede einzelne Rolle. Jede einzelne

Zeile des Texts. Auf das ganze Schauspiel. Weg von diesen Vergleichen. Raus aus diesen Einschränkungen. Ich müsste einzig und allein leben, am Leben bleiben, ja, überleben. An das Wie, an das Wo, vielleicht sollte ich daran gar nicht denken. Nein, ich müsste einfach nur überleben. Und es ist dieser Moment, in dem ich hier auf den Stufen vor Huberts Haus sitze. Mich ein kalter Windzug streift, verborgen in der Dunkelheit, nur ein wenig Lichtschein vom Eingangsbereich. Die Straßenlampe indes ausgegangen. Und es ist dieser Moment, in dem ich Yasin sehe. Er sitzt in seiner Küche, raucht aus dem offenen Fenster. Plötzlich sieht er mich an, durchdringt diese Wand, von der ich zuvor dachte, nur ich könne sie durchbrechen. Er sieht mich also an und sagt mir, dass alles gut sei, dass alles gut sein würde. *Es ist ein Tag wie jeder andere*, sagt er, *freu dich mein Bruder, morgen bist du wieder in Berlin*, sagt er. Und dann knallt es, ich erschrecke. Es schäumt aus seinen Händen, ich sehe die Proseccoflasche und seine Lippen. Er sagt *Inschallah*, wiederholt es noch einmal, *Inschallah*. Er sieht mich direkt an, *Inschallah*, es wird alles gut, *Inschallah*, sagt er mir, *morgen bist du wieder in Berlin*. Und morgen ist es auch schon wieder vorbei. Einfach alles.
Trotzdem, ein Drama geht zu Ende. Und das nächste wartet schon um die Ecke.
Aber ich steh das durch.
Ich sehe nach oben – keine Vögel.
Wir stehen das schon durch.
Und wieder greife ich mir an die Brusttasche,
und wieder bemerke ich, dass ich keine Zigaretten mehr habe.

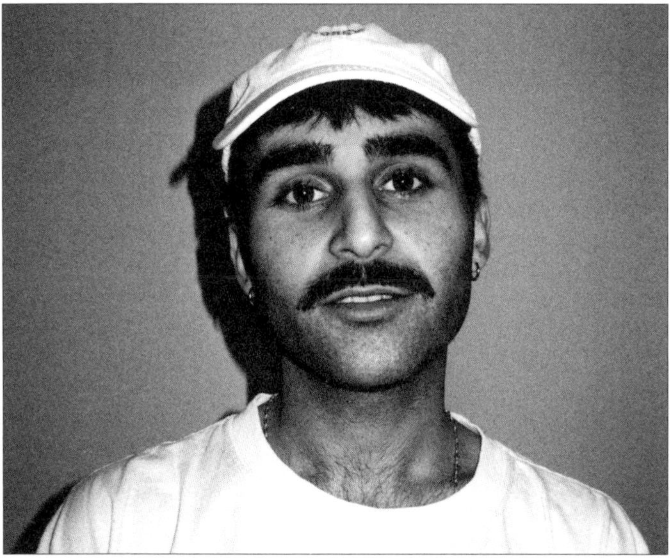

FOTO: Lana Cerha

Arad Dabiri, 1997 in Wien geboren und dort lebend, schreibt Prosa, schreibt fürs Theater, schreibt über das junge Leben in der Großstadt: über Rausch, Liebe und Identität. Da, wo es eben wehtut, oder auch schmeckt. Aus Wien wird er niemals verschwinden. Die Hoffnung bleibt ja, Literatur wieder dreckig zu machen. Irgendetwas zu ändern, zu hinterlassen. Akademischer Zwang treibt ihn zusätzlich in das Studium der (Vergleichenden) Literaturwissenschaft. Bisherige prosaische Veröffentlichungen in Anthologien und Literaturmagazinen. *DRAMA* ist sein Debütroman.

www.septime-verlag.at